Enquanto Amanhecemos

Sara Bentes

Projeto Gráfico
Lura Editorial

Diagramação
Sara Vertuan

Assistente de Revisão
Leda Bentes

Revisão
Mitiyo S. Murayama

Capa
Anael Medeiros

Todos os direitos desta edição são reservados a Sara Bentes.

Lura Editorial – 2021.
Rua Manoel Coelho, 500. Sala 710
São Caetano do Sul, SP – CEP 09510-111
Tel: (11) 4318-4605
Site: www.luraeditorial.com.br
E-mail: contato@luraeditorial.com.br

Todos os direitos reservados. Impresso no Brasil.
Nenhuma parte deste livro pode ser utilizada, reproduzida ou armazenada em qualquer forma ou meio, seja mecânico ou eletrônico, fotocópia, gravação etc., sem a permissão por escrito da autora.

Dados Internacionais de Catalogação na Publicação (CIP)
(Câmara Brasileira do Livro, SP, Brasil)

Bentes, Sara
    Enquanto amanhecemos / Sara Bentes. 1ª Edição, Lura Editorial - São Paulo - 2021.
    312p.

ISBN: 978-65-84547-43-8

1. Ficção 2. Romance I. Título.

CDD: B869.4

---

www.luraeditorial.com.br

Enquanto Amanhecemos

Sara Bentes

Lura
EDITORIAL

Agradecimentos

Escrevi um livro que traz o despertar do poder feminino como um dos pontos centrais, e, ao concluí-lo e listar todas as pessoas que participaram de mais esta construção literária, qual não foi minha feliz surpresa ao perceber que todas elas eram mulheres! Então, começo agradecendo à Tereza Arruda, essa incansável benfeitora que, com seus dons e sua generosidade, um dia abriu meus olhos e fez toda a diferença na minha vida. Agradeço à querida Irmã Maria das Graças Rodrigues pelo carinho de sempre e pela entrevista concedida para minhas pesquisas. À minha querida tia Cristina Bentes, por me ensinar tanto sobre fé. À minha amiga Jana Guerreiro, pela consultoria geográfica e por um dia ter alimentado meu amor pela dança e pela meditação com tantos momentos transcendentes nessas duas práticas. À querida Mag Brusarosco, nossa fada da narratologia, pela consultoria sempre carinhosa e por suas contribuições essenciais para o crescimento desta história. À amiga Akacya Macedo, a primeira leitora beta, por seu apoio incondicional e pelas sugestões sempre sensatas. À minha irmã Leda Bentes, por seu olhar atento a cada detalhe e por me ensinar, com seu ceticismo, a buscar a ciência das coisas, mesmo que eu continue buscando as coisas cuja ciência desse mundo ainda não explica, e à Aline Mara Ribeiro, representando aqui a Secretaria Municipal de Cultura da cidade de Volta Redonda, que, por meio da lei Aldir Blanc, tornou possível a produção desta obra.

Agradeço também a toda a equipe da Lura Editorial, que chegou depois e que cuidou do meu livro com o mesmo amor com que ele foi escrito.

Gratidão ainda a você, que está prestes a embarcar numa viagem de exploração pelas emoções e possibilidades humanas, tão impactantes quanto reais. Abra seus olhos mais profundos, pegue fôlego, mergulhe nesta experiência com todas as suas percepções, e que a viagem seja tão prazerosa quanto foi para mim desenhar cada curva desta narrativa. Boa leitura!

Dedico este livro a todas as pessoas que ainda duvidam do potencial humano e da nossa natureza divina.

Sumário

Enquanto Amanhecemos 11
Parte I - A Noite 13
    Capítulo 1 13
    Capítulo 2 29
    Capítulo 3 51
    Capítulo 4 71
    Capítulo 5 95
    Capítulo 6 105
    Capítulo 7 113

Parte II - O amanhecer 123
    Capítulo 8 123
    Capítulo 9 137
    Capítulo 10 143
    Capítulo 11 161
    Capítulo 12 179
    Capítulo 13 199
    Capítulo 14 207
    Capítulo 15 215
    Capítulo 16 227

Parte III - O anoitecer 235
    Capítulo 17 235

Parte IV - A madrugada 249
    Capítulo 18 249

Parte V - O segundo amanhecer 253
    Capítulo 19 253
    Capítulo 20 271
    Capítulo 21 297

Enquanto amanhecemos

O ressoar do sino da catedral viajava em ondas no céu azul. Corri o mais rápido que pude pela grama ensolarada. O cheiro revigorante do mar veio ao meu encontro numa brisa que corria na direção contrária. Eu amava correr livremente sempre que via uma oportunidade. Naquele caso, uma necessidade.

— Bom dia. Esse carro é da senhora? — um dos dois guardas.

— Na verdade, é do meu… — "Namorado" foi a primeira palavra que me veio à cabeça, mas eu não podia dizer. "Amigo"? Não seria mentira. Mas, virando o rosto para trás e apontando, resumi: — É dele.

O "ele" em questão rolava sobre a grama da praça enquanto a menina corria claudicante tentando alcançá-lo com o pé. Ela enchia o ar a sua volta de gargalhadas infantis, e ele, entregue, divertia-se como outra criança.

— Mas eu posso tirar o carro — completei, rindo.

Um dos guardas riu também. O primeiro me mostrou uma vaga do outro lado da praça. Agradeci, entrei no carro e dei a partida. Encantada com a possibilidade de controlar um veículo com meus próprios membros e olhos, também aproveitava ao máximo toda e qualquer oportunidade de dirigir. Aquele chuvisco na visão reapareceu de repente. "Não, agora não" — protestei em pensamento. Contornando a praça, ainda olhei os dois na grama. Ele corria com ela nas costas. "Acho que não existe no mundo alguém mais feliz que esses dois" — pensei, sorrindo. Mais uma curva para a direita e um clarão, tão forte, tão forte. Pisquei os olhos freneticamente. O clarão se foi tão rápido quanto veio, mas ficou a neblina e a dor. Não agora! Escurecendo, muito rápido! Pisei no freio. Foi o que tentei, mas esse não era o freio... Eu me desesperei, tudo preto, vertigem, dor tremenda, o ronco do motor acelerando. Gritei qualquer coisa, mas ouvi gritos lá fora além do meu. Minha cabeça doía de forma insuportável. Estava tentando parar, o carro não me obedecia mais, meu corpo não me obedecia mais, tudo estava longe, longe. Ainda senti o relevo mudar sob as rodas, depois o baque seco e um grito infantil. E depois, o nada.

Parte I

A noite

Capítulo 1

Percebo mais claramente a cada momento que dia, noite, luz, escuridão, é tudo tão relativo… Quando eu pensava estar no momento mais ensolarado da minha vida, veio a noite mais longa. Talvez não em medida de tempo, assim espero, mas em profundidade. E nessa noite profunda, abraçada a simples tubos amarelos de metal, como uma criança agarrada a um pedaço de pano ou de brinquedo cujo significado tão grande não faz sentido algum aos outros, tenho tempo, e necessidade, de revisitar toda a minha história, e, quem sabe, compreender que escolhas, que curvas e atalhos me trouxeram até esta noite sem luar e sem hora marcada para terminar.

Hoje espero por um milagre. Não que eu acredite muito em milagres, até porque nunca vi um de perto. Na escola nos contavam vários deles, mas todos num tempo distante. E hoje, se eles realmente acontecem, peço por um, e o mais rápido possível. Como os milagres ultrapassam a racionalidade, e decidir se acredito ou não neles é um ato racional, prefiro não decidir, assim deixo uma brecha para algo transcendente, quem sabe, acontecer. Porque a dor e a ausência de luz são insuportáveis...

Naquele princípio de tudo, ao menos o princípio que vale a pena e que revisito agora, eu também esperava por um milagre, de outro tipo. Maldita cegueira que não me deixou ver onde ele sempre esteve...

Isso foi dez anos atrás, e, apesar de tantas mudanças em minha vida de lá para cá, posso me lembrar de cada detalhe: eu tentava me aquecer com os próprios braços e me concentrar na voz de Chris Martin nos fones de ouvido, mas as meninas estavam impossíveis naquela manhã:

— Já viram os olhos do novato? Nossa, que Deus! — dizia uma.

— E a bundinha redondinha do Rafael? — outra.

— Gente, olha o João Matheus com aquela calça gay!

— Já contei pra vocês que eu prefiro os morenos? Já repararam no Cauã? Aquele sorrisão claro dele fica lindo na pele morena!

Adolescência... Hormônios, paixões, vontades, descobertas, euforias, decepções, sonhos, brigas, medos, intensidade e muita matéria escolar na cabeça, quando sobrava espaço para isso. O turbilhão de emoções, sensações e acontecimentos comuns da adolescência se torna sensivelmente diferente quando se vive uma situação de vulnerabilidade, embora naquele momento não soubéssemos disso. Sim, todos em vulnerabilidade social, todos no mesmo barco. Embora na escola houvesse os estudiosos, os vândalos, os tímidos, os populares, as tribos em geral, éramos todos adolescentes, todos iguais. Só havia uma pequena diferença: todos eles enxergavam.

— Tchau, Caterine! — Diana desceu pulando os degraus da arquibancada.

Desanimada, respondi e suspirei; ainda ouvi uma garota perguntar baixinho a Diana:

— Por que ela já não fica na sala de aula, que é mais confortável, em vez de ficar aqui?

— Ela tem medo de ficar sozinha — Diana, com deboche na voz, preferiu resumir.

Subi um pouco o volume da minha música. Finalmente, eu poderia ouvir Coldplay em paz e imaginar minhas diferentes coreografias para cada música. Era um costume do meu cérebro, desde quando minha visão se apagara. Eu não criava coreografias, naturalmente eu visualizava um corpo de dança, sobre um palco, com figurinos coloridos e condizentes com a música em questão, reagindo ao estímulo sonoro, e era muito prazeroso deixar fluir essa fantasia. Se o novo professor de educação física resolvesse pôr música na aula, eu aumentaria o volume do celular até esquecer o mundo lá fora. O professor anterior, coitado, que não suportara um mês naquela escola e pedira transferência, punha a música com volume tão alto que eu precisava tapar as orelhas com as mãos por cima dos fones para conseguir ouvir meu som em paz. Mas naquele dia não teve música, ao contrário, no primeiro minuto parecia vir um silêncio sepulcral daquela quadra esportiva. Curiosa, até tirei os fones para tentar compreender o que acontecia. O que me parecia o silêncio sepulcral era a atenção plena dos alunos a uma voz, masculina, baixa e séria, com um sotaque diferente:

— E sou o novo professor de Educação Física de vocês. Vamos estar juntos até o fim do ano, então é importante que vocês saibam algo sobre mim: eu não grito, então, por favor, estejam sempre atentos em mim, porque também não costumo falar duas vezes. Não temos tempo a perder. Agora quero conhecer vocês. Por favor, me falem seus nomes, da esquerda para a direita.

A parte de querer conhecer os alunos ele falou com um brilho de sorriso na voz. Um a um eles se apresentaram e eu fechei os olhos. Era assim que eu fazia sempre que não queria participar. É claro que no fundo eu queria participar, de tudo, queria estar lá, no meio de todos. Mas quando tinha um professor novo, ou qualquer outra pessoa que ainda não soubesse da minha deficiência, eu sabia que haveria uma tentativa de contato visual, então, para evitar os constrangimentos já tão conhecidos por mim, eu preferia fechar os olhos. Exatamente como previ, ele deve ter olhado para mim, esperando ouvir meu nome. Deduzi porque ouvi Diana falar:

— Ela é a Caterine.

— E por que ela não está aqui em baixo? — ele indagou com muita delicadeza.

— Ela é dispensada.

— E por quê?

— Porque ela é cega — Diana quase sussurrou.

Por uns dois segundos de silêncio reflexivo, eu pude imaginar a cara do professor me examinando, talvez com pena, talvez com comoção, talvez com alívio por eu não estar lá embaixo com todos, o que poderia significar uma grande enrascada para qualquer professor despreparado. Até que ele falou:

— Ok. Todos pegando seus colchonetes no fundo da quadra e trazendo pra cá. Diana, por favor, pega dois.

Achei que já era hora de ouvir Coldplay de novo, aumentei o volume e relaxei. Apenas um minuto e percebi alguém se sentando ao meu lado. Não era Diana, era um perfume novo, refrescante e natural, como aquele aroma verde que certas plantas exalam apenas na época de Natal. Tirei logo os fones e ouvi:

— Oi, Caterine.

Respondi desconsertada, impactada ao perceber como a voz dele era linda de perto, era firme sem ser autoritária, dicção clara, toques nasais lá no fundo, e tinha uma leve rouquidão de quem dorme pouco para passar mais tempo vivendo. Eu me senti tocando caules e folhas de certas plantas aveludadas, porém firmes.

— Meu nome é Cristian. Sou seu novo professor de Educação Física — pegando minha mão direita.

Sua mão era calorosa, robusta, e seu aperto era firme. Logo ele soltou minha mão e perguntou sem rodeios, sua voz voltada para a quadra e não para mim:

— Por que exatamente você foi dispensada?

— Porque não enxergo, não…

— Só um segundo e já volto. Com licença.

Ele me cortou e desceu feito uma bala até a quadra. Eu o ouvi dizer:

— Júlia, sem comprimir o pescoço, alonga a cervical.

A verdade era que o professor anterior nunca se esforçou para me fazer compreender os exercícios, e achava mais fácil me dispensar, dizendo que era perigoso e que eu podia me machucar nas aulas. Mas o que eu ia dizer naquela hora era a ideia que eu comprara das pessoas: eu não enxergava e não acompanhava as aulas. As palavras já se enfileiravam dentro da boca enquanto eu esperava o novo professor voltar.

— Entendi — ele voltou dizendo e se sentando novamente. — Você não acompanhava as aulas. Ou será que o antigo professor, com todo o respeito, é que não acompanhava você?

Eu soltei um risinho curto, pensativa. Minha mente girou frenética em torno de sua fala assertiva e do fato de que eu não chegara a responder o que pensei em responder. Ou eu teria respondido? Fiquei confusa. Ouvi e senti o breve vento da respiração de um riso monossílabo dele também.

— Vem comigo — e encostou o braço no meu braço.

— Mas… eu nem estou com a roupa de ginástica — tentei argumentar, mas ele quase me interrompeu:

— Amanhã você vem com ela. Melhor você tirar ao menos o casaco.

Quase soltando um rosnado de indignação, pela ideia de passar frio, tirei o casaco e me levantei. Fui conduzida por ele arquibancadas abaixo. Muito confiante, ele parecia um guia profissional, se existisse um, e eu tateava com os pés a borda de cada degrau, tão desajeitada e envergonhada.

— Onde está sua bengala? — ele perguntou. A direção da sua voz me dizia que ele estava olhando meus pés, meus passos inseguros.

— Não uso bengala — respondi, constrangida.

— Parem, todos, por favor. Quero a atenção de vocês — ele pedia à turma. — A Caterine, que vocês já conhecem bem, agora é colega de vocês também na aula de Educação Física. A partir de hoje, eu e todos vocês temos a missão de descobrir as melhores estratégias pra passar os exercícios pra ela e pra fazer com que ela se sinta incluída. Ela só não tem a visão física, mas tem um corpo em perfeito funcionamento, então não existe motivo algum pra ela não se exercitar e não se fortalecer. Seja bem-vinda, Caterine.

Eu estava quase chorando, havia um calor me queimando a garganta e querendo sair, então fabriquei um sorriso com a cabeça meio baixa e agradeci. Ali, com dezesseis anos, eu não sabia identificar que tanta emoção era aquela, mas hoje eu sei muito bem. Aquela foi a primeira vez em que eu me sentia verdadeiramente respeitada e acolhida em toda a minha vida escolar.

Foi assim que eu... que todos nós conhecemos o, até então, apenas professor Cristian. A partir daquele dia, eu chegava às sete da manhã ao colégio muito mais animada, e logo descobri que não era só eu... Por motivações diferentes, parecia que havia muita gente animada com a aula de Educação Física:

— Que professor é aquele?! Não podiam ter mandado um professor menos charmoso? — dizia uma, dividindo a mesa conosco no refeitório.

— E aqueles olhos verdes penetrantes? Vocês viram como ele olhou pra mim quando veio me corrigir no abdominal?

— Nossa, e o que é aquela voz? Eu faria qualquer coisa que ele me mandasse!

— Ele não tira nunca aquele moletom cinza, mas parece que ele é musculoso.

— Como ele é? — perguntei, entre uma mordida e outra no pão com manteiga.

Elas ficaram mudas por alguns segundos, e Diana quebrou o silêncio, provocativa:

— Hum, Caterine querendo saber como é o professor?

— Ela nunca se interessou por saber como era nenhum outro homem — Elisa botou fogo, sendo seguida por todas as outras, que me perturbaram até eu sentir o rosto queimar por inteiro.

— Nunca perguntei dos outros porque nem precisava, vocês falam até da bunda deles — rebati.

— Bom dia, padre Gabriel! — disse Elisa.

Tapei a boca, envergonhada pelo que acabara de dizer.

— É mentira dela, Cat, não passou nenhum padre aqui agora — Diana, meio brava — só tem o padre Chico lá longe, distribuindo pão. Bom, o professor Cristian tem estatura média. Eu diria até que ele é baixo.

— Isso eu percebo quando estou de pé ao lado dele, pela direção da voz dele, e quando pego no braço dele pra ser guiada — expliquei.

— E pelo jeito você tá querendo pegar em outras partes também — Elisa voltou a provocar, fazendo algumas gargalharem, histéricas.

— Cala a boca, deixa eu descrever — Diana tomou a fala de volta. — Ele tem uma postura bonita, imponente, os cabelos pretos, lisos, não muito curtos, com certo movimento neles, quase sempre partidos no meio, mas não partidos com o pente, partidos naturalmente, do jeito que acordou. Ele tem a pele morena clara, e muito lisa, sem barba.

— Ele tem algo de índio misturado com europeu — Clarice acrescentou.

— Exatamente — continuava Diana — ele tem um rosto largo, com maçãs proeminentes e olhos verdes. O nariz tem algo de índio. Talvez, analisando calculistamente, baseado em simetria e padrões comuns de beleza, ele nem seja tão bonito, porém o mais lindo é a postura, a forma de falar e como ele olha pras pessoas, como se pudesse ver além, como se pudesse olhar os nossos pensamentos.

— Eu me sinto nua quando ele olha pra mim — declarou Clarice, provocando risadinhas maliciosas, e continuou — Não, mas não dessa forma; eu me sinto… eu me sinto… eu me sinto revelada, como se ele pudesse olhar minha essência, o melhor e mais puro de mim, sabe?

— É isso, ele olha pra gente acolhendo, mas com firmeza, é difícil explicar — de novo Diana.

— Ele tem uma energia diferente, e mesmo quando ele corrige ou dá bronca a gente se sente bem — agora Elisa.

Mergulhada na minha imaginação, eu tentava criar aquela figura na mente, enquanto desejava, cada vez com mais ardor, enxergar. Por outro lado, toda aquela parte extravisual que elas comentavam eu podia sentir quando ele me tocava ou falava comigo… Sim, ele falava comigo até muito mais do que falava com qualquer outro aluno:

— Você já fez abdominal alguma vez, Caterine?

— Nunca.

— Deita com as costas no colchonete, flexiona os joelhos mantendo as plantas dos pés apoiadas no chão, coloca as duas mãos atrás da cabeça, não, no chão não, mas na parte de trás da cabeça, uma das mãos apoiando a outra. Agora você vai tirar as costas do chão, com a força do abdômen, até onde conseguir, pensando em apontar o queixo para o teto, e não para os joelhos. Isso. Os cotovelos apontando para as laterais, não para cima.

Sem aparente esforço, ele passou a descrever cada exercício para mim. Quando eu não compreendia de jeito algum, ele me fazia tocar o corpo da Diana para perceber sua posição e seu movimento. É claro que, no início, eu me sentia atrasando a aula, mas ele nunca deixava os outros sem atividade e, mesmo que eu estivesse ainda no exercício um enquanto os outros estivessem no cinco, ele dava conta de observar a todos ao mesmo tempo e de identificar o mínimo erro que fosse. E era só uma questão de tempo para que eu compreendesse todos os exercícios e entrasse no ritmo da turma, que já se exercitava desde o primeiro ano. E foi só uma questão de tempo também até que outros colegas, além da Diana, que, mais que colega, era minha melhor amiga (dentro do possível), começassem a se sentir à vontade para também descreverem exercícios para mim, ou me ajudassem com alguma correção que já haviam observado o professor Cristian fazer. Assim, também ele podia dispor de mais tempo para se dedicar a todos, embora eu sentisse que ele estava constantemente de olho em mim, e, quando eu menos esperava, lá vinha aquele perfume de dezembro e aquela voz, cheia de certezas aveludadas. Quando a atividade era algum jogo com bola, o que normalmente era no finalzinho da aula, ele me fazia correr em torno da quadra segurando seu braço, enquanto ele continuava de olho no jogo e parava de vez em quando para alguma correção ou orientação. Eu me sentia ridícula e desajeitada correndo, ainda mais com aquelas calças de ginástica que Diana me emprestara desde o segundo dia, onde caberiam duas ou três Caterines, até que minha mãe pudesse comprar uma calça nova.

Talvez também fosse uma questão de tempo a turma entrar no ritmo do professor Cristian, que era bem mais exigente que os professores anteriores, e eu ouvia a turma reclamar, arfar e se esforçar muito mais que antes. Ele parecia saber do nível elevado de sua exigência, e brincava com isso. Quando um aluno tremia muito nas pranchas ou outros exercícios de isometria, ou quando perdiam o fôlego numa sequência de agachamento ou flexão, ele parava bem em frente ao aluno, abaixava-se no caso da prancha ou da flexão, encarava e dizia, baixo e firme, com um sorriso querendo saltar dos lábios:

— Olha nos meus olhos, diz que me odeia.

Normalmente o aluno, e principalmente se fosse aluna, ria e desmontava o corpo, recomeçando de forma mais relaxada em seguida. Os mais durões apenas rosnavam, provavelmente xingando o professor em pensamento. Um dia, João Matheus respondeu, gritando:

— Eu te odeio!

— Que bom — o professor respondeu com ar de sorriso, na mesma calma irritante de sempre, e continuou circulando entre os alunos.

Todos riram, menos João Matheus, que continuou emburrado com seus exercícios. No fim daquela aula, ele se manifestou de forma áspera:

— Eu preciso falar uma coisa, professor, eu não gosto de ironia comigo. E tem mais: quero ver você fazer tudo isso. É muito fácil ficar aí pegando pesado com a gente e vendo a gente suar feito porco. E aí a gente vai pras outras aulas nesse estado, fedendo, enquanto você continua aí, todo galãzinho. Se coloca no nosso lugar!

O professor o ouvia no mais plácido silêncio. Ao fim do surto do aluno, ele respondeu, sem nenhum traço de abalo:

— Me coloco sim, João Matheus, agora. O que você quer que eu faça?

Nesse ponto, ouvi uma reação impactada de toda a turma, especialmente das meninas.

— Ele tirou o moletom — Diana me narrava, cochichando —, e tá com uma camiseta esportiva branca de manga curta.

Ela ia continuar, mas, tomando nossa atenção, ele voltou a falar:

— Vamos. O que você quer que eu faça pra suar um pouco? Cinquenta agachamentos?

Durante a frase, sua voz veio se aproximando de mim. Eu estava de pé na quadra ao lado da Diana.

— Caterine, você pode me ajudar, por favor?

Sem ter ideia de como eu poderia ajudá-lo naquele momento, eu balbuciei um "sim". Ele então se abaixou a minha frente e me pediu que montasse em suas costas, como uma mochilinha. Eu tentei, meio desajeitada. Diana veio e me ajudou. Pedindo-me licença, ele ajeitou minhas pernas nas laterais de seus quadris e andou comigo nas costas até mais perto do João. Ali ele iniciou uma sequência de agachamentos, enquanto meu corpo subia e descia sentindo a vibração da musculatura dele em intensa atividade. Para me segurar, eu o enlaçava com os braços na altura de sua clavícula, e pude sentir os músculos bem desenvolvidos de seus ombros e peito, desenvolvimento que devia se estender também aos braços, e compreendi a reação sonora impactada da turma na hora em que ele tirara o moletom. Sentir o calor de seu tronco, seus músculos e seu perfume refrescante ali tão próximo foi conflituoso, eu senti coisas que me provocavam culpa e vergonha. Eu tinha a certeza de que ele me escolhera para ser seu alter naquele momento não só pela minha baixa estatura e pelo meu peso leve pena, mas também porque eu era a única ali que não o olhava babando, como certamente minhas colegas faziam naquele mesmo instante. E agora eu sentia coisas que nenhuma delas sentia, eu o sentia de uma forma que nenhuma delas tinha a oportunidade de sentir...

— Está bom, já chega — João Matheus falou para dentro.

— Mas eu nem comecei a transpirar — o professor falava. — Ok, agachamento é muito fácil, não trabalha os braços.

Ele então se abaixou e me pediu para ficar de pé no chão. Postou-se de frente para mim, mandou-me dobrar os braços, de forma que as mãos, fechadas, ficassem perto da clavícula, e ficar dura e imóvel. Passou a me erguer assim, apoiando apenas meus cotovelos, repetidas vezes. Na primeira subida eu ri, surpresa, como uma criança. Alguns colegas riram de meu susto divertido. Nas voltas ao chão, o friozinho na barriga era gostoso, e eu podia sentir pelas mãos do professor a vibração da força que ele fazia, além do vento de sua respiração intensa. Ele já estava no vigésimo levantamento de Caterine, que os outros alunos passaram a contar em voz alta, empolgados, quando João Matheus, trincando os dentes, disse que ele podia parar, que já era o suficiente. Depois de me botar no chão com muito cuidado, e de me agradecer com respeito, o professor deu tapinhas nas costas do aluno, dizendo, com um sorriso amigável na voz e com a respiração levemente alterada:

— Continua se exercitando, e sem reclamar, que você também vai ter essa força um dia.

Alguns alunos tentaram iniciar um aplauso, mas o próprio professor os interrompeu pedindo silêncio e se preparando para o ritual final ao qual todos já estavam se acostumando. Ele vestiu de volta o moletom e apenas estendeu as mãos para os alunos mais próximos. Todos já sabíamos o que fazer, e, mais rápido que qualquer outra vez naquela primeira semana, formamos a roda. Ele sempre fechava os olhos e dizia, pausado e firme, como se quisesse carimbar cada palavra em nossas mentes e corações:

— Que a gente use nossa força somente para o bem. Muito obrigado pela aula.

Eu não sabia o porquê, mas sempre me sentia tão bem depois dessa espécie de oração. E, naquela manhã, eu seguia especialmente leve segurando o braço da Diana até a sala de aula, só porque um homem, incrível, pegou-me nas costas e me provocou tantas fantasias. E aí vinha a culpa, porque eu sabia que não era a intenção dele me provocar qualquer coisa, eu tinha certeza. Mesmo assim, eu estava vaidosa por ter sido a escolhida dele para o ajudar em sua exibição, e, como por raríssimas vezes me senti, eu era privilegiada, pelo contato físico com alguém que todas as minhas colegas comiam com os olhos, especialmente naquela manhã. Então era isso e pronto, eu estava vaidosa, feliz e leve, até o momento em que resolvi ir sozinha ao banheiro. Era só uma parede, só uma mesma parede da porta da sala de aula até o banheiro feminino, sem nenhum degrau, e não tinha maneira de eu me machucar. Eu não me sentia bem dependendo sempre de alguém, ou fazendo Diana perder pedaço da aula só para me acompanhar num trajeto que eu tinha plenas condições de fazer sozinha. Talvez eu estivesse vaidosa demais para me lembrar do fator surpresa… Havia algo acontecendo com certa frequência sempre que eu andava sozinha pela escola, por isso eu vinha andando com tanto medo de ficar sozinha em qualquer dependência daquele lugar. Só que naquele dia foi pior: minha mão deslizava pela parede áspera na altura do meu ombro e centímetros antes do meu corpo. Ouvi discretos movimentos passarem por mim. De repente, minha cabeça se chocou contra alguma coisa, muito dura. Estaquei com o susto e com a dor, xinguei em pensamento. Esperei que o dono do movimento que ouvi dissesse qualquer coisa, como o idiota "cuidado" que costumavam me dizer depois de eu me machucar, ou "quer ajuda?", mas o que ouvi, ao contrário, foi uma risada sem voz, só de respiração, afastando-se rapidamente. Levei a mão à frente da cabeça para tocar o novo obstáculo, que poderia ser um nicho instalado naquela manhã, mas não havia nada, absolutamente nada naquela parede. Entendi tudo: aquela criatura, que vinha me perseguindo havia algum tempo, segurara algo firme contra a parede até me ver bater a testa ali e depois se fora, com o obstáculo móvel. O que essa pessoa tem na cabeça? Deve ter se dado ao trabalho de pegar um banco de madeira ou sei lá o quê de alguma sala de aula e erguer isso junto à parede só para me machucar. Dessa vez, ela se superara. Senti a raiva e a tristeza ferverem até minha garganta, e agora eu só queria chegar logo ao banheiro para chorar longe de todos. Mantendo ainda uma das mãos na parede, mantive a outra à frente do rosto até chegar ao banheiro. Com o coração aos saltos e as lágrimas já escapando, entrei no primeiro gabinete e me tranquei lá. Sentei sobre a tampa do vaso e larguei o peso da cabeça nas mãos, e foi quando percebi que pelo meu rosto rolava algo quente que não eram as lágrimas descendo dos meus olhos.

Capítulo 2

Saí do banheiro pressionando um amontoado de papel higiênico contra o corte, que insistia em sangrar. Como a Diana não viera saber o porquê de eu ter demorado tanto no banheiro? Por um tempo, esperei que alguém fosse lá me resgatar, e tive muito medo de sair e ser vítima de novo da criatura misteriosa, mas agora não tinha jeito, aquilo não parava de sangrar e eu ia gritar por ajuda, por mais que a vergonha me fizesse sentir um lixo.

— Caterine? Vem comigo. Enfermaria.

Nem foi preciso gritar. Que sorte, o professor Cristian estava passando por ali e me viu. Como aquela voz e aquele leve sotaque, não se sabia de onde, já me inspiravam conforto e confiança. Ele apenas encostou seu braço no meu, como sempre, e me conduziu apressado.

— O que houve? — ele perguntou.

Aquele choro voltava desenfreado e eu não consegui responder, apenas chorava, tentando ser o mais discreta possível.

— Está tudo bem, vamos cuidar disso e já vai passar — seu tom tentava me tranquilizar.

Poucos passos depois, eu o ouvi cumprimentar, com formalidade, o padre Luiz Carlos, nosso professor de ensino religioso.

— O que houve? — ele se aproximou numa aflição zangada, quase uma bronca, como era de seu feitio.

— Ainda vamos compreender. Estamos indo pra enfermaria — professor Cristian nitidamente apressou o passo comigo, desviando do padre.

Senti uma textura diferente em sua roupa, não era o moletom, e nos meus tornozelos, conforme ele caminhava meio passo à minha diagonal esquerda, eu podia sentir um tecido dançando com o movimento apressado dele. Coisa estranha, eu só sentia isso quando minha mãe usava saia longa, ou, claro, quando algum padre da escola me guiava.

— Oi, padre Chico. Precisamos de um curativo — ele anunciou, entrando comigo enfermaria adentro.

— Oh, menina! O que aconteceu? Sente-se aqui. Padre Cristian, vá pegar uma água pra ela — padre Chico me recebia com carinho.

Eu não podia acreditar. Era aquilo mesmo que eu ouvira? Então o professor Cristian também era padre? Eu estava bastante confusa quando ele me conduziu para uma cadeira. Chateada e assustada demais para tentar identificar o que eu sentia exatamente. Enquanto padre Chico tirou o papel higiênico da minha mão e da minha testa, padre Cristian pousou a mão quente no alto da minha cabeça e falou:

— Já vou, mas ela vai se acalmar.

Um arrepio crescente e gostoso começou a percorrer em ondas todo o meu corpo desde a cabeça, junto com um calor relaxante. Como por mágica, minha vontade de chorar foi se abrandando, e nem foi tão doloroso o procedimento de limpeza do corte e de aplicação do remédio. Fui tão surpreendida por aquela chuva de bem-estar e relaxamento sobre mim que, quando me dei conta, eu já não chorava. Padre Cristian então se afastou avisando que já retornava. Um minuto depois, quando padre Chico fazia o curativo com gaze e esparadrapo, o outro voltou e pôs um copo d'água na minha mão. Consegui agradecer e até esboçar um sorriso. Ele puxou outra cadeira e se sentou ao meu lado, indagando:

— Como você se machucou?

— Eu bati em alguma coisa que botaram na minha frente — respondi, ainda fungando.

— Alguma coisa que alguém botou na sua frente? — ele tentava compreender. — De propósito?

— Sim. Já tem um tempo que alguém me persegue aqui dentro e puxa meu cabelo, me dá petelecos, sopra meu ouvido, me dá tapas, só quando estou sozinha, claro. Mas hoje botaram uma coisa dura na minha frente, e depois tiraram, logo que eu bati, e ficaram rindo.

— Meu pai, quem faria uma coisa dessas? — indagou padre Chico, estalando a língua em seguida.

— Risada masculina ou feminina? — padre Cristian perguntou, com a mesma serenidade de sempre.

— Não consigo detectar. A pessoa ri sem voz, apenas solta o ar pelo nariz, sabe? Assim — e imitei.

— Temos que descobrir quem é, e até que se descubra, não anda sozinha por aqui. E você precisa de uma bengala, vai te dar mais autonomia.

— Se não me arrancarem a bengala da mão também — rebati com certa revolta, confesso.

— Você mora por aqui?

— Sim, na comunidade.

— Como você vem pra escola, Caterine?

A voz dele era ainda mais linda ali, sem a reverberação da quadra esportiva e longe de minha turma barulhenta. Tomei o último gole de água e respondi:

— Minha mãe me traz, e na saída Diana me leva até em casa, porque a essa hora minha mãe está no trabalho.

— E seu pai?

— Não conheço meu pai. Ele me abandonou com minha mãe quando eu nasci, culpou minha mãe por eu ter nascido com problema no olho. Não sei nem o nome dele, minha mãe nunca quis me contar. Já ouvi dizer que ele vive por aqui e que é ligado ao tráfico.

— E lá fora, na comunidade, como te tratam nas ruas?

— Ah, lá fora não tem perigo, eles todos me ajudam, e um pessoal já foi falar com a minha mãe pra gente avisar a eles se alguém mexer comigo. Eles falam que quem mexe com deficiente não merece viver. Parece loucura, mas ali fora eu estou mais segura que aqui dentro.

— Ah, não se engane, minha jovem — padre Chico, com sua voz velha e rouca, finalizando o curativo. — A coisa ali fora é bem difícil e hostil, e aqui dentro é reflexo do "lá fora", embora a gente se esforce pra transformar essas cabecinhas e ensinar a fé, o amor ao próximo, o respeito, a bondade. Essa cidade já foi muito boa de se viver, mas depois que o tráfico se instalou ficou difícil. A mídia só se interessa pelos grandes centros violentos, mas as periferias do interior não são notícia interessante, ninguém nem sabe que existimos. E vê se pode, numa escola como a nossa é cada vez mais comum pegarmos alunos com drogas e ar…

Ele parou no meio da palavra, ao mesmo tempo em que percebi um movimento rápido do padre Cristian. Tive certeza de que ele fez sinal ao padre mais velho pedindo silêncio ou simplesmente dizendo que "não" com o dedo, só para me proteger. Eu já estava assustada o suficiente. Com naturalidade, ele então propôs:

— Padre Chico, por que não fazemos uma oração e devolvemos Caterine pra sala de aula?

O padre mais velho liderou a oração, abençoou-me e depois padre Cristian me conduziu até a porta de minha sala. No trajeto, tentando ser simpática, mas sem conseguir esconder minha surpresa, quebrei o silêncio:

— Eu não sabia que o senhor era padre.

— Sim, eu sou — ele parecia ter um leve sorriso, tornando ainda mais acolhedora sua fala serena.

Era deliciosa a sensação de cumplicidade ao ter sua voz ali tão perto e não ouvir ninguém mais em volta. Continuei a breve conversa:

— E de onde é esse seu sotaque?

— Acho que é uma mistura de todos os lugares onde já vivi, mas ele ainda tem algo da minha terra: Manaus.

Eu ia perguntar mais, porém ele viu um aluno vadiando no corredor e, com muita autoridade, e o chamando pelo nome, fez o adolescente voltar imediatamente para a sala de aula. Quando chegamos à minha classe, eu agradeci ao padre, que me abençoou e se foi. Depois daquele breve contato com ele e de receber sua benção e suas boas energias, eu até me sentia confortada. Mas à noite, quando minha mãe chegou em casa, eu estava em crise, confusa com o turbilhão de emoções que os acontecimentos daquela manhã trouxeram à tona.

— Caterine, já te falei pra acender a luz quando anoitecer — ela falava, apertando o interruptor ao lado da porta. — Filha, o que foi na testa?!

— Mãe, por favor, me tira da escola, eu não quero mais estudar — eu chorava à mesa da cozinha.

— O que aconteceu? Você tava tão feliz com a aula de Educação Física. Esse machucado não foi na aula de Educação Física, foi?

— Mãe, vamos sair daqui. Vamos morar no Rio!

— Caterine — ela suspirava —, eu já te falei: lá é mais violento que aqui e ainda muito mais caro do que aqui, não dá, filha! Se ao menos tivéssemos seu pai pra ajudar… Mas sou só eu, Caterine, trabalhando por nós duas.

— Eu preciso de uma escola preparada pra mim, preciso de reabilitação, eu quero aprender a dançar! Lá tem aula de dança pra cegos, acredita? — eu soluçava.

— Ai, aqueles seus amigos na internet enchendo sua cabeça de novo…

— Mãe, quem sabe no Rio já não tenha tratamento pra mim?

— De novo, filha? Eu já te falei que ainda não existe nenhum tratamento pra te devolver a visão, Caterine.

— Quem sabe eles não estejam precisando de cobaias pra células tronco ou algo assim? — eu insistia, quase ignorando o que ela falava.

— Caterine…

— E se a gente procurar meu pai? — eu a interrompia. — Quem sabe agora ele não queira me conhecer e ajudar a gente a ir pro Rio?

— Já falei que nem pensar — a voz dela se alterou. — Esquece, Caterine, esquece que um dia você teve pai. Aliás, pai você nunca teve. Ele só colocou você em mim e pronto, foi só isso, ele não tem nada de bom pra te oferecer, então é melhor assim, você fica mais segura se mantendo longe dele e fim de conversa.

Meus soluços agora eram mais doídos e vinham de fontes mais profundas e nebulosas do meu ser. Minha mãe apenas suspirou de forma dolorosa e me abraçou.

— Eu tive um dia horrível — eu desabafava no calor do seu abraço. — E eu não sei quando anoitece.

— Desculpa, filha. Às sete da noite já pode acender a luz. Nesse período do ano, às sete já tá escuro.

Na manhã seguinte, cheguei um pouco atrasada à escola. Minha mãe teve um trabalhão para me tirar da cama. Eu passara metade da noite chorando e a outra metade tentando dormir. Diana veio me pegar das mãos do padre Chico na beira da quadra. Havia uma atmosfera meio tensa por ali, e a aula não havia começado.

— O professor foi levar o Rafael e o Felipe pra diretoria. Eles se pegaram na mão de novo. Amiga, você não acredita o que eu descobri — ela contava, em tom de segredo, enquanto me conduzia para perto das outras na arquibancada. — Quando os meninos brigaram, eu fui correndo chamar alguém, porque só tinha aluno aqui, e encontrei o professor Cristian entrando no vestiário, e ele estava de batina!

— Eu já sabia — declarei, muito séria.

Naquela manhã, em qualquer pequeno intervalo sem padres ou professores por perto, as meninas, decepcionadas, só falavam na descoberta do dia: o padre Cristian. E, ao mesmo tempo admiradas, contavam como ele, após arrancar a batina e correr para a quadra, com apenas um golpe, separara a briga dos dois alunos e os imobilizara no chão, acabando com o confronto.

No fim da educação física daquele dia, o professor, e padre, não me deixou sair da quadra e disse a Diana que depois me conduziria até a sala de aula. Curiosa, fui conduzida por ele até o mesmo colchonete que eu utilizara durante a aula e, seguindo a orientação dele, sentei-me ali. Sentado à minha frente, provavelmente no chão, enquanto meus colegas deixavam a quadra, ele começou, a voz sempre tranquila:

— Caterine, ontem fui conversar com a diretoria sobre você. Contei que você não era mais dispensada da Educação Física, o que significa que agora você pode ser reprovada por mim — ele concluiu, com um sorrisinho ameaçador na voz.

Eu ri sem muita vontade. Ele prosseguiu:

— Só que não seria justo eu te avaliar como avalio os outros. Ter ficado tanto tempo fora da Educação Física te deixou em condições bastante desfavoráveis: você não desenvolveu tônus muscular, nem consciência corporal, sua postura te prejudica muito, em vários sentidos. Além disso, muito do nosso bem-estar geral e da nossa saúde mental, entre outras coisas, é favorecido pelo exercício físico.

Eu me enchia de desânimo e vergonha, enquanto ele continuava:

— Tem mais: a educação física e o esporte promovem socialização, a integração de qualquer pessoa em um grupo. Você ficou muito prejudicada sem tudo isso, e não só aqui dentro da escola, mas na vida. Caterine, você sabe como você é? Alguém te conta como é sua aparência?

— Bom, eu enxerguei um pouco até os oito anos, então me lembro. Claro que mudei de lá pra cá, exceto na altura. Mas eu sei que eu sou pequena, magra, branca, olhos castanhos e cabelos loiro escuro, cacheados e cortados um pouco acima dos ombros. Ah, e especialmente hoje tenho olheiras e os olhos inchados, porque minha mãe me falou, além de um curativo na testa.

Ele riu monossilábico. Depois acrescentou:

— Você tem muitas belezas, Caterine. Só precisa deixar que elas sejam vistas. Sua aparência e sua postura, sempre encolhida e tensa, cabeça baixa, transparecem muita fragilidade, autopiedade e insegurança.

Eu podia sentir minha coluna se curvando ainda mais e minha cabeça descendo. Alguma parte de mim sabia de tudo aquilo, mas eu nunca ouvira de ninguém.

— Isso não é culpa sua, não é culpa de ninguém, não precisa se envergonhar. A maneira como você se vê e se coloca no mundo é fruto do meio, da criação, da cultura, do ambiente, de tudo o que você já ouviu na sua vida inteira, e, finalmente, de tudo o que você não ouviu na sua vida inteira, eu quero dizer, das informações importantes que nunca chegaram até você.

Eu refletia, um pouco confortada.

— Eu posso ser o instrumento pra fazer essas informações e orientações chegarem até você, mas eu preciso de mais tempo com você. E você precisa querer, é claro.

Eu ergui a cabeça, com expectativa. Ele então esclareceu tudo:

— Toda terça e toda quarta, você tem Ensino Religioso depois da Educação Física, então propus uma troca ao padre diretor: ele autorizou sua dispensa por tantos anos da Educação Física, agora ele te dispensa temporariamente do Ensino Religioso e eu te dou um treinamento individual às terças e quartas após a aula em grupo. E, claro, eu sendo padre, você não vai ficar tão distante do Ensino Religioso.

Eu sorri de boca fechada, porque sua última frase tinha aquele brilho de sorriso.

— Argumentei com ele que sim, a fé e o ensino religioso são fundamentais, mas não há fé sem ação, e nas condições tão desfavoráveis em que te vejo, a ação se faz igualmente necessária. Você pode crer em Deus, pode crer que sua vida será muito melhor, mas se você fica parada, sem ação, Deus não tem muito como te ajudar, Ele age por iniciativa. Eu acredito que existe uma força incrível aí dentro de você, Caterine, assim como em cada um de nós. Isso é fé. Agora, eu sei que tenho ferramentas que vão ajudar a despertar essa força e eu estou me disponibilizando a compartilhar essas ferramentas com você. Isso é ação. Quero te dar consciência corporal, te fortalecer, te ensinar um pouco de defesa pessoal, te despertar autoconfiança e muito mais. O padre Gabriel topou. Você topa?

Meu coração estava acelerado, era um misto de muitas emoções. Ouvir tudo aquilo sobre minhas condições desfavoráveis não fora agradável, e eu ainda levaria um tempo para digerir e compreender. Mas, sobretudo, eu me sentia grata e surpresa com tanta dedicação e generosidade. Tudo aquilo de consciência corporal e postura também me fazia pensar na dança e em todas aquelas bailarinas fabulosas que eu vi na TV quando pequena, com o rosto colado na tela para que minha baixa visão conseguisse captar algo além de borrões coloridos, e guardei com carinho na memória, sonhando um dia ser como elas. Pensando nisso, abri um sorriso tímido e respondi, com a voz rouca:

— Como eu recusaria um presente desses? Claro que eu topo.

— Bom, que bom — ele parecia satisfeito e relaxado.

Ele se levantou e me deu a mão para, gentilmente, ajudar-me a me erguer também. Pegou minha mochila na arquibancada, ajudou-me a colocar nas costas e, em silêncio, conduziu-me até a porta de minha sala.

Na semana seguinte, terça-feira acordei especialmente ansiosa. Seria meu primeiro treino individual. Minha mãe conseguira uma calça de ginástica do meu tamanho, azul clara, de uma vizinha que engordara um pouco e não a usava mais. Naquele primeiro dia, padre Cristian, meu professor particular, ensinou-me a me alongar da cabeça aos pés, e eu senti fibras musculares em lugares do meu corpo onde eu nem sabia que havia músculos, senti calor e circulação fluindo por toda parte, senti relaxamento. Depois, ele me apresentou ainda a músculos e articulações que eu não fazia ideia de que eu tinha, utilizando bolinhas de tênis que ele me fazia pressionar contra o chão com diferentes partes do meu corpo. Ele me falou sobre propriocepção e me fez encostar na parede — lombar, escápulas e cabeça — para que eu percebesse uma postura mais ereta. Para finalizar, ele me fez deitar no colchonete, bem relaxada, e, caminhando devagar à minha volta, guiou minhas percepções, dos sons ambientes, da temperatura e do movimento do ar à minha volta, da minha própria respiração, do peso do meu corpo sobre o colchonete, do contorno que o meu corpo desenhava nele, do contato da minha pele com as roupas, do que se passava na minha mente.

— Isso é meditação? — perguntei, ao fim da prática, completamente entregue ao colchonete.

— Sim, Caterine, isso é um tipo de meditação — ele pareceu orgulhoso de mim, sentando-se no chão. — Tudo o que amplia nossa consciência e traz nossa atenção plenamente ao presente é meditação. Estamos expandindo sua consciência e suas formas de percepção.

— Isso é bom — declarei, com um sorrisinho relaxado na cara e os olhos ainda fechados.

— Isso é muito bom — ele estava sorrindo e, enquanto ajudou a me levantar, perguntou casualmente: — Caterine, quando você enxergava, você tinha uma cor favorita?

— Amarelo — respondi, certeira.

No segundo dia, ele já começou pela meditação, e tudo o que vivenciei com meu corpo depois teve mais consistência. Naquele dia, ele colocou minha mão sobre algo e perguntou:

— Sabe o que é isso?

— Parece uma Bíblia.

— Exatamente.

— Devo fazer um juramento aqui, com a mão direita sobre a Bíblia?

— Sim. Repita: eu juro equilibrar esta Bíblia na cabeça caminhando por toda a quadra — ele tinha sorriso na voz.

— Toda a quadra? — eu me admirei.

E a partir dali, em todas as aulas, ele me fazia caminhar por algum tempo ereta com aquilo no alto da cabeça, e ia caminhando de costas, à minha frente, para me orientar com sua voz quanto à direção. Aí ele percebeu que meu caminhar tinha vários outros problemas. Eu não balançava os braços, não distribuía bem o peso entre os pés, quase não movia o tornozelo. Então, ele me ensinou também a caminhar de forma menos tensa e mais natural. Além disso, eu tinha muitos problemas de equilíbrio, então ele estendia uma corda grossa no chão e me fazia caminhar sobre ela, como numa corda bamba, fazia-me ficar numa perna só, fortalecendo também pernas e pés. Eu me balançava para não cair e me sentia um espantalho, mexendo os braços loucamente para tentar manter o eixo. Ele via minha tensão e dizia:

— Respira, é assim mesmo, o equilíbrio é dinâmico, encontre o equilíbrio no desequilíbrio.

Quando eu comecei a ficar boa nisso, ele se animou e disse que um dia eu me equilibraria de cabeça para baixo numa parada de mão. Embora eu achasse aquilo uma loucura, até me animei também. E quando eu já estava craque na categoria equilíbrio bíblico, ele me apareceu com um copo de plástico cheio de água e o colocou sobre a Bíblia, que já estava sobre a minha cabeça.

— Essa é minha Bíblia de estimação, Caterine, por favor, eu confio em você — falou, muito sério.

Eu me apavorei, mas respirei lentamente, foquei a atenção no meu centro e no contato com o chão, fixei o olhar num ponto imaginário da minha tela mental e comecei a andar. Senti a Bíblia tremer um pouco. O professor seguia à minha frente, orientando a direção. Mais um passo e… Eu quis chorar, não tanto porque estava bem molhada agora, mas porque a Bíblia também devia estar. Em silêncio, ele pegou copo e Bíblia do chão e, rindo discretamente, colocou a Bíblia na minha mão e disse:

— Tenta abrir.

Tentei e não consegui. Percebi então que se tratava de uma falsa Bíblia, uma caixa de plástico cuja tampa era a suposta capa da Bíblia. Ele continuava rindo baixinho e falou:

— É só a caixa de CDs da Bíblia gravada em áudio.

Relaxei, ri também e fiz menção de atirar a caixa contra ele.

No meio daquilo tudo, ele também estava fortalecendo de forma intensiva meus braços, pernas e abdômen. Ele queria se certificar de que eu estaria forte o suficiente para me dar noções de defesa pessoal. Então, agora a quantidade e a exigência sobre a qualidade dos abdominais, flexões, agachamentos e outras delícias eram bem maiores.

— Tenha misericórdia de mim — eu pedia, no meio de uma sequência nauseante de abdominais. — Você é padre ou o quê?

— Vai ter pena de você até quando? Você é forte.

— Você nunca me mandou olhar nos seus olhos e dizer que te odeio, mas é o que eu adoraria fazer bem agora.

Ele riu tentando ser discreto, mas eu ouvi e adorei aquela gargalhada abafada.

— Um dia você vai me agradecer — ele rebateu.

Meu caminhar tinha progressos, e eu podia sentir esse progresso até fora dos treinos, no dia a dia. E, a cada aula, meu professor particular adicionava elementos novos ao treino. Agora ele trabalhava também meu reflexo e minhas percepções mais finas; caminhava à minha frente na quadra sem falar nada, e eu devia seguir os sons de seus passos, palmas, estalos de dedo e língua. Ele mudava de direção cada vez mais rápido e eu devia acompanhá-lo. Até o dia em que ele me fez caminhar sem os sons dele para me guiarem na quadra.

— Mas como? — eu travei.

— O corpo tem memória. Já faz semanas que você caminha por essa quadra. Usa também sua audição pra perceber a ressonância dos seus passos nas superfícies, usa a percepção da pele, usa sua intuição.

Na primeira vez foi tenso, e meu cérebro ficou muito cansado. Mas a cada aula ele foi exercitando em mim cada uma dessas formas de percepção e tudo foi ficando mais claro. Aprendi o quanto o deslocamento de ar, a temperatura, a ressonância, a propriocepção e a intuição podiam ser grandes aliados não só na orientação espacial e na locomoção, mas em tantas tarefas do dia a dia. Em casa, para encontrar o que queria na geladeira, por exemplo, em vez de ficar abrindo e cheirando cada pote, passei a respirar com calma, visualizar o alimento que eu desejava pegar e, neste momento, eu ouvia a voz do padre Cristian na minha cabeça: "Pergunte ao seu inconsciente. Existe uma parte de você que pode enxergar tudo." E então eu me concentrava, e o primeiro impulso que viesse ao meu braço, sem tentar racionalizar, eu deveria obedecer. Por vezes, ri de mim mesma e achei aquilo um absurdo, mas dava uma chance ao meu inconsciente e, pumba, estava exatamente lá o que eu queria. Por outras vezes, racionalizei sem querer, tentando seguir a lógica e não a intuição. "Não, minha mãe nunca colocaria a manteiga na porta da geladeira; deve estar na primeira prateleira", e aí eu quebrava a cara; depois retornava ao impulso inicial e lá estava a manteiga, na porta da geladeira.

— Isso é assustador — eu disse, rindo, a ele.

— Isso é sua consciência se expandindo, Caterine. Deus é tão maravilhoso que nos fez muito maiores que só um corpo, tão frágil e limitado às vezes. Mas, quando o corpo e a mente se unem, quando hemisférios direito e esquerdo do cérebro se equilibram, quando todas as nossas capacidades são ativadas e trabalham juntas, tudo se potencializa e podemos fazer coisas que você nem imagina. Em João 14:12, Jesus diz: "Em verdade vos digo que aquele que crê em mim fará também as obras que eu faço e outras maiores fará." Crer nele é crer no potencial supremo do ser humano, é crer na conexão entre homem e Deus, é crer numa mente tão evoluída e expandida, sobretudo nas capacidades benevolentes e amorosas, que os considerados milagres tornam-se perfeitamente possíveis.

Eu absorvia, imóvel. Ele continuou:

— A intuição é fato. Algumas ciências já comprovam e explicam como nossa mente, por mecanismos físicos, como frequência e ressonância, acessa outras mentes e dimensões. A intuição, assim como essas outras formas de conexão, não é lógica, é uma linguagem bastante subjetiva e precisamos de um tempo para aprender a compreender. Dome sua intuição, continue praticando, em cada mínima oportunidade, dome suas percepções físicas também e tudo isso junto pode enxergar mais que dois olhos.

Eu permaneci em silêncio, encantada e ávida por mais daquele novo universo.

— Bom, você tem bastante tarefa de casa. Agora vem aqui, Caterine, tenho um presente pra você.

Surpresa, mas desconfiada, caminhei até a beira da quadra, onde ele estava sentado. Sentei-me também no chão e ele me entregou uma bolsinha de crochê, pesada e meio retangular. Abri e tateei tubos de metal conectados por um elástico.

— Sua primeira bengala — ele anunciou.

Não posso imaginar a confusão de expressões que provavelmente ele via na minha cara. Eu nunca me imaginara usando aquilo, embora soubesse que toda pessoa cega usava, ou deveria usar. Eu sabia que um dia seria imprescindível para mim este instrumento, mas, quando chegasse a hora de andar sozinha nas ruas, quem sabe eu já não teria encontrado a cura? E, enquanto isso não acontecia, eu adiaria o máximo possível o contato com aqueles tubos de metal; ao menos era meu plano. Se qualquer outra pessoa me "presenteasse" com uma bengala, eu certamente faria uma cara bem feia e provavelmente cortaria relações. Mas, vindo dele, alguém em quem eu confiava cada vez mais, alguém que, generosamente, estava me ensinando tanto e provocando pequenas revoluções em minha vida, como eu poderia me chatear? Um sorriso emocionado venceu minhas resistências e falei:

— A primeira bengala a gente nunca esquece.

— Pois é. E você pode descobrir de que cor é?

— Branca, como todas.

— Na realidade, sim, ela é branca, mas colei uma fita em espiral. Você pode usar sua intuição e me dizer de que cor é?

A bengala ainda estava dentro da bolsinha. Agora, com mais curiosidade, retirei-a e segurei entre as duas mãos, respirando calmamente e buscando enxergar a primeira resposta que viesse à mente.

— Amarelo?

— Muito fácil essa — ele estava sorrindo.

Sorri também, compreendendo o porquê de ele ter perguntado minha cor preferida. Meu coração estava acolhido em um calor infantil. Pensei nos brinquedos e roupinhas amarelos que eu tinha e dos quais me lembrava fortemente. Especialmente uma bonequinha bailarina de *collant* e tutu amarelos, a qual eu adorava manipular, fazer rodopiar e apreciar o movimento da sainha no ar, brilhou no centro do meu palco mental. Fiquei visualizando na mente aquela bengala encapada em fita amarela, e pelas mãos dele, e me emocionei, mas sem parar de sorrir.

— Muito obrigada — falei, segurando minha emoção.

— Levanta, vamos entender como ela pode te ajudar — e me deu a mão para me erguer.

Ele me ensinou como rastrear com a bengala o caminho adiante para sentir com o tato da mão, estendido na bengala, o relevo do chão que a ponta dela tocava. Pratiquei pelo espaço, com ele sempre ao meu lado, e, da primeira vez que senti o degrau da borda da quadra, eu me assustei e perdi o equilíbrio.

— Recupera, recupera — ele ordenou, sem tocar em mim para me amparar.

Usando a bengala como um terceiro apoio, eu me endireitei. Depois ri nervosa e continuei.

— Respira devagar, não é porque tem uma bengala que você vai se esquecer de sentir os seus pés no chão. Esteja presente em cada passo, Caterine, sente o chão, sente o espaço à sua volta, seu corpo todo enxerga, e agora você tem algo amais pra te ajudar a enxergar. Isso, mais rápido, pra frente, cabeça reta, atenção no seu centro e você não perde o prumo. Atenção plena, consciência em cada passo, cada movimento, relaxa o braço esquerdo, ele pode se balançar. Tornozelo mais flexível, pensa em cada passo.

— Ai, será que tudo isso um dia vai ficar automático? Ou vou ter sempre que pensar em tudo isso ao mesmo tempo?

— Um dia vai ficar fluido, mas nunca deixe ficar automático, porque é no automático que nos distraímos e nos machucamos. Qualquer pessoa, Caterine, enxergando ou não, quando entra no automático e se distrai é quando provoca acidentes, se machuca e machuca outras pessoas, na rua, em casa, na vida. Por isso, atenção e consciência sempre, o que não quer dizer tensão. Relaxa, foi o suficiente por hoje. Vamos.

Ele me ofereceu o braço e nos viramos para a direção de onde estavam minhas coisas.

— Bom dia, padre Luiz Carlos! — padre Cristian o cumprimentou.

— A aula de religião terminou faz um tempinho. Já passou da hora de devolver a aluna pra sala de aula — ele bronqueou.

— Sim, é verdade. Perdão, Caterine, perdi a hora. Era muita novidade e eu me entusiasmei. Pode deixar que me responsabilizo com seu professor.

— Você já teve muitos alunos cegos? — perguntei no caminho para a sala de aula.

— Você é a primeira — ele respondeu com naturalidade.

— Mas então como você aprendeu tudo isso?

— Estudo. Passei a pesquisar desde o primeiro dia de aula com você. E passei a inserir algumas práticas de olhos vendados no meu dia a dia e no meu treino físico. É um exercício que me ajuda a compreender a sua condição e me ajuda a aprimorar minhas percepções, meu autocontrole e minha consciência. Ou seja, sem querer, você também me ajuda.

Cada vez mais encantada, eu sorri um sorriso que me acompanhou até a porta da sala. Nunca imaginei que, mesmo sem querer, eu poderia acrescentar algo a um padre, que, na minha cabecinha, era um ser que já sabia tudo. Pelo menos era o que a postura da maioria deles me fazia pensar, e a humildade daquele padre e professor me fazia admirá-lo ainda mais.

Naquela semana, eu me ocupei bastante de praticar todas as novas técnicas. Em casa, eu já não me localizava com as mãos pelas paredes para ir de um cômodo ao outro, para encontrar o vão da porta. "Seu corpo todo enxerga" — eu ouvia a voz dele em minha mente, e fui ativando todas as minhas percepções. Fui gostando daquilo, especialmente de perceber que eu conseguia, que era possível fazer mais do que vinha fazendo até então, com meu corpo, meu cérebro e mente. Quanto à bengala, a introdução desta prática já foi mais tímida, mesmo porque eu tinha poucas oportunidades de caminhar sozinha. Mas um dia fui só com a bengala da minha casa à casa da minha avó, que ficava nos fundos da minha. Eu já fazia esse trajeto sozinha, mas muito insegura, tropeçando em beiras de degraus tortos e tufos de mato que nasciam em qualquer buraco, e *imundiçando* a mão pela parede. Mas agora, com a bengala, foi especial a sensação de equilíbrio e autonomia. Confiante, voltei a ir ao banheiro da escola sozinha. A Diana me acompanhava desde o último incidente, mas aquela dependência não poderia durar para sempre, e decidi ir sozinha, com a bengala. Não toquei mais na parede, apenas a ponta da bengala tocava no rodapé quando rastreava para a esquerda. E mantive atenção redobrada no rosto e na cabeça. Certa manhã, percebi movimento se aproximando.

— Bom dia — cumprimentei quem quer que fosse, mesmo sabendo que poderia ser meu perseguidor.

Em resposta, tive, pela direita, um beliscão forte na barriga. Imediatamente me virei com toda a força, junto com a bengala. Senti que ela se chocou contra algo móvel, ou alguém, que se afastou sonoramente. Mesmo com o movimento brusco, não me desequilibrei, e tive consciência de cada movimento meu, apesar da tensão inevitável. Legal, uma bengala, embora não me protegesse dos ataques, ajudava-me a me defender. No dia seguinte, contei ao padre Cristian e ele me parabenizou, pela coragem e pelo reflexo.

— Mas hoje — ele complementava — não ande sozinha, por favor, ainda não.

— Por que hoje não? — eu quis saber, apreensiva.

— Não precisa ter medo, só não fique sozinha. Têm dias e momentos em que é melhor estar acompanhado — ele me tranquilizou, com a voz baixa.

Na última aula daquela manhã, eu e Diana tínhamos ido à coordenação entregar um atestado. Na verdade, o atestado era dela, eu não precisava estar ali, mas, lembrando do que o padre Cristian dissera, não quis ficar sem Diana na sala e não quis que ela ficasse sozinha pela escola. Voltávamos pelo corredor quando ouvi disparos bem perto dali. Ela paralisou por uns instantes. Abri a bengala para me sentir mais segura ao correr, eu tinha certeza de que devíamos correr dali.

— Vamos! — ela começou a me puxar corredor afora.

— Mas o som parece vir do fim desse corredor! — alertei.

— Para as salas de aula, não saiam das salas, e tranquem as portas! — padre Chico gritava, subindo as escadas.

Ouvíamos gritos masculinos e ensandecidos adentrando a escola, além de vidro se quebrando e mais disparos. Subimos correndo as escadas. A bengala me antecipava os degraus e eu conseguia acompanhar a velocidade da Diana. Professores e padres também corriam e nos apressavam.

— Eles entraram, eles entraram! — alguém gritou lá de baixo.

Diana choramingava e me puxava. Nos últimos degraus do segundo lance, eu me enrosquei com pernas e bengala e caí com tudo para a frente. Ela, desesperada, puxou meu braço para cima. Sem aquele braço, tendo o outro na bengala, eu fiquei sem nada para me proteger do chão, que veio duro no meu rosto.

— Vem, vem! — ela gritava, quase chorando, puxando minha mão para cima.

Apesar da dor, reuni todas as forças para me levantar imediatamente, mas alguém me agarrou pelas axilas e me pôs rapidamente de pé, conduzindo meu corpo com firmeza para a frente. Tomei um baita susto. E, sem tempo de tentar compreender quem me conduzia, não tive escolha, e apenas corri para onde aquelas mãos me empurravam, apavorada por me soltar da Diana.

Capítulo 3

— Pra capela, rápido — era a voz do padre Cristian, atrás de mim. — A sala de vocês tá trancada, Diana, pra capela!

Um pouco aliviada, por saber que eu não era conduzida por um dos invasores, continuei correndo, ainda mais veloz, sob a condução do padre. Porém, ao adentrarmos a capela, após ouvir alguém trancar a porta por dentro, senti a dor intensa abaixo do olho e as pernas moles. Eu tentava compreender o que acontecia à minha volta, mas tudo ia ficando longe, o falatório preocupado dos padres, a movimentação agitada ao meu redor, o cheiro da capela, o suor frio que passou a brotar dos meus poros.

— Vem cá, deita no banco — a voz do padre Cristian me trouxe de volta.

Certamente percebendo minha queda de pressão, ele me fez deitar e fez Diana segurar minhas pernas para o alto.

— Eu estou bem — falei com a voz débil, sentindo a madeira fria sob minhas costas despertar meu corpo.

Padre Cristian, sentado no chão, tinha uma das mãos na minha face e a outra no alto da minha cabeça. Não tive noção do tempo que passei ali.

— Precisávamos era de gelo — disse um dos padres que nos rodeavam.

Lá fora, a sirene policial. Ali dentro, aquele cheiro delicioso da madeira da pequena capela. Eu sempre sabia onde era a capela quando vínhamos pelo corredor por causa do cheiro, era aconchegante.

— O que aconteceu? — perguntei, sentindo agora menos dor e mais clareza mental.

— Você caiu, filha — respondeu padre Chico, em tom de piedade.

— Não, na escola — esclareci.

— Traficantes. Vieram atrás de um aluno — lamentou padre Cristian, com tristeza na voz.

— E pegaram?

— Infelizmente, sim. O Thiago, do terceiro C, já está junto do Pai — ele declarou, com tremor na voz.

— Não recebemos a confirmação dessa informação — padre Luiz Carlos protestou.

— Ele já está junto do Pai — padre Cristian reafirmou, baixo.

Meu coração se acelerou e um choro repentino se apoderou do meu rosto. Com o congestionamento e a contração, voltei a sentir a dor no malar. Eu não conhecia o Thiago, mas meu pranto era sobre a insegurança, o medo, a violência, a falta de perspectiva. Padre Cristian suspirou e disse:

— Está tudo bem, Caterine, já pode parar de chorar. Estamos em segurança aqui, não precisa ter medo. Você foi valente, e correu como nunca, subiu aquelas escadas como um raio com a sua bengala nova. A parte que você se enroscou nela a gente desconta.

Eu ri entre as lágrimas. Puxei as pernas para baixo, ergui o tronco devagar e me sentei. Padre Cristian e Diana me auxiliaram.

— Se sente melhor? — ele perguntou, agora de pé.

— Sim. E padre Cristian, obrigada por tudo o que você… o que o senhor tem feito por mim.

— Agradeça só a Deus, Caterine — ele me afagou na cabeça e foi se afastando.

— Não precisa ficar exibindo suas bruxarias para os alunos — ouvi padre Luiz Carlos dizer baixinho, perto da porta, para onde Padre Cristian se dirigira.

Neste momento, Valéria, nossa professora de matemática, entrou chorando na capela.

— Padres, a polícia acaba de confirmar que o aluno Thiago Silva Rodriguez está morto — ela anunciou.

O punhado de padres que estava ali, ela e nós duas rezamos um Pai-Nosso. Mas, durante as palavras decoradas, eu só conseguia pensar no fato de padre Cristian já ter a informação do óbito antes de todos.

Ficamos na capela por horas. Primeiro a polícia precisava liberar o andar de baixo, local do crime. Assim que liberaram, perto das três da tarde, padre Chico buscou água e pães secos para nós. Na invasão, os bandidos saquearam a despensa da escola, e não havia mais nenhum alimento além de pães que padre Chico guardava na sala dos professores. Estávamos famintas, e comemos aquele pão com água como se fosse um banquete. Em seguida, o mesmo padre trouxe uma bolsa de gelo e uma pomada analgésica para que eu aplicasse após a compressa. A polícia recomendou que ninguém deixasse a escola, pois o conflito continuava no entorno. Não era a primeira vez que invadiam a escola, e nem a primeira vez que um aluno era morto dentro dela, mas daquela vez o conflito tinha proporções maiores. A maioria dos alunos já dera um jeito de escapar do colégio, apesar da recomendação policial, mas eu e Diana fomos terminantemente proibidas de sair dali. Padre Chico já havia telefonado a minha mãe avisando que, apesar do incidente, eu estava em segurança na escola.

Depois de algumas horas sumido, padre Cristian voltou à capela trazendo duas canecas. Colocou uma na minha mão e ofereceu a outra a Diana, dizendo:

— Consegui um chá. Alecrim. Vai nos reanimar.

— Onde conseguiu? — Diana perguntou, surpresa.

— Peguei uns ramos na florestinha — ele explicou, sentando-se numa cadeira que puxou até a frente do nosso banco.

"Florestinha" era como chamávamos um bom pedaço de mata que ficava entre os fundos da escola e a lateral do orfanato, mantido pela mesma congregação de padres.

— Caterine, se sente melhor? — ele indagou, com a voz serena.

— Sim, obrigada — eu esbocei um sorriso, após o primeiro gole de chá.

— Padre Cristian — chamou Diana, depois de apoiar sua caneca na prateleira do genuflexório —, quando o senhor foi ordenado padre?

— Há três anos.

— E quantos anos o senhor tem? — ela continuou a entrevista.

Eu a cutuquei, pensando ser discreta.

— Tudo bem, Caterine — ele me tranquilizou, rindo. — Tenho trinta anos, Diana.

— O senhor sempre quis ser padre? — de novo ela.

— Não. Quando eu era criança, queria ser acrobata de circo, e fui, por alguns anos na adolescência. Viajei com o circo, conheci outros países, aprendi muito sobre diferentes culturas, costumes e religiões. Mas tive criação católica e sempre soube que tinha uma missão coletiva, uma oportunidade de servir e ajudar muita gente. Assim que concluí a faculdade de Educação Física, que era outro sonho, eu estava decidido. Fui estudar Teologia, me formei e entrei para o seminário, fui ordenado e aqui estou — ele concluiu, com aquele brilho de sorriso.

— E é muito difícil viver no celibato?

Eu queria me esconder em qualquer buraco, e senti meu rosto queimar.

— Você pensa em ser freira, Diana? — ele rebateu.

— Jamais!

— E por quê?

— Acho que eu não tenho vocação — ela respondeu, rindo.

— Pois acho que eu tenho vocação para ser padre, e quando existe vocação, existe foco e existe sublimação — ele respondeu afiado, porém com serenidade.

— Mas existem ordens no Oriente em que os padres se casam e têm família.

— Verdade? — eu deixei escapar minha admiração.

— Sim, é verdade — ele confirmou, acrescentando: — Conheci alguns padres casados quando estive no Japão. E eu respeito essas ordens, embora não concorde com essa posição.

— E por que não? — questionou Diana, insistente.

— A dedicação a uma família e as tarefas requerem tempo, e não creio que isso seja compatível com o sacerdócio, que também requer bastante tempo, dedicação e um amor imenso pela grande família humana. No sacerdócio, não cabe um amor exclusivista, e também não se sente falta dele quando se está em comunhão com o amor de Deus.

— Mas você conheceu padres casados? Eles não davam conta de suas obrigações?

— Eu não estava lá pra avaliá-los. Pode até ser que eles tenham descoberto um jeito de conciliar tantas tarefas, mas se eles dão conta de tudo, só quem pode dizer é a consciência deles e Deus. Eu, pessoalmente, não me imagino na posição deles. Se eu tivesse uma família, gostaria de passar tempo com ela depois do trabalho, e nos finais de semana, o máximo de tempo possível, brincar com meus filhos, ensinar tantas coisas a eles, compartilhar as experiências do dia com a esposa, cozinhar junto, levar todo mundo pra praia.

— Você gosta de praia? — perguntei, sorrindo.

— Amo praia e mar — ele respondeu com alegria — Você também, Caterine?

— Sim, muito!

— Como o senhor veio parar aqui na escola? — Diana retomou o inquérito.

Mas ele não respondeu, ficou em silêncio por alguns segundos e saiu apressado.

— Você foi invasiva, ele se cansou — eu a recriminei baixinho.

— Não — ela falava olhando para trás, para a porta da capela. — Tem alguma coisa errada. Ele ficou com os olhos fechados, de cabeça baixa, e fez uma expressão de dor. Depois saiu correndo.

Já estava anoitecendo, e o movimento de polícia na porta da escola ainda era grande. De vez em quando, eu ouvia alguns disparos ao longe, provavelmente ainda respingos do conflito desencadeado pelo assassinato da manhã, que tinha a ver com briga de facções. Os disparos se misturavam aos trovões que agora pairavam sobre nós, anunciando uma tempestade, que certamente ampliaria nosso caos. Em quinze minutos mais ou menos, padre Cristian voltou, acompanhado de um choro de bebê e do falatório dos outros padres.

— Ele tem um bebê no colo — Diana me contava, admirada.

Padre Cristian veio para a frente da capela, seguido pelos outros padres, que faziam perguntas e davam palpites. Ele respondia com calma, mas com comoção na voz, eu notei:

— Estava numa caixinha de papelão, ao pé do muro lateral. Deve ter sido jogada pelo muro, ou deixada ali por alguém da escola, ou alguém que entrou aqui durante toda essa confusão. Mas ela não tem nenhum ferimento. Sim, é uma menina. Deve ter uns dois meses, ou menos. Não temos leite, levaram tudo.

— Vou acionar a assistência social — disse um padre, afastando-se depressa.

— Vou conferir se sobrou algum leite na sala dos professores — anunciou padre Chico, também deixando a capela.

— Vou ver se consigo uma manta ou algo assim — outro padre.

A chuva começou a cair pesada lá fora. Padre Cristian parou de pé ao lado do banco onde eu estava com Diana. A bebê não parava de berrar. Ele pegou minha mão e pôs na cabecinha dela, que tinha bastante cabelinho. Diana se arrastou no banco e me puxou também, para dar espaço ao padre. Ele se sentou ao meu lado e perguntou:

— Você sabe segurar um bebê, Caterine?

— Sim — respondi animada, preparando os braços.

Ele então me passou a pequena.

— Quem sabe ela se acalma num colo feminino? — ele disse.

Aquele corpinho tão miúdo em meus braços, com pequenos movimentos percebidos pelo meu tato, derreteu meu coração de uma forma especial, e por alguns instantes até me esqueci de todo o conflito, do motivo pelo qual estávamos ali na capela. O calor que a bebê me transmitia não era só físico, e parecia querer me dizer alguma coisa. Revestida de uma paz calorosa e diferente, eu a balancei de leve e amaciei a voz para falar com ela, e por alguns segundos ela até pareceu se acalmar ao ouvir minha voz, mas logo voltou a chorar, cada vez mais alto e agudo. Diana também a pegou e tentou acalmá-la, mas não ajudou.

— Ela está com muita fome — padre Cristian falou, num suspiro.

Pegou a bebê dos braços de Diana e andou com ela até o pequeno altar. Ali ele se ajoelhou, baixou a cabeça e rezou baixinho. Em pensamento, fiz também uma oração, do meu jeito, pedindo a Deus que fizesse aquela bebê parar de chorar, que seu sofrimento fosse abrandado e que, enquanto não fosse, que ao menos ela chorasse mais baixo ou menos agudo. Aquele som estridente incomodava qualquer ouvido, mas os meus, mais ativados e potentes, eram dolorosamente atingidos. Juntando com os trovões e com o chiado agudo da tempestade caindo, minha perturbação era ainda maior. Depois de alguns minutos, padre Cristian se levantou com um suspiro e passou a cantar qualquer coisa suave, com a boca fechada, andando para um lado e para o outro, mas nada confortava aquela criança. Ao menos, o canto grave e suave do padre conseguiu trazer a mim um pouco de conforto. Ouvi-lo era tão bom, seu canto era afinado, tinha vibrato e emoção. De repente, um estouro forte.

— O que foi isso? — eu me assustei muito.

— O transformador do poste — ele respondia com calma. — Estamos sem luz agora, a escola e, pelo jeito, o bairro todo.

Diana acendeu a lanterna fraca do seu celular velho e o apoiou na prateleira do genuflexório com a lanterna voltada para o padre, que se sentou na cadeira de frente para nós. A pobre bebê chorava e ficava sem fôlego, ficava rouca, era desesperador. Padre Chico voltou com uma vela e com água. Diana me narrava tudo. Eles tentaram dar água para a pequena com um paninho, que ela chupou umas duas vezes e não quis mais. Seu problema era mesmo fome. Padre Cristian abaixou a cabeça e voltou a rezar baixinho. Padre Chico se sentou cansado no banco a minha esquerda. A chuva era cada vez mais forte; o choro da bebê também. Exausta, deitei a cabeça no ombro da Diana, que suspirou. De repente, padre Cristian silenciou. Em seguida, fez sons estranhos, como se sentisse algum incômodo físico. Percebi Diana erguer a cabeça, atenta. Ergui a cabeça também e já ia perguntar "o que foi?", mas ela me freou segurando firme meu braço. Alguma coisa estava acontecendo, alguma coisa que não podia ser interrompida, ou dita. Fiquei com os ouvidos ainda mais em alerta para tentar compreender o que acontecia. Para minha surpresa, a bebê parou de chorar, e parecia que ocupava a boca com alguma coisa, fazendo som de sucção. Ela poderia estar tomando mais água, mas o que passei a ouvir a partir daí me fez descartar essa ideia. Padre Chico se levantou, aproximou-se apressado da cadeira onde estava padre Cristian e começou a rezar com devoção e tremor na voz. Padre Cristian começou a fungar e a emitir sons de quem tenta segurar um pranto muito profundo. A bebê continuava sugando. Ele então, no meio de seu choro discreto, começou a agradecer baixinho, voltando a cabeça para o alto:

— Obrigado, meu Deus, obrigado.

Diana apertou forte minha mão e começou a fungar também. Padre Chico, de pé ao lado de padre Cristian com a bebê, continuava rezando. Padre Cristian agora parecia rir em meio ao pranto. Meu coração estava aos saltos com toda aquela atmosfera, que me levava a crer no mais improvável.

— Ele está amamentando a bebê — Diana finalmente conseguiu me contar, cochichando, confirmando minhas suspeitas. — E agora ele está acariciando a cabecinha dela e olhando pra ela todo derretido.

Eu me emocionei, meu coração transbordava de admiração por aquela criatura que parecia operar um milagre na nossa frente. Passamos ainda alguns minutos silenciosos em respeito àquela cena. De repente, até a bebê estava em completo silêncio, não sugava mais e dormia numa profunda paz. A chuva também se acalmara. Ouvi passos se aproximando de mim e era padre Gabriel, o diretor, tocando meu ombro e dizendo baixinho que minha mãe viera me buscar e me aguardava lá embaixo. Eu e Diana nos levantamos e padre Cristian se aproximou, pegou minha mão, pôs delicadamente na cabecinha da bebê e disse baixinho, sorrindo:

— Olha, ela dormiu.

— Foi sua intuição, não foi? Que te avisou que ela estava abandonada lá em baixo? — perguntei em sussurro.

— Foi — ele respondeu, cúmplice.

Eu sorri orgulhosa. Podia sentir o cheiro de leite misturado ao aroma verde e refrescante do meu padre preferido. Ele se despediu de nós duas e abriu passagem.

— Será que ele é hermafrodita? — Clarice indagou quando, na manhã seguinte, Diana contara o acontecido durante o café no refeitório, embora eu houvesse sugerido que não contássemos a ninguém.

— Não tinha pensado nisso — ela respondia —, mas ele não tem jeito nenhum de hermafrodita, eu sei lá, só sei que foi uma cena bizarra, foi assustador e bonito ao mesmo tempo.

Naquele dia, apesar da comoção pela morte de um colega e da sensação horrível de insegurança, após a missa extraordinária celebrada para Thiago no primeiro horário por padre Luiz Carlos, tudo tentava voltar ao normal: a educação física, meu treino. Padre Cristian só me pediu quinze minutos entre a educação física coletiva e o treino particular para ver a bebê. Eu me assustei com a ideia de ficar sozinha na quadra por aquele tempo, então ele me fez acompanhá-lo até a enfermaria.

Ouvimos o choro infantil já a alguns passos da porta. Assim que entramos, padre Chico demonstrou alívio em sua risada simpática e passou a pequena para os braços de padre

Cristian, que logo se sentou. Em poucos segundos, ela já não chorava, e sugava.

— Então você continua amamentando — eu me admirei com alegria, sentada em uma cadeira que padre Chico me trouxe.

— Sim, Caterine, tenho muito leite — ele respondeu com um sorriso genuíno na voz.

— Mas, filha, é bom manter a discrição, sim? — o outro padre pediu, com certo constrangimento.

— Claro. Bom, sobre ontem, a Diana não foi muito discreta, e algumas colegas já sabem. Mas de mim ninguém ouviu nem vai ouvir nada. E se me perguntarem, digo que não vi nada — eu me ouvi concluindo com graça, feliz por estar ali e ser cúmplice de algo tão inacreditável e inédito para mim.

Os dois padres riram. Padre Cristian concluiu:

— Obrigado, Caterine. Será nosso segredinho, então.

— Ela vai ficar morando aqui? — perguntei, com ingenuidade.

— Não — padre Chico explicava. — Ela será encaminhada ao orfanato, mas todos concordamos que, enquanto tiver leite humano, melhor que ela fique aqui.

— E ela já tem nome? — indaguei.

— Ainda não — padre Cristian pareceu olhar reflexivo para mim enquanto falava. — Escolha você um nome pra ela, Caterine.

— Eu? — ri, surpresa.

— Sim. Por que não? De que nome você gosta muito?

— Gosto de Mariana — eu declarei com um riso infantil — Quando era pequena, eu pedia pra minha mãe me dar uma irmãzinha chamada Mariana. Mas ela nunca me deu irmãzinha nenhuma.

— Então está decidido: Mariana — ele sorria para ela. — Eu também gosto muito desse nome.

Eu não conseguia parar de sorrir, lisonjeada por ter sido a escolhida do padre Cristian para eleger o nome daquela criança, que chegou despertando tantos sentimentos bons em meio à escuridão de uma noite de tempestade e conflitos. Conversamos mais um pouco até Mariana se satisfazer e dormir. Ouvi padre Cristian dar um beijinho nela antes de passá-la com cuidado para os braços do outro padre. Depois de um suspiro, ele se virou para mim, ofereceu-me o braço e falou animado:

— Espero que você esteja pronta, porque temos muito trabalho pela frente.

De fato, ele me colocou para trabalhar duro não só aquele dia, mas nas semanas que se seguiram. Nosso treino tinha um ritmo cada vez mais acelerado, e eu transpirava cada vez mais. Quem nos observasse três meses depois do início do meu treinamento talvez se surpreendesse... Nossa sequência começava com uma meditação rápida, porém profunda; depois eu corria em torno da quadra, sem bengala e sem o braço dele para me guiar, somente sua voz dando uma orientação apenas se eu desviasse da direção certa; depois, só para me ajudar no equilíbrio, ele segurava minhas pernas de leve numa parada de mão no meio da quadra; em seguida, ele me jogava para cima debaixo da cesta e eu me pendurava no aro, onde ficava o máximo que conseguisse; depois, improvisávamos um tatame com vários colchonetes e ele me ensinava golpes de defesa pessoal; primeiro, ele me aplicava os golpes em câmera lenta, para me mostrar como eram, e depois me fazia compreender o passo a passo para que eu aplicasse nele. Eu morria de medo de machucá-lo, e o fiz tossir algumas vezes pressionando seu peito ou traqueia. Eu me apavorava, mas ele logo ria e dizia que estava tudo bem, com a voz ainda meio estrangulada. Às vezes, era inevitável cair por cima dele quando eu o derrubava, e eu logo me levantava o mais rápido que podia, pedindo um monte de desculpas, mas ele nem dava importância, agia com naturalidade e logo orientava o próximo golpe. Outras vezes, para simular uma abordagem abusiva, além de me puxar pelo pequeno rabo de cavalo ou pelo braço, ele precisava me imobilizar por trás ou pela frente, mas sempre pedia licença antes de fazê-lo e evitava o contato de outras partes de seu corpo que não fossem braços.

Um dia, nessa parte do treino, eu o ouvi cumprimentar padre Luiz Carlos, que, pelo jeito, assistia em silêncio. Como resposta, somente seus passos duros deixando o ginásio, eu ouvi.

No final do treino de defesa pessoal, padre Cristian sempre pegava minhas duas mãos e, com a voz de oração, dizia:

— Que você nunca precise usar nada disso.

Certa manhã, eu voltava do banheiro só com minha bengala amarela. Meu corpo era outro, era vivo, alerta e mais forte; minha autoconfiança também vinha se fortalecendo, bem como meu ânimo, meu humor, minha disposição para a vida. Dei conta de perceber quando alguém se aproximou, então aprumei ainda mais a postura e acelerei o passo, pisando firme. Senti que a criatura me seguia, e, já quase chegando à porta da minha sala, tomei um baita tapa na cabeça. Corri e alcancei logo a maçaneta. Eu ainda não dominava assim a defesa pessoal para encarar um confronto. Ouvi a pessoa correndo para longe e ouvi uma segunda pessoa correndo da outra ponta do corredor na minha direção, e gritando:

— Érica! Érica! — era padre Cristian, que logo me alcançou e me encostou o braço, ordenando: — Vem comigo.

Ele continuou chamando Érica e correu comigo até alcançá-la.

— Não precisa ter medo — ele falava a ela de forma amigável, quase sorrindo, mas era um "quase sorrindo" diferente daquele brilho de sorriso que lhe era peculiar. E ele continuou: — Vamos ser justos e fazer a coisa direito. Caterine, me empresta seu casaco?

Imediatamente eu tirei a peça e ele pegou da minha mão. Foi até ela e passou a narrar o que fazia:

— Eu estou vendando a Érica e agora eu vou posicioná-la bem a sua frente, Caterine, a um metro de você. Quando eu chegar no três, Érica, você pode atacar.

Com o coração na boca, eu passei a sinalizar que "não" freneticamente com as duas mãos e com a cabeça junto. Calmamente, enquanto contava até três, padre Cristian me afastou para o lado e assumiu o meu lugar em frente à garota. No três, nada aconteceu, apenas a respiração dela ficava mais e mais acelerada, raivosa, quase como um animal. Cheguei a ouvir passos imprecisos dela para frente e nada mais; talvez estivesse ensaiando um ataque, mas, vendada, e sem o supertreinamento do professor Cristian, não tinha ideia do que fazer e nem para onde fazer. De repente, eu a escutei arrancar meu casaco da cabeça e atirá-lo ao chão.

— É bom ser enganada, Érica? — ele perguntou, muito sério.

Ela só respirava, um pouco menos ruidosa, provavelmente absorvendo o impacto de vê-lo no meu lugar. Ele se aproximou dela e, se eu já o conhecia bem, deve ter pousado a mão sobre sua cabeça, enquanto dizia com mansidão:

— Já pode se acalmar, Érica, está tudo bem.

Mas ela não pareceu se acalmar, e nem aceitar a mão do padre, e os passos apressados dela foram o que ouvi.

— Deus te abençoe — ele a fez ouvir.

Em seguida, apanhou meu casaco no chão e me entregou.

— Quem é ela? — eu quis saber.

— Aluna do primeiro ano. Forte, grande, alta, mas de mente fraca, e com muito pouco amor no coração. A situação familiar dela é precária e ela não aprendeu o que é o amor ainda porque não tem em casa. E não é só com você que ela apronta. A linguagem dela, por enquanto, é essa, é a forma dela chamar a atenção. Daqui a pouco, vou conversar melhor com ela, mais uma vez. Você tá bem?

— Fora a dor de cabeça, tudo bem sim. Cadê Mariana? — perguntei, sorrindo.

— Dormindo — ele enterneceu a voz. — Vamos? De volta pra sala?

Naquele dia, na aula de artes, a professora nos levou para o auditório para assistirmos a um filme sobre dança. Eu até me animei, sem saber que o vídeo era em inglês e, portanto, legendado e que eu me frustraria tanto diante de músicas fabulosas e de reações embasbacadas dos meus colegas a uma dança, provavelmente incrível, que eu não podia ver. A professora disse que não leria a legenda para mim porque eu deveria treinar meu ouvido para o inglês. E Diana, por sua vez, ou por obediência à professora ou por medo de atrapalhar os outros com a leitura, ou ainda por seu jeito estranho de escolher por mim quando e como deveria me ajudar, também não leu. Então eu fiquei ali, curtindo a música e refletindo muito. Lá pela metade do vídeo, comecei a ouvir pequenos sons infantis, e logo depois o perfume verde refrescante. Desde a chegada de Mariana, era comum verem-na pelo colégio no colo de algum padre, quase sempre do padre Cristian. Também era comum os alunos mexerem e brincarem com ela, passarem-na de colo em colo. Até a atmosfera daquele lugar ficara mais leve com os sorrisos e carinhos que Mariana arrancava.

— Você tá entendendo tudo? — padre Cristian me perguntou baixinho, inclinando o tronco para mim.

— Claro que não — respondi rindo, mas querendo chorar.

Ele então se sentou ao meu lado, com Mariana no colo, agora maiorzinha, e passou a ler todas as legendas e a descrever, dentro do possível, as cenas e coreografias. Ele falava quase em sussurro, para não atrapalhar os outros alunos, e seu hálito tinha algo de cravo, era bom. Eu me policiava para ficar atenta no conteúdo que ele me passava, e não no seu hálito ou na sua voz linda perto do meu ouvido esquerdo, mas nem sempre conseguia…

No resto daquele dia e naquela noite, eu refleti com muita tristeza: eu realmente estava aprendendo muitas coisas novas e úteis para me defender e para minha vida prática. Mas tudo aquilo nunca seria ver de novo, tudo aquilo não me fazia enxergar uma dança e me encantar como meus colegas se encantaram vendo aquele vídeo. Com toda a generosidade do padre Cristian em descrever o vídeo, meu padre preferido e ao qual eu era sempre muito grata, nunca seria como enxergar. E quando terminasse a escola e eu fosse para a vida? Trabalhar, andar pela cidade, namorar, casar, ter filhos… Eu daria conta? Seria aceita? Haveria espaço para uma garota cega e pobre no mundo?

Na manhã seguinte, na hora do recreio, disse a Diana que descesse sem mim, porque eu não queria comer e ficaria na sala. Depois que todos os colegas então deixaram a sala, avancei pelos corredores com atenção até a capelinha. Eu tinha um plano e apenas segui minha intuição para encontrar a pessoa que me ajudaria nesse plano. A alguns metros da porta, tive minha intuição confirmada ao ouvir a voz do padre Cristian conversando com alguém.

— Como eu poderia ensinar defesa pessoal sem encostar na aluna? Eu não tenho como tirar mais um aluno da sala de aula pra treinar com ela. E como eu poderia ensinar qualquer movimento mais complexo a uma pessoa cega sem tocar nela ou permitir que ela toque em mim?

— Eu entendo, mas nós precisamos manter certa distância, você sabe.

— E fazer o quê com uma aluna que não enxerga? O tato é a forma que ela tem de enxergar — ele argumentava com muita serenidade.

Em seguida, ouvi uma pequena pausa e aproveitei para chegar até a porta e me fazer ver; não queria correr o risco de ser surpreendida ali e ser tida como bisbilhoteira.

— Caterine — padre Cristian se surpreendeu —, tudo bem?

— Bom dia, Caterine — padre Gabriel me cumprimentou com cerimônia.

— Bom dia. Desculpa, não quero atrapalhar, só quis aproveitar o recreio pra vir falar com o padre Cristian e pedir um aconselhamento.

Padre Gabriel concordou, disse que ficássemos à vontade e saiu. Padre Cristian veio até mim e me ofereceu o braço.

— O que posso fazer por você? — ele perguntou, gentil.

— Podemos sentar lá na frente, perto do altar?

— Claro.

Ele me conduziu até o primeiro banco e nos sentamos. Quando abri a boca para falar, o choro veio na frente. Meu rosto se congestionou e minha garganta se fechou. Eu abaixei a cabeça, envergonhada, sentindo as lágrimas quentes pela face.

— Podemos começar essa conversa com uma oração, não acha? — ele sugeriu.

Concordei com a cabeça. Ele pegou minha mão com sua mão quente e firme, suspirou, abaixou a cabeça e rezou em sussurro. Conforme meu pranto era liberto e o calor que vinha da mão dele me preenchia, eu me sentia um pouco melhor. Ele então ergueu a cabeça e disse:

— Eu acho que sei o que você quer, Caterine.

— Você pode fazer isso? Você tem tantos poderes? Tenta me curar, tenta trazer minha visão de volta — eu voltava a chorar.

Capítulo 4

Ele apertou mais forte minha mão e sua fala se pôs mais grave e cuidadosa:

— Eu não tenho poderes, Caterine.

— Mas você sabe das coisas antes de elas acontecerem. Você lê pensamento, como acabou de fazer agora, você conseguiu leite do seu corpo pra amamentar Mariana, você pode fazer milagres. Por favor, só tenta.

— Deixa eu te explicar algumas coisas: tenho sim uma intuição e uma percepção do outro muito aguçadas, e isso é natural e muitas pessoas têm, só que muitas vezes nem sabem que têm. Eu apenas identifiquei essas habilidades e as desenvolvi, mas elas não são nem milagrosas nem sobrenaturais, e a parapsicologia já deu nome a todas elas e a muitas mais. E o corpo masculino tem plenas condições de amamentar também, mas não é algo estimulado, então é bem raro acontecer, mas acontece. Então isso também não é um milagre.

— Mas você não pode então usar sua intuição pra saber se um dia vão descobrir a cura pro meu caso, ou pra saber se um dia eu vou poder enxergar de novo?

Ele ainda segurava minha mão. Abaixou de novo a cabeça, suspirou e voltou a rezar em sussurro. De repente, seu corpo estremeceu. Eu me assustei. Ele ergueu de novo a cabeça e falou:

— Talvez… enxergar ainda não seja o melhor caminho pra você.

— Mas por que não? Não é justo, todos a minha volta enxergam. Eu rezo todos os dias pedindo para Deus me curar. Será que de verdade ele me ouve? Será que existe mesmo um Deus?

— Caterine, você já experimentou agradecer todos os dias em vez de pedir? Pela sua vida, pelo alimento, pela sua casa, pela sua mãe, pela Diana, pela sua inteligência, pela sua mente sadia, pelo seu corpo que, fora os olhos, funciona muito bem. Pelo quê mais? Vamos, você vai saber dizer bem melhor que eu.

— Pela sua vida, pela sua chegada aqui e por você me ensinar tanto e me fazer tanto bem.

Ele apertou mais forte minha mão e voltou a falar, a voz agora mais baixa e cúmplice:

— Pois então agradeça por tudo isso, todos os dias. E, sempre que você puder, busque sim a cura, mas nunca deixe essa busca ser maior do que a sua luz. Mantenha sempre sua conexão com a vida, com a luz, alimente sua mente, seu espírito e seu corpo de coisas boas, faça sempre escolhas saudáveis, esteja sempre junto da natureza, cultive bons sentimentos e pensamentos, extraia o melhor da vida, aprenda a enxergar o melhor de cada experiência, e o que de melhor que Deus guarda pra você vai chegar. Confie nele, Ele sempre sabe o que faz.

— Eu chorava de novo, tentando absorver cada uma daquelas palavras como combustível para minha esperança, que a essa altura era só uma faísca quase invisível. Ele complementou:

— Deus te confiou uma missão, Caterine, e Ele conhece todo o nosso potencial, e por isso não nos confia nenhuma missão que não possamos cumprir. Seu potencial é gigante, e você é muito mais que dois olhos que não funcionam. Eu sei que seus desafios são muitos, e grandes.

Senti minhas lágrimas virem com ainda mais força agora, confirmando o que ele acabara de dizer. E ele prosseguiu:

— Mas confia em mim: você é muito maior que todos eles. Nessa missão desafiadora, você ganhou uma grande oportunidade de explorar outras formas de enxergar e se tornar ainda maior e consciente de seu potencial e sua força. Se acalma porque um dia você vai, sim, enxergar, nem que seja na próxima encarnação, mas a sua condição é o que você precisa viver no agora.

— Próxima encarnação? — eu me admirei.

— Sim — ele confirmou, em tom de segredo e com aquele brilho de sorriso na voz. — Mas não tenha pressa, você tem a eternidade. Deixa Deus acalmar seu coração bem agora e segue com ele aí dentro, e com seu anjo da guarda ao lado. Não se esqueça de que você tem um, invisível, mas que está sempre com você pra te ajudar e te intuir.

Mais calma, eu agradeci a ele e tentei soltar sua mão, mas ele não me soltou e fez mais uma oração para finalizar, dessa vez com uma das mãos no topo da minha cabeça. Senti de novo aquela chuva de energia e de carinho na alma e saí dali bem mais leve.

Nos dias que se seguiram, muitas coisas pareciam diferentes. Nada mudara ao meu redor, mas minha forma de encarar os dias, as situações, minha própria existência, tinham agora uma luminosidade diferente a partir da perspectiva que meu querido padre Cristian me ajudara a construir naquela conversa. Num primeiro momento, é claro que eu fora tomada por uma imensa decepção, por não ter meu pedido atendido. Porém, as palavras dele e aquele jeito de quem sabia muito mais do que podia revelar, abrandavam minha obsessão pela cura da visão e mantinham acesa não só minha esperança, mas também uma certeza de que algo muito bom poderia estar por vir. Decidi então acreditar nessa certeza e me abrir, colocar-me disponível e atenta.

Nas pequenas férias de quinze dias do final de julho, nada de extraordinário se passou, e eu não fiz coisa alguma além de ouvir música, imaginar minhas coreografias e sentir saudades dos treinos particulares, das conversas e do convívio com padre Cristian. No entanto, a novidade da semana seguinte, início do terceiro bimestre, parecia prenunciar uma grande catástrofe. Ou, com sorte, as memórias mais preciosas da minha adolescência…

Minha reação foi um grande conflito de expectativas quando padre Cristian, naquele instante professor, depois de encarar consternado e por um longo tempo seu diário antes do início da aula coletiva, anunciou à turma que naquele bimestre nossa matéria na Educação Física seria dança, e que tínhamos dois meses para preparar uma coreografia para apresentar na abertura das olimpíadas estudantis. Alguns meninos protestaram, outros reproduziram com a voz o ritmo do funk, enquanto outros ainda iniciaram uns passinhos e reboladas debochadas, e as meninas reagiram com admiração ou comemoração. Embora aquele meu sonho antigo de dançar, que me acompanhava desde quando eu podia enxergar as maravilhosas danças dos filmes, musicais e animações na televisão, tenha saltado de felicidade pedindo espaço dentro de mim, feito uma criança indomada, eu não me sentia no direito de celebrar, pois a frustração poderia ser muito grande. Padre Cristian já se desdobrava para me incluir nas aulas e adaptar as atividades e sua metodologia comigo, e seria um tanto demais esperar que ele me pusesse para dançar em tão pouco tempo.

— E não pense que vai ficar livre dessa, não, Caterine. Você também vai dançar — ele se voltou para mim, sempre atento, com notas de sorriso na voz.

Um risinho surpreso me escapou, enquanto meu coração disparava, cheio de medo e de expectativa. Padre Cristian se dirigiu novamente a toda a turma e completou:

— Sim, isso vai ser um desafio pra Caterine e pra todos nós, mas estamos juntos e vamos contar uns com os outros. Com fé e disciplina, não há nada que a gente não possa fazer.

A autoridade e a convicção em sua voz eram tamanhas que eu é que não ia duvidar.

E tudo realmente começou fluindo muito bem: ele nos conduziu num belo e extenso alongamento. E eu, com o suporte do treino particular com ele, não precisei tocar em ninguém nem ser tocada para compreender os movimentos que ele fazia diante de toda a turma e narrava para mim ao mesmo tempo. Sua voz, naturalmente acompanhando a direção e a intensidade de seus movimentos, também me ajudava a compreendê-los. Eu me sentia igual a qualquer um ali e pertencente ao grupo.

Só que veio a segunda parte da aula, onde o professor colocou na caixa de som diferentes estilos de músicas para avaliar como nosso corpo reagia a cada um deles. De pé na quadra, com um ou dois metros me separando de cada colega, eu não sabia o que fazer, completamente paralisada. Eu sabia sim me movimentar, e tinha uma consciência corporal cada vez mais desenvolvida com a ajuda do meu professor particular, mas eu tinha a noção de que dançar era outra história, outro tipo de movimento, e isso eu não sabia nem começar. Minhas parcas memórias visuais das danças que eu vira na TV eram só imagens 2D, e borradas, e nada tinham a ver com movimentos do meu próprio corpo, com a sensação de criá-los e conduzi-los para algum resultado estético ou, no mínimo, prazeroso para mim. O professor Cristian então se aproximou e me estimulou, primeiramente me dizendo para sentir e acompanhar o ritmo que eu ouvia. Eu então balancei meu corpo para um lado e para outro, sem tirar os pés do chão ou mexer os braços. Depois, após circular um pouco e observar todos os alunos, ele voltou, fazendo-me pensar e reproduzir movimentos do dia a dia, atividades que eu conhecia bem, ou movimentos da natureza, como galhos balançados pelo vento ou as ondas no mar, sempre no ritmo da música. Tentei deixar meu corpo responder a esses estímulos, mas me sentia desajeitada e ridícula. E tudo só piorou quando ouvi, ao tentar reproduzir o movimento da Terra em torno do sol, umas risadinhas em minha direção, seguidas de um comentário em sussurro masculino, que fez outros meninos rirem alto.

— Rafael, cuida da sua dança! — o professor Cristian esbravejou, alto como eu ainda não o tinha ouvido, tão bravo que chegou a me assustar.

Mesmo sob a proteção do meu professor e padre preferido, eu me senti um lixo; tinha certeza de que as risadas e deboches eram provocados pela minha tentativa ridícula de dança. Com um nó na garganta e o rosto queimando, prossegui na minha tentativa, mais para honrar o notável esforço que o professor fazia para me estimular do que por qualquer outra coisa.

Antes então de pôr a última música da aula, percebendo minha frustração e buscando alternativas, o professor Cristian me consultou baixinho:

— Acha que perceber com o tato a dança de alguém pode te ajudar?

Pensei por uns segundos e fiz que sim com a cabeça, tentando demonstrar algum lampejo de ânimo. Ele então chamou minha colega Júlia e, gentilmente, pediu que ela dançasse a minha frente e me permitisse tocar nela. Durante toda a música, então, eu toquei seus braços, tronco e cabeça, tentando acompanhar seus movimentos, que me pareceram tão leves e graciosos quanto os de uma fada, se eu conhecesse uma. Foi bonito, mas perceber que meu corpo estava muito distante daquela graciosidade me deixou uma frustração amarga pelo resto do dia. Antes de dormir, porém, fiz uma oração e, como vinha fazendo nos últimos dias, agradeci por muitas coisas, mas também tomei a liberdade de pedir, a Deus, ou a quem quer que fosse, uma solução, uma alternativa para mim naquela história de dança, coreografia e apresentação, e fiquei refletindo sobre isso até dormir.

Naquela noite, sonhei com um tio, irmão da minha mãe, que eu raramente encontrava, mas que, nas poucas vezes que isso acontecia, sendo ele músico da noite, cantávamos juntos, informalmente, em casa mesmo. E ele sempre dizia que eu era muito afinada e que tinha uma voz muito bem timbrada. Acordei então com uma ideia na cabeça... Antes mesmo de trocar de roupa, telefonei à Elisa, contei do plano infalível que eu tinha em mente e perguntei se ela poderia levar o violão para a escola, como de vez em quando ela fazia.

Assim que chegamos à escola, corremos as duas para a quadra, antes de todo mundo, para nos entendermos com violão e voz. Ainda não havia ninguém lá, então nos sentamos no segundo degrau da arquibancada e ela, sempre proativa, já abriu sua pasta de músicas cifradas e foi lendo para mim os nomes, para que eu escolhesse o que cantar. Encontramos uma canção do Milton Nascimento que eu amava desde quando ouvira numa novela anos antes. Começamos nosso ensaio enquanto, pouco a pouco, outros colegas chegavam à quadra. Não me intimidei e busquei soltar cada vez mais a voz, afinal nada poderia ser mais constrangedor do que tentar dançar diante daquele bando de adolescentes impiedosos. Pelo menos, sobre o meu canto eu tinha o controle, podia perceber e conduzir a afinação e a estética da minha voz. Embora eu não dominasse altas técnicas, não fosse e nem pretendesse ser cantora profissional, na música eu me encontrava numa perfeita zona de conforto. Entregue à canção e concentrada naqueles versos que eu amava, só percebi que uma rodinha silenciosa se formara ao nosso redor quando já havia vários aromas se misturando no ar que eu respirava: perfume, creme de cabelo, hálito ácido daqueles que não se alimentavam de manhã, roupa limpa, roupa suja, enfim, o cheiro da minha turma. No meio de tudo aquilo, até tive a impressão de sentir também o aroma verde do padre Cristian, e imaginá-lo ali me acelerou um pouco o coração, principalmente porque ele era o público alvo da minha exibição, que, por sua vez, era parte do meu plano infalível. Mas os outros cheiros logo me tomaram de novo as narinas entre um verso e outro. "…Sinais de bem, desejos vitais, pequenos fragmentos de luz…" eu cantava, completamente enlevada por aquela melodia crescente que me causava arrepios de um tipo de prazer.

Puxei o ar pela boca para entrar na próxima estrofe, mas a voz que entoou as palavras seguintes não era a minha. "Falar da cor dos temporais, do céu azul, das flores de abril…" Cantando uma oitava abaixo da minha voz, aquele canto grave, firme e bem articulado, com vibrato suave e timbre acolhedor, chegou me surpreendendo e me arrancando um sorriso que não se fechava. A dicção me remetia à fala do padre Cristian, mas a ideia de ele cantar aquela canção ali com a gente me parecia tão improvável, e ao mesmo tempo tão fabulosa, que preferi não dar crédito às minhas suspeitas. Mas elas logo foram confirmadas, quando ouvi ao meu redor alguns discretos sussurros de admiração, especialmente das meninas e de João Matheus, dizendo coisas do tipo "olha o padre Cristian". Com a certeza, meu sorriso se alargou e voltei a cantar no início do refrão, sempre olhando para minha frente, o ponto de onde eu o ouvia, formando com ele um dueto bem afinado, modéstia à parte. Soltei toda a voz que tinha, enquanto ele, entoando uma segunda voz, criou comigo uma harmonia intocável, e assim fomos até a última palavra, enquanto eu brilhava por dentro por estar vivendo um momento mágico, que eu mesma provocara sem querer. "…Quem sabe isso quer dizer amor, estrada de fazer o sonho acontecer." Mal encerramos a sustentação da última nota e a turma foi um estouro de aplausos, gritos e assovios. Eu␣sorria radiante, ainda surpreendida pelo dueto improvisado, e não sabia o que fazer. Senti a mão do padre Cristian pegar e apertar a minha, e ele disse-me mais perto, com sorriso e admiração na voz, em meio aos aplausos ainda barulhentos:

— Que bela voz, Caterine!

— Obrigada! A sua também é linda!

Elisa, já por dentro do meu plano, nem esperou o fim completo dos aplausos e sugeriu a toda voz:

— Ela canta muito, né, professor? Ela podia cantar na nossa apresentação das olimpíadas!

Dissimulada, dei um risinho surpreso. E como alguns colegas, inclusive Diana, apoiassem a sugestão, logo me posicionei:

— Nossa, é uma boa ideia, eu podia cantar pra minha turma dançar!

Começando por Elisa, alguns me apoiaram. Com expectativa, ouvi os tênis do nosso professor num degrau abaixo do meu, como se ele se ajeitasse numa posição mais confortável para pensar. Por alguns segundos de silêncio, ele parecia analisar a proposta. Meu coração batia acelerado, ansioso mas contente com a vitória quase certa. Ouvi então padre Cristian puxar o ar, escolher por mais um segundo as palavras e declarar:

— A ideia é boa.

Eu alarguei o sorriso, mas ele completou, com um sorriso quase sádico na voz:

— Mas nossa matéria não é canto. Você vai dançar, Caterine.

Curvei a coluna e baixei a cabeça com um grunhido de reclamação. Diana ainda tentou insistir, argumentando que era muito difícil para mim, e acho até que outras colegas apoiaram, mas eu já não tinha ouvidos nem esperança para mais nada. O professor Cristian me fez um afago no alto da cabeça, falando:

— Fica tranquila, vamos conseguir.

Em seguida, ele se postou ao meu lado e encostou o braço no meu. Eu estava com raiva dele, mas tocar naquele padre e estar perto dele me fazia feliz, e a raiva duraria poucos minutos. Suspirei, segurei em seu braço e descemos até a quadra. O que eu não sabia era que nosso professor já havia pensado em tudo e já tinha uma solução para mim, e para toda a turma.

A partir daquela aula, com contribuições de alguns alunos, professor Cristian organizou uma coreografia que, para atender às diferentes demandas, por assim dizer, e para valorizar as diferentes habilidades, mais parecia um quebra-cabeça. E, segundo o que me narravam minhas colegas, um quebra-cabeça incrível! Para conseguir o engajamento dos meninos, que tinham lá seus preconceitos simplesmente ao ouvirem a palavra "dança", nosso professor propôs uma dança mais acrobática, com elementos de circo e de *hip hop*, dando vazão à demonstração de força e à abundante energia daqueles adolescentes. Para as meninas, como a maioria delas preferiu, movimentos menos explosivos, uma dança mais voltada para o jazz. De acrobacias, no máximo uma estrelinha, que apenas algumas sabiam fazer. Nessa criação coreográfica para as meninas, professor Cristian solicitou a assistência da Júlia, que já demonstrara na primeira aula grande facilidade para criar sequências. Para mim, bom, a solução proposta pelo meu querido padre me soou sensata e artística: eu dançaria o tempo todo com um par, numa coreografia pensada especificamente para nós, às vezes em uníssono com toda a turma e às vezes um solo. Porém, quando o professor anunciou com quem eu dançaria, estremeci.

— Mas por que eu? — ouvi Rafael quase sussurrar, fazendo os colegas rirem.

— Porque você é forte e proativo" — padre Cristian respondeu certeiro, num tom que não admitia réplica.

"Forte" e "proativo" seriam adjetivos alternativos e generosos para "agressivo" e "encrenqueiro". Da nossa turma, Rafael era o que mais se metia em combates físicos, e isso me assustava. Ele realmente era forte, músculos bem definidos, moreno e de cabelos cacheados e curtos. E logo compreendemos que sua força física era um dos motivos por que ele fora o escolhido para ser meu par: a coreografia que o professor tinha em mente para nós dois incluía várias pegadas e sustentações do meu corpo no alto. Mas até chegarmos a essa parte, aprendemos primeiro toda a coreografia de chão pensada para nós. Normalmente, a Júlia era quem me mostrava os movimentos, dançando a minha frente e me fazendo tocar nela. Professor Cristian ajudava descrevendo os passos e criando conexões deles com habilidades que já havíamos desenvolvido em mim no nosso treino particular. Rafael, sempre um pouco atrás de mim, na diagonal direita, fazia os mesmos passos, tocando de leve minha cintura com a mão esquerda para me orientar quanto a nossa frente, referência que eu sempre perdia enquanto me movimentava. Aprender a coreografia dessa forma, pelo tato e pela descrição, até que não foi tão difícil quanto pensei, e, para consolidar a assimilação da sequência, só mesmo a repetição dia após dia. A presença e o constante contato com um par também me deixava mais segura. Mas eu realmente me joguei de cabeça naquele processo quando nosso professor nos mostrou a música da nossa coreografia, e pulei discretamente de felicidade quando ouvi os primeiros acordes vigorosos dos violinos de "Viva la vida", do Coldplay.

Padre Cristian, para me incentivar, veio me contar certa aula sobre dançarinos e bailarinos cegos que ele encontrara na internet. Eu sorria surpresa enquanto ele falava, sentindo meu coração transbordar de esperança, e de gratidão por ele e por sua sensibilidade.

Por algumas vezes durante todo o processo, foi inevitável que eu e Rafael ficássemos ociosos enquanto o professor e sua assistente Júlia cuidavam da coreografia coletiva. E então nos sentávamos em colchonetes, descansando e conversando casualidades. Eu percebi que ele sorria e adoçava a voz para falar comigo, e até comecei a simpatizar com meu *partner*. Para me conduzir até o colchão, ou até o meio da quadra, ele era até cuidadoso demais, superprotetor, como se eu fosse quebrar em suas mãos. E aí, quando veio o treino das pegadas, eu me surpreendi ainda mais com ele. Nervosa, eu tinha as mãos geladas, não tinha ideia de como era ser erguida numa dança. Mas Rafael foi muito gentil e me segurou com firmeza desde a primeira vez. Professor Cristian esteve do nosso lado a cada segundo nessa etapa, orientando com calma cada mínimo movimento do aluno. Por vezes, eu era erguida num salto após uma pequena corrida, e tinha que afastar as pernas esticadas, uma para a frente e a outra para trás, ou tinha que carpar, com as pernas afastadas para os lados. De outras vezes, eu só precisava ficar dura em alguma pose enquanto Rafael me sustentava pelas costelas, ou pelos quadris, ou pelo tronco e por uma perna ao mesmo tempo, e rapidamente comecei a me divertir com aquilo, sentia um friozinho na barriga, especialmente no retorno ao chão, e me sentia voando. Até algo do circo aprendemos a fazer: de costas para Rafael, que me segurava pela cintura, eu saltava e encontrava as coxas dele com meus pés; esticando as pernas, com ele agora me apoiando pelos quadris, eu ficava de pé ali, com o corpo inclinado para a frente, de braços abertos, enquanto ele, fazendo o contrapeso, tinha o corpo inclinado para trás. Era um jogo de equilíbrio e força, e a sensação era libertadora. Nos momentos de coreografia no chão, o professor precisava me lembrar de sorrir, e fazia isso sorrindo, eu podia ouvir em sua voz, e simplesmente ouvi-lo assim já me fazia sorrir. Já nas pegadas não era preciso ninguém me lembrar de sorrir, pois meu sorriso era constante durante os meus "voos".

Como nosso tempo era muito curto até a abertura das olimpíadas estudantis, padre Cristian pensou em aproveitarmos nossos treinos particulares para avançarmos na dança, mas padre Luiz Carlos exigiu minha presença de volta às aulas de religião, argumentando que eu já perdera aula o suficiente nos bimestres anteriores. Não se dando por vencido, padre Cristian teve autorização do padre diretor para utilizar os vinte e cinco minutos diários de recreio para dar um reforço a mim e a Rafael. Os professores das aulas pós-recreio concordaram em nos dar cinco minutos para comer algo na sala de aula mesmo. E assim, com muito entusiasmo, e quase sempre com Mariana no colo, professor Cristian nos orientava e nos fazia aperfeiçoar cada detalhe de nosso dueto. Conforme nos aprimorávamos, sentíamos a fluidez de nossos movimentos e nossa sintonia, um com o outro e ambos com a música, e ao fim daqueles ensaios que o professor considerasse ótimos, Rafael comemorava me abraçando e rodando comigo, tirando meus pés do chão. Da primeira vez me surpreendi, mas fui gostando do calor daquele abraço…

Depois de muito treino, quando enfim unimos nossa coreografia pronta à coletiva, ao fim da música nossos colegas nos aplaudiram efusivamente. Eu não parava de sorrir, sentia-me vitoriosa e reconhecida no meu esforço. Júlia me abraçou emocionada. Rafael ficou me afagando os ombros de forma paternal. Diana veio e me deu um tapinha discreto no bumbum, falando qualquer gracinha do tipo "que casalzinho lindo!". Professor Cristian se aproximou e disse, com um sorriso contente e levemente irônico na voz:

— Agora você acredita em mim, Caterine? Eu falei que você ia dançar.

Eu ri e nem soube o que dizer. Ao meu lado, ele pegou e apertou minha mão. Depois disso, utilizamos as poucas aulas que nos restavam até o dia da apresentação para deixar tudo ainda mais sincronizado e perfeito.

Enquanto isso, eu observava o que talvez fosse um resultado premeditado por padre Cristian quando escolhera meu *partner*: Rafael não se metia em nenhuma briga e parecia cada vez mais amável. Tenho certeza de que despertar nele um pouco de sensibilidade e delicadeza fora uma das razões de nosso professor. Além disso, a cada ensaio eu e Rafael estávamos mais sintonizados. As conversas sorridentes que passamos a desenvolver nos intervalos e um contato físico cada vez mais interessante traziam mais harmonia e confiança ao nosso dueto. Sim, ele vinha me abraçando, pegando minha mão e me afagando os ombros ou o rosto a qualquer momento que passasse por mim na sala de aula, nos corredores ou no pátio, e tinha sempre um sorriso na voz para falar comigo. Diana me incentivava, dizendo que eu devia ficar com ele, mas eu não estava certa do que queria. Eu gostava de ter a atenção e o carinho superprotetor dele, e me sentia lisonjeada por fazer aflorar a gentileza num garoto tão agressivo, e pronto, eu estava confortável assim. Era o que eu dizia para me convencer de que não, eu não estava me interessando por ele. Nenhum garoto me dera tanto carinho, nem na escola nem em lugar algum. Como eu, tão carente e com hormônios à flor da pele, não me apaixonaria? Mas era mais fácil mentir para mim do que admitir um interesse, porque admitir um interesse por alguém pressupunha me sentir inferior, não merecedora. "Não, devo estar interpretando errado as atitudes dele, nunca que ele ia se interessar por mim" — era o tipo de pensamento que me atormentava, e que não me deixava tomar qualquer atitude para demonstrar meu interesse. Pelo menos, aqueles sentimentos vinham me distraindo e, junto do processo e da expectativa da dança, davam-me algo a pensar melhor que minha obsessão pela cura da cegueira, coisa que nem me passava mais pela cabeça nas últimas semanas.

    Enfim, era chegado o grande dia, uma sexta-feira quente do fim de setembro. Minha mãe e minha avó passaram horas me maquiando e arrumando meu cabelo, puxando daqui e dali para um rabo de cavalo perfeito, modelando os cachinhos caídos nas laterais do rosto e espalhando pontinhos de brilho dourado pela minha cabeça. Não sei quem escolheu a cor predominante do figurino das meninas, mas eu amei. Nosso figurino era um *collant* amarelo sem mangas, como o da bonequinha bailarina que ainda dançava nas minhas lembranças, uma calça dourada de um tecido elástico que se parecia com um fino couro sintético, folgada e até o meio da canela, meia-calça e tênis branco. Eu nunca até então me sentira tão arrumada e bonita. Hidratei minha pele com um creme da minha mãe cujo cheirinho eu amava. Era uma noite especial. Meu coração ficou acelerado pelo dia inteiro. Ao mesmo tempo, era algo bom e ruim de sentir. Meu tio Bruno, aquele que cantava, levou-nos, a mim, minha mãe e minha avó, de carro ao ginásio municipal. Meu coração acelerou mais quando pisei naquele lugar, já cheio pela metade e com a voz da Shakira animando o ambiente. Havia um ar de festa na noite. Havia um gosto de ansiedade na boca seca. Faltava ainda uma hora para o início de toda a cerimônia, que seria aberta por nossa dança. Minha mãe avistou minha turma reunida num canto reservado da arquibancada, à direita da quadra, e me acompanhou até lá. Assim que Diana me recebeu, muito séria, minha mãe se afastou e foi se sentar com minha avó e meu tio no outro lado da arquibancada. Achei o jeito das meninas me cumprimentarem tão destoante da minha empolgação. Adiando a hora de fazer desmoronar toda aquela minha feliz expectativa, elas apenas procuravam a melhor forma de me contar (e isso só compreendi depois) o que Diana me contou sem nenhum cuidado.

— O Rafael avisou que está de cama e que não vem — ela anunciou duramente assim que me sentei.

Achei que era uma brincadeira idiota, não acreditei. Mas a tristeza com que Júlia veio falar comigo logo em seguida não me deixou dúvidas. Ela pegou minhas duas mãos com carinho, de pé na minha frente, porém curvada para me falar mais perto e mais baixo, e disse:

— Cat, eu sinto muito. Você quer aproveitar essa uma hora pra adaptar alguma coisa comigo? Posso dançar o tempo todo grudada em você. Só não consigo fazer as pegadas, mas a gente adapta alguma coisa.

Em retribuição a tanta delicadeza, eu só conseguia acariciar de volta as mãos dela, mas minha decepção, que se transformava numa bola ardida e indigesta na garganta, não me deixava falar. Compadecidas, algumas outras colegas também se aproximaram, afagando meus cabelos e tentando me animar falando qualquer coisa, mas eu não registrava nada.

— Alguém sabe onde mora o Rafael? — padre Cristian, acompanhado pelo tilintar de um molho de chaves, se aproximou de repente, apressado.

Diana respondeu que sabia, e que ele morava bem perto de sua casa. Padre Cristian então chamou nós duas para acompanhá-lo e andou depressa a nossa frente rumo ao estacionamento. Ele estava bravo, nem me cumprimentara. Quando paramos e o ouvi destrancar um carro, Diana quebrou o silêncio:

— Padre Cristian, você fica muito bem de batina branca.

Do outro lado do veículo, ele apenas pediu a ela que me conduzisse ao banco do passageiro, ignorando seu comentário. Ela parou por uns instantes, com certeza preferia ir na frente ao lado dele, mas teve que se contentar com o banco de trás. Quando me sentei e fechei a porta, padre Cristian já estava ligando o carro. Com gentileza na voz, ofereceu-me ajuda para botar o cinto de segurança, mas eu neguei, com um fiapo de voz, e o coloquei eu mesma. Enquanto o fazia, eu me sentia observada. Eu estava acostumada com as pessoas me observando realizar tarefas que elas talvez não acreditavam que eu podia realizar direito e sozinha. Mas logo me dei conta de que não era a tarefa que padre Cristian observava, e sim a tristeza que transfigurava meu rosto.

— A gente vai trazer ele aqui, nem que seja arrastado pelos cabelos — ele declarou com firmeza, ainda voltado para mim.

Diana, acomodada no banco de trás, apoiou. Padre Cristian deu a partida e dirigiu com cuidado, apesar da tensão que parecia exalar de seus poros. Estava óbvio que ele não acreditava na doença de Rafael. E se o padre Cristian não acreditava, ele devia estar certo. Abri um pouco o vidro para tentar respirar fundo e aliviar o bolo esquisito de emoções todas misturadas. A noite com cheirinho de primavera, as texturas deliciosas do *collant*, da calça acetinada e da meia-calça roçando nela, aquela sensação de estar arrumada e bonita, de repente nada daquilo fazia sentido nem tinha importância. Eu me sentia um lixo idiota, ingênua e ridícula por um dia ter acreditado em algo muito bom para minha vida. Nem a garantia do padre Cristian de resgatarmos Rafael e o fazermos cumprir com o compromisso da noite me aliviava, porque o mal pior eu já tinha feito ao me iludir. Mesmo que Rafael viesse e dançasse comigo, não era mais espontâneo, não era mais porque talvez ele gostasse de mim. E, na verdade, espontâneo nunca fora mesmo.

Ainda percorrendo o centro da cidade, antes de adentrarmos a comunidade, Diana tentava puxar papo com o padre, que se limitava a respostas monossilábicas e logo ligou o rádio, numa estação católica, demonstrando claramente seu interesse em ficar quieto. Eu, sempre voltada para a janela, também não tinha vontade de conversar. Na comunidade, padre Cristian abaixou o rádio para ouvir as coordenadas da Diana. Embicamos em mais uma rua esburacada e estreita, a rua onde morava Rafael, e ouvi recriminação no riso da Diana e no suspiro do padre Cristian. No meio da rua mesmo, ele parou e desligou o carro. Com movimentos precisos, tirou o cinto, abriu a porta e se pôs de pé ao lado dela, dizendo em alto e bom som:

— Boa noite, Rafael. Pelo visto, sua virose já foi curada.

— Ele está jogando bola com uns moleques na rua — Diana me narrou.

Imóvel, eu ouvia minha respiração acelerada. Ouvi a voz acuada de Rafael, mas não compreendi suas palavras. Padre Cristian deu a volta no carro, abriu minha porta e me pediu para sair. Sentindo as pernas tremerem, obedeci. O padre fechou a porta e me conduziu pelos ombros alguns passos à frente.

— Vem aqui, Rafael. Olha pra sua colega Caterine — ele tinha autoridade na voz. — Você tem ideia do tempo que ela passou cuidando de cada detalhe dessa produção toda? Você tem ideia do esforço que ela fez desde o início do bimestre pra se preparar pro dia de hoje?

— Oi, Caterine — Rafael se aproximava com um sorrisinho cínico na voz. — Você tá linda.

— Obrigada — eu ouvi sair de minha boca, numa voz que nem parecia a minha, de tão rouca.

— Então — Rafael se aproximou ainda mais e pegou minha mão, gelada —, eu pensei bem e… é que você é muito preciosa, Caterine, e fico com medo de te machucar. Eu poderia te deixar cair numa pegada e nunca me perdoaria por isso.

Como eu não percebera antes? Agora era tão claro o tom de falsidade do sorriso que ele colocava na voz para falar comigo. Eu ainda sentia as mãos quentes do padre Cristian em meus ombros. Mas havia agora um calor dentro de mim, crescente e raivoso. Rafael continuou:

— Para falar a verdade, eu não acho seguro. Não concordo com essa coreografia, ela é muito arriscada pra você.

— Pensasse nisso antes — escapou com toda a força da minha boca.

Silêncio mortal. Nem eu acreditava que dissera aquilo. Até Diana saiu do carro e parou atrás de mim, com expectativa. Tudo bem que eu me sentia protegida pela presença do padre Cristian, mas eu nunca me vira tão enérgica e assertiva. Depois de alguns segundos do mais puro silêncio, ouvi um riso curto e satisfeito do padre, que disse em seguida, enfatizando bem cada palavra:

— É, Sr. Rafael, o senhor tem cinco minutos pra se trocar e entrar nesse carro.

— Mas é pouco tem… — o garoto tentou argumentar.

— Cinco minutos — o padre repetiu, articulando bem cada sílaba. — Ou você quer me dar mais tempo pra contar a todos os seus colegas da rua que você amarelou?

Em vinte e cinco minutos, estávamos de volta ao ginásio, eu, padre Cristian, Diana e Rafael. Os dois últimos, no banco de trás, passaram o trajeto jogando conversa fora, como se nada tivesse acontecido. Ele estava perfumado, parecia ter tomado um banho veloz, e já vestia o figurino da dança, que para todos os meninos era uma camiseta branca, uma calça do mesmo tecido que a das meninas, só que preta e até os tornozelos, e tênis branco. Padre Cristian e eu viemos calados, mas eu estava contente, o que não significa feliz. Estava contente por ter reagido, e por ter recebido do meu padre preferido um belo elogio por isso logo assim que Rafael entrou em casa. Mas eu ainda me sentia decepcionada com Rafael e ridícula por um dia ter acreditado no carinho dele.

Na arquibancada, algumas colegas comemoraram quando nos viram chegar com Rafael. Eu, guiada pelo padre Cristian, sorri, mais pela alegria delas e pela atitude de nosso professor do que por mim. Bom, pelo menos ia terminar tudo bem, eu ia dançar. Não era meu sonho?

O ginásio já estava lotado, de alunos da nossa e de outras escolas e seus familiares. Depois de nos aquecer numa grande sala de dança dos fundos do ginásio, com alongamento, pranchas e alguns trechinhos coletivos da coreografia, padre Cristian, que precisava ajudar padre Gabriel em outras tarefas da cerimônia, deixou-nos de volta no cantinho reservado da arquibancada, sob a autoridade do padre Luiz Carlos. Faltavam poucos minutos para nossa entrada em cena e a agitação entre a turma era crescente. Tentando respirar de forma meditativa e mentalizar cada momento da coreografia fluindo com sucesso, e segurança, eu ouvia as risadas nervosas e os comentários ansiosos dos colegas ao meu redor. A todo instante, eu pensava que Rafael poderia tentar fugir de novo, sumir de repente, então meu ouvido buscava constantemente sua voz. Naquele momento, ele estava uns dois metros a minha frente, conversando com outros meninos na grade que contornava toda a quadra. Eu estava sentada no primeiro degrau da arquibancada e apenas o corredor nos separava. João Matheus, com uma alegria vibrante, tinha acabado de pegar minha mão e dizer que eu estava arrasando de tão linda. Sorrindo, agradeci, e o percebi indo também para perto da grade. Foi quando, com esses meus ouvidos mais treinados que os da maioria das pessoas, ouvi outro colega dizer, rindo:

— Não teve jeito, né?

— Pois é, cara, me fodi, vou ter que dançar com a ceguinha — era a voz de Rafael.

A frase ficaria rodando na minha cabeça em câmera lenta, como num pesadelo. O sangue pareceu me fugir do rosto enquanto tudo acontecia.

— Algum problema em dançar com uma menina linda, Rafael? — João Matheus, que pareceu surpreender o colega, tomou imediatamente minhas dores.

— Não é da sua conta, ó, veadinho!

Pronto, estava feito o desastre. Não sei quem começou, mas a partir daí minha mente pareceu voltar ao pesadelo e apenas meus ouvidos presenciaram, de longe, uma sequência de socos, corpos se batendo contra a grade e depois contra o chão, gritos das meninas, a aproximação de outros colegas tentando separar os dois, a voz desesperada de padre Luiz Carlos ordenando que parassem, a agitação da parte da plateia que assistia ao desagradável espetáculo. Para me proteger dos possíveis respingos de briga, algumas meninas me puxavam para os degraus mais altos da arquibancada. Apreensiva, Júlia me abraçou de lado. O pandemônio só começou a se dissolver quando padre Cristian chegou separando os brigões e os levando dali. Com a voz chorosa, Júlia me narrava tudo. Percebendo minha tremedeira, ela tentava me acalmar: "Já tá tudo bem, tudo bem." Mas ela não sabia, e talvez ninguém ali soubesse, o que eu ouvira. Agora eu compreendia o real motivo da amarelice de Rafael, e isso doía bem mais que qualquer soco que João Matheus pudesse ter levado.

Conforme os nervos por ali se acalmavam, eu voltava a me sentir mais presente e ouvia com clareza os comentários ao redor:

— João Matheus dessa vez arrasou!

— Ele quase não apanhou. O Rafael é que se ferrou dessa vez.

— Estranho, o Rafa quase não reagiu!

— O Rafael se deixou apanhar só pra não dançar — Diana envenenou, arrematando a rodada de comentários.

Depois disso, não prestei atenção em mais nada. Pouca coisa poderia me fazer sentir melhor, e facas internas cortavam minha garganta, mas eu me segurei firme, jurei a mim mesma que não ia chorar, seria ainda mais humilhante. Eu não ia dançar mais e pronto, paciência. Também não era o fim do mundo, eu tentava me convencer, numa briga interna feroz com minha dor. Tudo o que eu queria agora era estar em casa e tirar toda aquela palhaçada de figurino, maquiagem e brilho no cabelo. E, claro, voltar a enxergar, o mais rápido possível.

Capítulo 5

Eu estava encostada na grade de metal quando ouvi aqueles acordes vibrantes que eu amava tanto anunciarem o início de "Viva la vida". Meus colegas todos correram dali para o centro da quadra e a plateia, animada, já começou a bater palmas no ritmo empolgante da canção, enquanto meu coração disparava. Eu sabia que seria muito difícil segurar minhas lágrimas agora, ouvindo no volume máximo uma das minhas músicas favoritas e imaginando meus colegas dançando sem mim. Por que padre Luiz Carlos fizera comigo aquela tortura de me mandar esperar ali? Ele me garantira que Rafael estava se recuperando na enfermaria e que voltaria para dançar comigo, mas eu não acreditava nisso. Nossa entrada na coreografia era só no primeiro refrão, então meu *partner* ainda tinha mais de um minuto para chegar ali, mesmo assim eu não tinha esperança nenhuma de isso acontecer.

Minha garganta e meus olhos ardiam mais à medida que Chris Martin cantava a estrofe que precedia o refrão, minha cabeça pesava para baixo e a coluna se curvava, mas foi quase na última frase que ouvi os tênis de alguém que se aproximava correndo como um maratonista e parando bem atrás de mim. Senti o vento de uma respiração ofegante atingir minhas costas. Junto dele, o aroma refrescante que eu conhecia bem. Driblando o volume alto da música, a voz de padre Cristian falou bem perto do meu ouvido:

— Arruma a postura, Caterine.

Como era ele que estava mandando, obedeci. Ele sabia o que fazia, devia estar com Rafael bem ao seu lado. Meu Deus, quase os últimos acordes antes do refrão. Meu coração queria saltar pela boca.

— Se fizer isso, você vai se arrepender muito — ouvi a voz áspera do padre Luiz Carlos, um segundo antes de tocarem meu tronco pela esquerda e pegarem minha mão direita.

Não tive tempo de raciocinar sobre o que ouvira nem sobre a textura diferente da mão que pegava a minha, só ouvi a voz do meu padre preferido gritar "Vem" enquanto ele me puxava correndo para o centro da quadra. Eram os últimos acordes da estrofe. Eu mal podia respirar entre as passadas largas da corrida que eu tinha que acompanhar. Ainda senti os cabelos perfumados de alguma colega voarem pertinho do meu rosto quando adentramos correndo o círculo de dançarinos. Enfim, chegamos ao centro da roda e, exatamente na entrada explosiva do refrão, saltei, afastando as pernas e sendo erguida bem alto pelas mãos mais seguras que podiam me erguer. Junto, um grande sorriso também se abrira em mim, e finalmente libertei aquele choro que vinha me corroendo na última hora. Parece que a plateia também fora impactada por aquela nossa entrada triunfal e aplaudiu, assoviou, fez um círculo sonoro bem forte a nossa volta. Ouvi também gritos felizes de algumas colegas enquanto executavam a coreografia. O sino que vibrava ritmado em meio aos violinos do arranjo musical parecia ser meu próprio coração, bombeando sangue, calor e felicidade a todos os meus movimentos. Sem parar de sorrir, e de liberar algumas lágrimas, executei meus passos melhor do que nunca antes. Professor Cristian me conduzia com firmeza, uma firmeza que me dava muito mais segurança e que eu não podia mesmo esperar das mãos de um adolescente idiota.

Terminado o refrão, durante a parte instrumental, era nosso momento de estátua, do dueto e das meninas, para dar foco aos meninos, que montavam a pirâmide humana. Eu estava sentada no chão, com uma perna dobrada, joelho apontando para fora, e a outra esticada para o outro lado, enquanto meu braço oposto à perna esticada também estava estendido, para a diagonal alta. Professor Cristian estava sentado atrás de mim na mesma pose, só que tudo para o lado oposto. Eu respirava acelerado e deixei escapar um meio choro meio gargalhada. Era incontrolável. Professor Cristian, fazendo em minhas costas e ombro o vento ritmado de sua respiração ofegante, também soltou um riso feliz e espontâneo. Enquanto o público ainda delirava com a pirâmide dos meninos, retomamos a coreografia coletiva. Agora, com Chris Martin cantando as próximas estrofes, todos formavam três filas. Eu e o professor à frente da fila do meio. Braços, pernas, cabeça, giros, passos, diagonais, movimentos cravados na batida, movimentos lentos, movimentos velozes e explosivos, o toque seguro do meu mais novo *partner* na minha cintura, tudo fluía perfeitamente, e agora sim eu sabia o que era ser conduzida e erguida de verdade na dança.

Veio o próximo refrão e, com ele, mais saltos explosivos e pegadas libertadoras. Meu sorriso não se fechava mais, e eu sabia que seria assim até o fim da música. Não existia mais dor, decepção. Tudo agora era a música me envolvendo, meus movimentos me libertando e aqueles voos me curando. Depois de mais aquele refrão, a parte instrumental mais tensa, quando as três filas se transformavam em duas, formando um grande corredor para o dueto. Esperávamos em estátua enquanto alguns dançarinos trocavam de fila com estrelinhas num cânone alternando os lados. Depois, Cristian... Opa, padre Cristian manipulava meu corpo em prancha de um lado para outro até me pegar, ainda completamente esticada, nos braços. Daí ele deveria correr e me erguer assim, em prancha. Ele correu entre as duas fileiras, enquanto me dizia "Muito dura e não se mexa por nada". Confiante, claro que obedeci, e mal pude entender o que se passava quando senti meu corpo girar no eixo, na horizontal mesmo, sem se soltar do professor. Ou seja, ele girara comigo. Meu Deus, ele dera um mortal para frente comigo junto! O público era um estouro de gritos agora. Meus colegas também gritavam, surpresos. Eu gargalhava enquanto, durante o "Oh", minha parte preferida da música, corríamos todos em círculo, alternando a corrida com giros de braços erguidos. As mãos de meu *partner* sempre me servindo de referência, mesmo durante os giros. Por fim, nosso último refrão, infelizmente o último, quando a turma desenvolvia uma coreografia ainda em roda e eu e o professor brilhávamos no centro, com mais saltos e pegadas em giro, exibindo-me no alto para todos os lados. O último acorde da música foi coroado pelo jogo de equilíbrio do circo, em que eu ficava inclinada para a frente de pé nas coxas de meu *partner*, enquanto, ao nosso redor e voltadas para os dois lados da plateia, uma roda mais fechada de meninas, ajoelhadas, e uma roda externa de meninos, sentados no chão. De peito e braços abertos, eu sentia minhas lágrimas, misturadas ao suor, pingarem do queixo. Ainda ficamos todos em estátua durante os primeiros segundos de aplausos, gritos e assovios. Quando desmanchamos a formação, padre Cristian, ainda atrás de mim, beijou minha cabeça e apertou forte minhas mãos, mas logo muitas meninas me abraçaram e pularam comigo, enquanto os meninos, tomados de euforia, avançaram sobre o professor e o padre, ergueram-no nos ombros e o tiraram assim de cena. Depois de quase um minuto inteiro, os aplausos ainda eram intensos quando aos poucos deixamos a quadra. Era indescritível o que eu sentia.

Radiante, João Matheus, que assistira a tudo da beira da quadra, pegou-me no colo e rodou comigo. Enquanto ele me levava nos braços até minha família, do outro lado da arquibancada, lamentei demais pelo ocorrido e por ele não ter dançado, mas ele me garantiu que estava bem, que o professor prometera que não tiraria nota dele depois que ele explicara o motivo da briga, embora tenha lhes passado, a João Matheus e a Rafael, um belo sermão sobre outras formas de resolver os conflitos, etc., e que não dançara na verdade porque emprestara o figurino ao professor, já que o do Rafael estava muito manchado de sangue. Ele contou que professor Cristian, o único além de Rafael que sabia toda a coreografia comigo, correra feito louco da enfermaria para chegar a tempo à quadra, e que ele, o João Matheus, estava era feliz por ter tirado o imbecil do Rafael da dança, porque só assim eu pude dançar com o gato do padre Cristian, segundo suas palavras. Eu só ria, entregue em seus braços. Ele disse ainda que estava amando a ideia de ter o cheirinho do padre Cristian nas suas roupas. Eu ri mais.

Quando ele me deixou junto de minha mãe, todos em volta daquele ponto da arquibancada, mesmo aqueles que não me conheciam, vinham emocionados me dar os parabéns e tecer inúmeros elogios a mim e a meu professor. Orgulhosa, e ainda transpirando muito, eu agradecia sem conseguir parar de sorrir. Sim, eu acabara de viver o momento mais incrível da minha vida até ali.

Durante todo o restante da cerimônia, permaneci ali com a família, ouvindo também os elogios e comentários orgulhosos e felizes deles, que me enchiam de carinhos. Mas me faltava uma pessoa com quem falar e a quem agradecer imensamente, e pedi a minha mãe que me levasse até padre Cristian ao fim de tudo, porém ninguém o avistara mais depois da dança. Indo para casa, ocorreu-me que ele deveria ter voltado à escola para cuidar de Mariana, que ficara com padre Chico.

Naquela noite, demorei a dormir. Meu corpo, embora exausto, estava nas nuvens, e tudo em que eu pensava era chegar logo segunda-feira para que eu pudesse reencontrar meu querido professor e agradecer, e se possível com um abraço também.

O fim de semana correu feliz, especialmente quando eu revivia na mente as sensações daquela dança, ou quando ouvia minha mãe e minha avó reverem, compartilharem e comentarem o vídeo que meu tio fizera da nossa apresentação. Mas a segunda-feira chegou prenunciando um período de muitas mudanças… Cheguei à escola e Diana já me encontrou no portão. Bem perto da entrada do pequeno prédio, estava um aglomerado de alunos. Ao se aproximar, Diana viu que se tratava de padre Cristian, com Mariana no colo e cercado de alunos.

— A Mariana vai embora — Clarice, que era parte do aglomerado, anunciou quando nos viu.

Meu coração se apertou. Ouvi vários alunos, especialmente meninas, despedirem-se da pequena com palavras carinhosas em vozes infantilizadas e beijinhos.

— Ele tá com uma carinha muito triste, os olhos marejados" — Diana me contou.

Senti meus olhos marejarem também. Quando finalmente conseguimos chegar mais perto, senti a mão do padre pegar minha mão e colocá-la na cabecinha de Mariana, que estava desperta e segura em apenas um braço dele. Eu a acariciei e ela reagiu com um sorridente e sonoro "Aaaaaaah". Depois de tocar suas bochechas fofas e dedicar a ela algumas palavras carinhosas em tatibitate, perguntei baixinho ao padre:

— O leite acabou?

— Não, Caterine, na verdade não — ele respondeu muito grave, com a voz embargada.

Esperei que ele explicasse então o motivo de ela ir tão cedo, mas ele não falou. Tentei animá-lo:

— Mas o orfanato é tão perto, é só atravessar a florestinha e você pode ver e amamentar a Mariana todos os dias.

— É verdade — ele concordou, sem ânimo.

Beijei Mariana na cabeça, aspirei já com saudades seu cheirinho de bebê e me afastei, pesarosa, com Diana, depois de ela também se despedir da pequena.

Que dia estranho… Esperei que, no mínimo, Rafael viesse me dizer algo, mas ele nem chegou perto de mim. E, de verdade, aquilo não me incomodou. Agora havia outra coisa me angustiando… Durante as aulas, a memória da voz embargada de padre Cristian apertava meu peito. Ele me ajudava tanto. Será que eu podia fazer algo para ajudá-lo ou animá-lo? Que pretensão a minha; ele era sempre tão equilibrado; ia se recuperar logo. Mas uma conversa amiga ou uma demonstração de apoio não faz mal a ninguém, e poderia alegrá-lo. Além disso, eu queria muito falar sobre a dança e agradecê-lo. Na hora do recreio, fiz então como naquela outra vez: dispensei Diana dizendo que ficaria na sala mesmo. Depois que todos se foram, encaminhei-me para a capelinha. Se padre Cristian ainda não tivesse voltado, eu apenas me sentaria ali e rezaria por ele. Mas minha intuição me dizia que sim, ele estava ali. Naquela mesma parede de onde eu ouvira sem querer a conversa da outra vez, comecei a ouvir sussurros femininos, entrecortados pela voz do padre Cristian, bastante firme:

— Se recomponha agora. Respeite o lugar onde você está, respeite quem está na sua frente, respeite a si mesma.

— Vem cá, eu sou louca por você desde o primeiro dia, e eu sei que você também quer…

— Diana, sai daqui agora.

— Vem cá, pode olhar pro meu corpo, pode tocar; pega. No fundo, você é só um homem.

— Não me obrigue a te imobilizar.

— Eu vou amar! Faz isso.

Eu estava chocada com o que ouvia e o sangue pareceu fugir do meu rosto. Comecei a tremer. Sem saber ao certo se minha chegada ajudaria ou acabaria de estragar tudo, avancei rapidamente para dentro da capela. Ouvi o susto na respiração da Diana, em seguida, seu corpo indo rapidamente ao chão. Com a voz vindo de baixo, ela começou a gritar:

— Socorro! Socorro! Ele tentou me agarrar! Caterine, pelo amor de Deus, ele tentou me agarrar!

— Pai, tenha misericórdia — a voz serena de padre Cristian, vindo de outro ponto, a alguns metros de onde vinha a voz dela.

— O que está acontecendo aqui? — padre Luiz Carlos veio correndo.

Capítulo 6

— Ele tentou me agarrar! — Diana começou a chorar.
— É mentira! — falei com toda a minha voz.

— Você não viu! — ela gritava, chorando. — Você é cega! Como pode dizer o que não viu e não sentiu? Só eu sei o que eu senti!

— Filha, recomponha-se, por favor — padre Luiz Carlos ordenou, segurando o volume da voz. — Caterine, ele tocou em você também?

— Ele não fez nada com ninguém, padre — falei chorando, enquanto ouvia roçar de tecido na pele da Diana, provavelmente se vestindo.

— Tudo bem, Caterine — a voz de padre Cristian era muito serena. — Existe uma testemunha que tudo vê e que me guarda lá de cima.

— Como você tem coragem de envolver o nome de Deus nisso? Você está manchando a nossa santa igreja! — padre Luiz Carlos parecia cuspir enquanto falava. — Eu e padre Gabriel temos observado seu comportamento inadequado desde o início.

— Eu sei que meu comportamento incomoda alguns, mas podemos conversar sobre…

Ele parou de falar porque viu a Diana se levantando e vindo até mim para me puxar dali, só que eu reagi puxando com força o braço de volta, recusando sua ajuda, e ela me respondeu com um sonoro tapa no rosto. Padre Cristian vinha em meu socorro, mas padre Luiz Carlos o impediu:

— Não ponha suas mãos sujas nela!

Pude ouvir o corpo de padre Cristian sendo freado pelo outro padre. Diana saiu correndo. Padre Luiz Carlos encerrou, puxando-me pela mão e voltando o rosto para padre Cristian:

— Me espera na nossa sala. Eu cuido dela.

Completamente atordoada, eu não conseguiria mais estudar naquela manhã. Chorando sem parar, falei que estava me sentindo muito mal e que precisava ir para casa. Após aguardar um pouco na enfermaria, fui colocada num carro e levada para casa pelo diretor, padre Gabriel. No pequeno trajeto, ele até tentou conversar comigo, mas eu não tinha condições de raciocinar naquele momento. Só me lembro de ele me pedindo gentilmente que esquecesse tudo aquilo e que era melhor ficar tudo entre nós para não expor minha amiga Diana.

Mais tarde, em casa, contei tudo a minha mãe. Eu não queria ir à aula no dia seguinte, pois como eu faria sem a ajuda da Diana? Mesmo que ela viesse até mim como se nada tivesse acontecido, eu não suportava a ideia de ser ajudada por ela de novo. Mas minha mãe me fez ir, dizendo que eu não perderia os estudos por causa de uma história esquisita e mal contada. Chegando à escola, fui logo abordada por Elisa e Júlia, que me perguntavam por Diana e me ofereciam ajuda. Não contei nada sobre o dia anterior e disse que não sabia dela. Na educação física, havia outro professor.

— O que aconteceu com o padre Cristian? — os alunos perguntaram quase em coro.

— Ele retornou pra missão dele em outra instituição. Aqui ele era um professor temporário de vocês, mas a profissão dele é o sacerdócio. Agora eu sou o professor oficial de vocês. Então, vamos lá, pegando seus colchonetes.

Diana não apareceu mais nas aulas. Dias depois, soubemos que ela fora transferida para outra escola. Um dia, conversando com padre Chico, consegui arrancar dele que padre Cristian fora transferido para o orfanato. Eu me alegrei, pensei na felicidade dele estando com Mariana todos os dias e podendo amamentá-la de novo. Além disso, o orfanato era logo ali, depois da florestinha, e saber que ele continuava por perto me enchia de esperança, embora eu não visse meios de um dia ir vê-lo, já que minha mãe não engolira aquela última história e não confiava mais nele. Mas, para mim, nada mudara em relação a ele, e eu sentia demais sua falta. Se ao menos a escola tivesse continuado com as pequenas excursões ao orfanato passando pela florestinha… Eram passeios ecológicos bem gostosos que alguns professores dos primeiros anos nos proporcionavam. Eu era bem pequena, minha visão também, e os professores achavam mais seguro me carregar no colo. Mesmo assim, eu não deixava de me sentir numa grande aventura pela mata, assim como pareciam sentir todos os outros alunos. Mas a brincadeira toda acabou de repente e sem explicações. Corria pela escola que um aluno fora picado por cobra, mas eu e a maioria entendemos que não passava de uma estratégia para amedrontar os alunos e inibir eventuais escapadinhas, especialmente dos adolescentes, para a mata.

Agora, sem padre Cristian, meu corpo foi se enfraquecendo; o novo professor de Educação Física fingia que me incluía; meu ânimo e minha vontade de estar naquela escola despreparada se esvaíam, e meus medos voltavam a curvar minha coluna. Eu ouvia a voz do padre Cristian todos os dias na minha cabeça me orientando: "Seu corpo inteiro enxerga; pergunte ao seu inconsciente; vai sentir pena de você até quando?". E essas memórias até me ajudavam a me manter firme às vezes, só às vezes. A verdade era que eu me sentia me afundando num poço bem mais fundo do que aquele no qual eu me encontrava antes do padre Cristian surgir na minha vida.

Já era dezembro. Uns dois meses haviam passado desde a saída repentina do padre Cristian, quando padre Chico uma manhã veio até a sala e me tirou da aula de Ensino Religioso.

— Vamos até a capelinha, precisamos conversar — ele dizia em tom carinhoso, conduzindo-me pelo corredor.

Havia algo de segredo em seu tom e também de extraordinário naquele ato de me retirar da sala no meio da manhã. Eu não fizera nada de errado, que eu soubesse, para ser chamada para uma conversa séria; e mesmo assim, uma conversa séria com algum aluno que tivesse aprontado algo não costumava ser com padre Chico. Com o coração aos saltos de expectativa, andei com ele até a capelinha. Ele me fez sentar perto do altar e se sentou ao meu lado. Pôs na minha mão um envelope tamanho A4 e falou:

— Uma carta pra você. Só te peço uma coisa, filha: como agradecimento pelo serviço de correio, leia pra mim.

Não compreendi nada, muito menos a parte do "leia pra mim", porque normalmente alguém precisava ler pra mim, fosse uma carta, um jornal, um livro. A não ser que… a carta estivesse em braile. Diante da minha provável cara de perplexidade, padre Chico acrescentou baixinho, em tom cúmplice:

— É do padre Cristian. Ele mandou imprimir numa instituição do Rio de Janeiro pra você.

Esbocei um sorriso e abri o envelope, as mãos um pouco trêmulas. E, para minha feliz surpresa, sim, era uma carta em braile. Engoli em seco, toquei a primeira linha e passei a ler em voz alta, com a fluência miserável de quem tinha pouco acesso aos livros em braile:

— Caterine, espero que você esteja bem e cultivando sua conexão com Deus. Pesquisei sobre uma abordagem médica para sua cura. Deus pode agir de diversas formas em nossa vida, e nem sempre a melhor forma é a mais imediata. Existem alguns oftalmologistas pesquisando soluções para casos como o seu, e, curiosamente, um deles, segundo minhas pesquisas, é um primo distante, o Dr. Marcos Albuquerque. Não tenho contato com ele há muitos anos, e ele vive e trabalha no Rio de Janeiro, mas faça contato com ele. O endereço de e-mail dele está no fim da página. Não é garantido que ele possa lhe trazer a cura, e, pelo que entendi, ele ainda está iniciando sua pesquisa com uma nova droga, mas pode ser uma esperança. Contudo, lembre-se sempre de extrair o melhor do que Deus lhe confiou e de ter seu coração sereno em qualquer busca, com ou sem visão. Deus te abençoe. Padre Cristian.

Ao fim da carta, meu coração estava preenchido de esperança e amor. Suspirei e padre Chico, tocando minha cabeça, falou:

— Obrigado, filha.

Compreendendo agora seu pedido pela leitura da carta e suas preocupações sobre o teor dela, pela responsabilidade de ser o mensageiro, respondi:

— Eu é que só tenho a agradecer ao senhor, padre. Esta carta é muito importante pra mim.

Naquele mesmo dia, enviei uma mensagem ao Dr. Marcos Albuquerque, mas não obtive resposta. Semanas depois, enviei outra, e depois outras e mais outras, e continuei aguardando uma resposta.

Certa manhã, na aula de Educação Física, o professor botara os alunos para jogar handebol, e ele nunca fazia questão de me dar outra atividade quando o jogo era com bola. Então, como antes, eu ouvia minha música na arquibancada, imaginando minhas coreografias. Agora, nas minhas fantasias coreográficas, eu já incluía padre Cristian no corpo de dança.

Mais ou menos no meio da aula, apertada para ir ao banheiro, decidi que eu não esperaria o fim da aula para ter ajuda de alguém e que iria sozinha, com minha bengala amarela. Eu já sabia onde era o banheiro da quadra, e não haveria de ter dificuldade alguma. Desci os degraus com a bengala e contornei a quadra sem problemas. No trajeto, algum colega me perguntou de longe aonde eu ia e respondi, com naturalidade. Confiante, peguei o corredorzinho dos vestiários e segui com tudo. Quando me dei conta, havia passado da porta do vestiário feminino e já estava sobre o cimento do pequeno pátio traseiro, o que dava para a florestinha. Dei meia volta e tentei retornar para dentro, mas ouvi o portão se fechar a meio palmo do meu rosto.

— Ei! Espera, eu vou entrar! Ei, quem tá aí?!

Sem resposta, refleti se eu estaria sofrendo mais um ataque de Érica. Depois daquela abordagem de padre Cristian, ela nunca mais me importunara, mas, agora que ele não estava mais lá para me proteger, talvez ela estivesse se sentindo poderosa de novo. Então, passei a esmurrar o portão de aço e a gritar:

— Érica! Por favor, eu preciso entrar! Ei, por favor! Érica!

Lá de dentro, só vinham os gritos do jogo e as pancadas na bola. Ninguém me ouviria. Bufando de raiva, eu me virei de frente para a mata e busquei me acalmar com o som das folhas ao vento e dos pássaros. Virei-me de volta para o portão e o esmurrei mais um pouco, gritando também, e nada. Virei de costas de novo, sentei no chão e comecei a chorar. "Vai sentir pena de você até quando?", padre Cristian falou na minha cabeça. "Seu corpo inteiro enxerga." "Seu potencial é gigante, e você é muito mais que dois olhos que não funcionam." "Pergunte ao seu inconsciente." Vi meu pranto ir se abrandando, enquanto uma ideia ganhava espaço em minha mente. Enxuguei o rosto com as mãos e me levantei num impulso. Ergui a cabeça, ativei o abdômen, coloquei todo o meu corpo em alerta e avancei decidida: eu iria até padre Cristian. Se o único jeito era atravessando a florestinha, e sozinha, até o orfanato, não importava, eu iria. Eu sabia que uma cerca de arame farpado dividia o pátio da mata e que, em algum ponto dela, havia uma espécie de portão. Cheguei até ela e bati com a bengala por toda a extensão até encontrar a parte que se abria para fora. Esgueirando o corpo para não me espetar, passei e fechei de volta com a bengala. Estava nublado, eu não sentia o sol sobre mim, apenas uma brisa leve mexia com meus cabelos e com as folhagens das árvores. Do meu jeito, rezei para meu anjo da guarda e fui.

Capítulo 7

Pisei o chão de terra irregular, com pedras e mato, e me mantive firme no prumo. Eu sabia que era só seguir em frente, sabia também que talvez as árvores não me deixassem traçar uma linha reta, mas eu iria contorná-las e chegaria; eu não sabia quanto tempo levaria, mas chegaria até meu padre preferido. Avancei pelo terreno irregular batendo com força a bengala à frente, ela não me deixaria chocar o corpo contra as árvores; para proteger o rosto dos galhos e folhagens, eu levava a outra mão à frente da cabeça. Sabia que era só uma questão de fé e de tempo, mas chegaria em segurança. Justo naquele dia, eu trocara a calça da educação física por uma bermuda, pois vinha fazendo bastante calor, e podia sentir frequentemente o capim roçar minhas canelas. O som dos pássaros aqui e ali ganhava um eco característico das matas fechadas com árvores altas; as folhas e pedrinhas sob meus pés também eram muito agradáveis de ouvir. Lembrei-me das histórias que minha mãe lia para mim sobre Helen Keller, que, mesmo sem ver e sem ouvir, adorava se embrenhar sozinha na mata. Saía com alguns arranhões, mas nada tão grave que a fizesse parar com o costume. Resolvi então curtir cada passo daquela experiência na mata, honrando padre Cristian com seus conselhos de conexão com a natureza. O relevo às vezes me surpreendia com leves depressões escorregadias e elevações, mas eu estava firme, usando a bengala também como um terceiro apoio quando precisava e dando o melhor do meu equilíbrio. Minha mão esquerda, a que protegia o rosto, às vezes encontrava folhas, ramagens e galhos, e então eu me desviava deles, ou me abaixava, e seguia.

Eu já estava suando; subi, desci, contornei árvores, pisei em galhos, raízes, pedrinhas, mato; respirei com prazer o aroma verde e úmido, apreciei cada mínimo som, como o veloz bater de asas de alguns pássaros. Agora um som mais forte me chamava a atenção: um farfalhar no chão, parecendo se aproximar pela esquerda. Nao ventava tanto ali dentro para ser algo sendo arrastado. Parei e me concentrei naquele som, tentei ouvir minha intuição e meu inconsciente, meu anjo da guarda, talvez. O som rastejante também parou, até que, junto com um ruído curto, senti uma dor aguda e bem pontual logo acima do tornozelo esquerdo. Droga! Então seria verdade sobre as cobras? Apavorada, pulei para o lado direito. Embora eu não ouvisse mais o rastejar, a suposta cobra poderia estar preparando um próximo bote, silenciosamente. Então, torcendo para que aquela não fosse uma cobra do tipo que sobe em árvore, rastreei rapidamente com a bengala até encontrar um tronco, larguei minha auxiliar no chão e me agarrei na árvore com braços e pernas, subindo nela com esforço. O tronco era bem áspero e cheio de proeminências agudas, e, durante a escalada, senti meus braços e pernas se arranharem. Mas ao menos as proeminências me serviam de alavancas para a subida. Na pressa de me afastar do perigo no chão, bati a cabeça com tudo num galho, o que me desconcentrou da força e me fez descer um meio metro. Na rápida descida pelo tronco, um daqueles projetos pontiagudos de galho, que antes me fora tão útil, rasgou o tecido fino e gasto da minha bermuda de educação física, e, pela ardência na coxa, bem perto da virilha, desconfiei de que a ponta atingira minha pele também. A picada na perna doía cada vez mais, e agora minha respiração era sofrida, tentando administrar dois pontos de dor forte mais a força para continuar subindo. Busquei me acalmar e desacelerar a respiração, fiz baixinho uma oração para meu anjo da guarda e pedi ajuda a ele. Um pouquinho mais serena, consegui ouvir o rastejar ainda lá no chão, o que me fazia acreditar que realmente aquele não era um animal de subir em árvore. Pelo outro lado, comecei a ouvir passos apressados se anunciando com pequenos estalos sobre pedrinhas e gravetos em meio à acústica da mata.

— Ajuda! — eu gritei, sem ter ideia de quem pudesse estar se aproximando.

— Estou aqui, Caterine — era a voz de padre Cristian, baixa e já bem perto das minhas costas, enchendo-me de conforto e calor no coração.

— Eu fui picada. Cuidado, acho que foi uma cobra e ela ainda deve estar aí — falei, arfando, tentando extrair forças de onde eu já não tinha para continuar me segurando naquele tronco.

— Sim, ela está, é uma surucucu — ele falava com a voz suave mas com certa gravidade, enquanto me pegava pelas axilas. — Vem, pode descer.

— E se ela atacar de novo? — eu tentava resistir e me mantinha agarrada à árvore.

— Ela não vai, pode vir comigo.

Como sempre, sua fala me inspirava confiança. Soltei o tronco e padre Cristian me colocou devagar de pé no chão, de frente para a árvore.

— Fica aqui e não se mexe — ele ordenou, afastando-se uns dois passos.

Tentei ficar imóvel, mas minha perna esquerda, a da picada, estava esquisita e eu não conseguia apoiar o peso nela. Inclinei-me então para a árvore e a abracei, apoiando meu corpo nela. Foi quando me dei conta de que parte da minha barriga e do meu peito podia sentir diretamente a aspereza da árvore. Conferi com a mão e vi que minha blusa de uniforme havia se rasgado. Voltei a abraçar o tronco, morrendo de vergonha, enquanto padre Cristian, com a voz vindo de baixo, como se ele estivesse agachado, dizia, com uma doçura parecida com a que ele imprimia na voz quando falava com ou sobre Mariana:

— A cobra só ficou nervosa, porque se sentiu ameaçada com sua presença e com a bengala, mas ela não é má, e está se acalmando.

Passei a ouvir aquele mesmo farfalhar rastejante começar a retornar para o ponto de onde viera. Logo em seguida, o padre falou, sorrindo:

— Pronto, nossa irmãzinha já voltou em paz pro canto dela. Agora vamos cuidar dessa picada.

Até o fim da frase, ele já estava de pé bem ao meu lado, e falei, sentindo a boca meio mole:

— Minha blusa se rasgou. E acho que me machuquei.

— Sim, você está sangrando — ele se postava atrás de mim e pude ouvir som de tecido roçando rápido na pele. — Veste minha camiseta e pressiona seu corte com a barra dela.

Ele apenas passou a camiseta pela minha cabeça e eu fiz o resto. Quando soltei a árvore para enfiar os braços nas mangas, perdi o equilíbrio, agora as duas pernas estavam bambas, a esquerda um tanto mais que a direita, e padre Cristian me amparou pelas costas.

— Parece que estou rodando — falei, a voz meio arrastada, enquanto eu terminava de ajeitar a camiseta, morna do calor do corpo dele, e onde cabiam três de mim.

— O veneno está se espalhando rápido. Fica calma, quanto mais calma você estiver, menos o veneno se espalha. Vamos, eu vou te pegar pelas costas e pelas pernas. Só relaxa.

Assim, ele passou a me carregar, caminhando depressa em direção ao orfanato. Eu podia sentir no meu corpo o ritmo de sua marcha. Minha cabeça pesava para trás e um torpor irresistível tomava conta de mim.

— Você se lembra das respirações profundas da meditação? — ele perguntou, com o ritmo acelerado de seus passos firmes acentuando a fala.

— Sim — respondi com esforço.

— Pois é hora de praticar. Inspire bem devagar, o máximo de ar que você puder, e expire mais devagar ainda, soprando todo o ar pra fora.

Lembro-me de controlar um ciclo apenas, enquanto ouvia a voz dele ficando longe.

— Caterine, abre os olhos agora — ele me trouxe de volta. — Olhe nos meus olhos e diz que me odeia.

Eu ri brevemente, fazendo força para segurar as pálpebras abertas. Sentindo minhas forças se esvaindo e perdendo gradativamente a conexão com tudo a minha volta, meu coração, sem a censura da mente, intuindo ser aquela talvez minha única oportunidade de dizer o que eu queria dizer, encontrou espaço. Na verdade, eu tinha muitas coisas em mente para dizer a ele quando iniciei minha travessia da mata, como agradecer imensamente pela dança e dizer o quanto aquilo fora importante para mim, agradecer pelo contato de seu primo, perguntar por Mariana, contar que alguém, que minha intuição dizia ser Érica, me trancara para fora e que a possibilidade de encontrá-lo no orfanato me encorajara a atravessar a florestinha. Mas apenas o essencial saiu. Então, ouvindo agora minha própria voz se distanciando, falei com esforço:

— Você faz muita falta. Ninguém nunca me enxergou como você.

Eu já não conseguia manter o pescoço ereto, e minha cabeça pendeu para trás. Com uma breve pausa na caminhada, padre Cristian me ajeitou em seus braços de modo que minha cabeça ficou recostada em seu peito, nu, e aquilo era tão bom que eu poderia ficar ali para sempre. Infelizmente não foi para sempre, mas, ouvindo a voz dele cada vez mais longe, e incapaz de compreender o que dizia, adormeci ali.

Não faço ideia de quanto tempo durou minha paz, mas ela acabou, e, conforme minha consciência retornava, aos poucos, um pandemônio se instalava ao meu redor. Vozes ásperas, porém, esforçando-se para manter um volume discreto, se contrapunham à voz de padre Cristian, sempre serena, apesar de ofegante.

— O que significa isso? — a primeira voz áspera.

— Ela precisa de hospital agora, foi picada por cobra, uma surucucu. E se feriu no tronco de uma árvore onde subiu pra se proteger da cobra — padre Cristian respondeu, comigo ainda nos braços e adentrando uma construção, onde eu podia ouvir uma acústica diferente, de local fechado, e sons de criança ao longe.

— No meu carro, agora — outra voz ordenou.

Padre Cristian continuava me carregando apressado. Eu percebia os outros nos acompanhando. Fui colocada deitada no banco de um veículo, e, enquanto outras mãos me ajeitavam e prendiam o cinto de segurança de modo desconfortável em mim, devido à minha posição, senti a mão de padre Cristian pousada no alto de minha cabeça, jorrando em meu corpo e meu espírito aquele calor reconfortante e pacificador. Mas logo outro padre sussurrou com raiva atrás de nós:

— Já chega, padre Cristian. Já não acha que foi o suficiente? Recomponha-se e vá cuidar das crianças. Elas sim são sua missão agora.

Reuni todas as minhas forças e, ainda que debilmente, consegui mover o braço e alcançar a mão de padre Cristian quando ela deixava minha cabeça. Ele envolveu minha mão com suas duas mãos e falou baixinho:

— Vai ficar tudo bem, Caterine. Deus te abençoe.

Com certa pressa, porém com carinho, ele apoiou minha mão sobre minha barriga, depois se afastou correndo. À medida que o som de seus passos se afastava, uma angústia amarga começou a apertar meu peito. Minhas sensações, cada vez mais distantes, eram tomadas todas por aquela angústia, uma saudade estranha, um medo… Tudo agora era medo e os sons que me circundavam. Minha audição, sempre o mais aguçado dos meus sentidos, funcionava relativamente bem até com o veneno da cobra circulando em minhas veias. Ouvi a porta sendo fechada bem pertinho da minha cabeça, enquanto outros dois padres assumiram os bancos da frente. Talvez pensando que eu não era capaz de ouvi-los, eles e o padre do lado de fora, enquanto o veículo era ligado, trocaram sussurros nervosos:

— São muitas evidências: o sangue nela, rasgo na roupa… Santo Deus!

— Ele já está sob investigação. Agora mais essa…

— Ele estava aqui há poucos minutos, cuidando da Mariana, e saiu correndo de repente. Ele não fez nada, só foi ajudar.

— Mas como ele sabia que alguém precisava de ajuda na mata? E como essa menina teria ido sozinha pra mata? Ela não enxerga.

Eu fazia de tudo para conseguir mover a boca e falar, explicar cada detalhe, mas nenhuma parte de meu corpo me obedecia mais.

— Deus sabe de todas as coisas, e a sua justiça nunca falha.

Com essa frase, o padre que dirigia, o mesmo que parecia confiar no padre Cristian, encerrou a conversa apressada e deu ré no carro, saindo do orfanato.

— Ligue para a escola e mande avisarem a um responsável dela — o motorista solicitou ao passageiro.

— O que esses moleques estão fazendo na janela? — o outro, com o rosto voltado para fora, enquanto o carro ganhava velocidade pela ladeira esburacada.

— Boa coisa é que não é, mas não dá tempo de cuidar disso agora, ligue para o padre João e avise.

— Quem estupra menina cega tem que morrer! — tive a impressão de ouvir alguém gritar ao longe.

Logo em seguida, um ou dois disparos ecoaram na distância, mas a essa altura eu já não podia mais discernir o que era real e o que era efeito do meu torpor, que já misturava minha consciência a sonhos envenenados. Uma reza aflita no banco do passageiro e o relevo irregular sob as rodas foram sumindo lentamente do alcance de minhas percepções.

Do hospital não me lembro de muita coisa, apenas injeções e minha mãe, bastante nervosa. Depois, e aí já me lembro com mais clareza, uma tristeza profunda, uma vergonha opressora quando eu pensava na minha ingenuidade de achar que era capaz e forte o suficiente para atravessar sozinha aquela bendita mata e minha mãe me pedindo que eu apenas esquecesse tudo aquilo, esquecesse aquela escola, a comunidade, esquecesse que um dia existiu padre Cristian, e que eu me concentrasse somente em meu recomeço, segundo ela, o começo de um novo tempo para mim, com mais segurança, mais recursos, mais acessibilidade, bem longe dali.

Parte II

O amanhecer

Capítulo 8

Dez anos depois

O sol poente submergia junto comigo e dançava disforme, gerando nuances esverdeadas no oceano azulado. Via as bolhas subindo com meu ar. Olhava minhas mãos, meus braços, pernas e pés ondulantes na água. Nos ouvidos, longe dos sons urbanos, os mínimos sons de meus movimentos amplificados pela imensidão surda do mar. Aquilo era, para mim, a mais plena paz. Toda preocupação, chateação, frustração, memórias, nada disso mergulhava comigo, nada disso cabia naquele meu momento. Emergi para renovar meu ar e respirei sonoramente por algumas vezes, balançando braços e pernas. Agora eu via o reflexo do sol na superfície ondulante da água, e como era maravilhoso contemplar. Olhei para cima, e o céu era um belo borrado de azul, laranja, rosado. À direita, as pedras do Forte de Copacabana. Virei-me para trás e me dei conta do quanto havia nadado. Marcos sempre brigava comigo quando eu ia tão para o fundo. A praia estava longe e eu nem podia mais ver as meninas. Resolvi boiar um pouco, inspirei devagar e soltei o corpo deitado de barriga para cima. Meus pulmões, inflados, empurraram meu corpo mais para fora, lentamente; soltei o ar e meu corpo desceu um pouco, bem devagar. Diante de meus olhos, somente o céu, dividindo-se suavemente entre tarde e noite. No canto esquerdo da visão, lá estava ela chegando: a lua, cheia. As ondas gentis movimentavam meu corpo como queriam, e eu não resistia, apenas absorvia aquela plenitude. Uma onda maiorzinha me surpreendeu e me encheu nariz e boca de água salgada. Verticalizei de volta o corpo e tornei a contemplar tudo o que via. Ao longe, um homem remando de pé sobre uma prancha comprida. Ele estava de frente para o sol, que o alaranjava sobre a prancha amarela em contraste com o céu e o mar, azuis. Seu rosto estava longe demais para eu ver detalhes, mas sua postura era linda e seu equilíbrio, inabalável sobre as pequenas ondas. De bermuda e camiseta, seu corpo era bem definido e forte. Eu me peguei sorrindo. Marcos não estava por perto e não me recriminaria por admirar pessoas. Em teoria, eu já sabia qual a diferença entre só olhar e paquerar, mas meu cérebro ainda estava encantado por demais com a possibilidade de olhar e absorver a beleza das pessoas, especialmente dos homens. E aquele homem ali, embora estivesse longe para ter seus traços avaliados, era tão bonito em sua contemplação do sol, do mar, do momento. Ele remava devagar, sem pressa alguma de chegar a qualquer lugar, como se seu objetivo fosse simplesmente estar ali, em comunhão com aquela natureza esplêndida e com o agora. Eu ainda estava sorrindo, mexendo braços e pernas sem parar. Mergulhei mais uma vez e nadei submersa, e foi quando me dei conta do quanto eu já estava cansada. Ergui a cabeça e me voltei para a praia, buscando meu prédio de referência. Procurei, procurei, e fui encontrá-lo muito à esquerda. Meu Deus, o mar me levara longe! Tomei fôlego e comecei a nadar na diagonal, para a esquerda e para a praia. Nadei, nadei, nadei… Meu prédio de referência parecia estar sempre no mesmo lugar. Eu então parava, descansava um pouco e voltava a nadar. Algumas ondinhas mais altas me empurraram para a frente e me fizeram engolir um pouco de água. Eu já estava realmente cansada. Parei mais uma vez, mas percebi que quanto mais tempo eu ficava parada, mais eu voltava para a direita.

O sol já começava a sumir nas pedras e o céu escurecia. Não sei quanto tempo nadei, e agora eu respirava exausta. Felizmente, eu já estava na direção do prédio, mas ainda muito longe da praia. Passei então a nadar para a frente, lutando contra a exaustão e contra a corrente que me puxava para a direita. Ai, Caterine, sempre se metendo em encrenca — eu me recriminava. Se ao menos eu tivesse uma moto aquática… Eu era melhor controlando um veículo do que me locomovendo com meu próprio corpo. Desejei estar no asfalto e não na água. Como eu era poderosa atrás do meu volante. Aí sim eu tinha todo o controle e a força. E ali, tão pequena naquela imensidão de mar, eu me sentia um nada, cada vez menor e mais fraca. Tão arfante e focada nas minhas reflexões, nem o ouvi se aproximar; só vi diante de mim sua mão me oferecendo o estrepe da prancha. Ele estava de joelhos sobre a grande prancha e acho que sorria. A pouca luz e o cansaço não me deixaram ter certeza. Não sei o que me fez confiar que aquele homem me rebocaria em segurança até a praia, mas simplesmente confiei, mesmo porque eu não me via com muita opção naquele momento. Envolvi o estrepe no pulso e segurei o fio com as duas mãos. Ele ficou de pé sobre a prancha e passou a remar com força rumo à praia. A rabeira da prancha se movia para um lado e para outro em resposta às remadas, e meu corpo acompanhava aquela dança. Preocupando-me apenas em segurar o fio, eu respirava sonoramente e relaxava, deixando meu corpo entregue. A água que meu corpo cortava acariciava minha pele e ficava para trás. Fechei os olhos e só observei os sons da praia e da arrebentação se aproximarem de mim. Enfim, abri os olhos e já estávamos rente à arrebentação. Desci as pernas e encontrei o chão. Soltei o pulso do estrepe e fui para a lateral da prancha, esticando a mão com a cordinha para que ele pegasse de volta. Agradeci pela carona e, no momento exato em que ele me respondeu algo que não pude ouvir, uma onda quebrou em cima de mim. Depois de me recuperar, corri o mais rápido que pude em direção à areia, fugindo das próximas ondas. As meninas vieram correndo, nervosas.

— Cat, pelo amor de Deus! A gente estava quase chamando o bombeiro!

— Você foi longe demais dessa vez, mulher! Que susto, você nunca voltava!

— E quem é o gato gostoso na prancha?

— Não faço ideia — respondi, olhando para trás. — E eu nem agradeci direito.

Ainda o vi sobre a prancha, em silhueta contra a borda ainda clara do céu.

— Então vamos logo! Achei que você não queria mais ir pra festa — Bruna falou, sorrindo, conduzindo-me carinhosamente pelos ombros.

— O Marcos vai também, não vai? — Ana perguntou.

Ainda olhei para o mar mais uma vez. Parte de mim queria ficar lá, uma parte grande porém subjetiva de mim. Não vi mais a silhueta sobre a prancha.

— Caterine? — Ana me chamava de volta.

— O Marcos vai sim — eu respondi assertiva, voltando a caminhar pela areia com elas. — Ele deve chegar mais tarde, está com a agenda cheia hoje, mas vai sim.

Duas horas depois, eu estava em frente ao espelho largo do toalete, terminando de me maquiar. Eu me demorava bem mais que as meninas nessa tarefa. Não porque elas fizessem isso havia muito mais tempo que eu, mas porque eu, entre uma pincelada e outra na minha pintura simples, gastava minutos observando no espelho cada detalhe do meu rosto, alguns até que eu nem sabia que existiam, outros que eu imaginava de forma bem diferente quando alguém os descrevia para mim. Experimentar em minhas pálpebras diferentes cores e estilos de sombra também me fascinava. Naquela noite, olhei para a sombra dourada no estojo. Eu gostava muito daquele tom, que parecia iluminar o loiro escuro do meu cabelo, e as mechas e pontas naturalmente mais loiras pareciam se acender. Mas Marcos preferia a azul, dizia que destacava mais meus olhos. Passei a sombra azul. Depois, delineei os olhos com destreza, observando o contorno de minhas pupilas. Finalizei com calma a maquiagem e liguei o secador. Meus cabelos eu ainda mantinha cortados acima dos ombros, só que agora em algumas camadas, mais leves e estilosos. Eu os sequei e ajudei meus cachos a se definirem melhor com o modelador. No meu corpo, a toda hora voltavam as sensações do mar, do movimento das ondas e da água me acariciando enquanto eu era puxada pela prancha. Junto, a imagem do homem sobre a prancha. Mas eu logo voltava a me concentrar na minha arrumação para a festa e tentava empurrar de novo aquela cena para debaixo de algum tapete da memória. Fui até o *closet* me calçar. Aproveitei para conferir minha produção completa mais uma vez no espelho de corpo inteiro. Meu vestido prata ajudava meu corpo fino e miúdo a ganhar a aparência de um pouco mais de volume. Sim, eu estava bonita. Ah, se meu pai me visse assim, talvez se orgulhasse. Aliás, se eu tivesse nascido assim, enxergando, ele não teria me abandonado. Mas aquilo e todo o resto pertencia ao passado e não cabia mais na minha nova vida. Coloquei os brincos, já previamente escolhidos e separados, e, de repente, lá estava de novo o homem sobre a prancha, escapando lá do fundo da minha consciência e brilhando em minhas ondas mentais.

Dias depois, eu estava de novo passando um fim de tarde na praia. Mas, dessa vez, infelizmente, eu não estava no mar, e sim sentada num banco de cimento observando o pôr-do-sol enquanto esperava por Marcos. Eu achava incrível como cada pôr-do-sol era único. Naquele dia, as nuvens estavam estrategicamente posicionadas para espalhar no céu um amarelo acinzentado luminoso e exótico. Tirei os óculos escuros amarronzados para contemplar melhor. Já era maio e começava a esfriar. Abracei meu corpo e esfreguei os braços. Dentre tanta gente que andava pelo calçadão, um homem me chamou a atenção. De tênis escuro, calça preta esportiva e casaco, mãos no bolso, ele olhava para a frente, focado, mas sereno. O caminhar sem pressa, mas sem ser arrastado como da maioria dos cariocas no calçadão. Seus olhos se alternavam agora entre o céu e a frente; um olhar tão pacífico, um caminhar tão equilibrado, uma postura tão segura. Seria o cara da prancha? — eu me perguntava, sorrindo. Ele vinha da direita, e eu o seguia com os olhos. Quando passava quase pela minha frente, ele olhou na minha direção. Eu, que já estava sorrindo, alarguei o sorriso. Ele pareceu me reconhecer; esboçou um sorriso e acenou. Acenei de volta. Meu Deus, será que isso era paquerar? Ele voltou a olhar para a frente, sem parar sua marcha; eu também não parei de olhar para ele. Era tão bom contemplar pessoas, mas algumas, como ele, eram tão magnetizantes. Talvez percebendo meu olhar insistente, ele me olhou de novo; diminuiu o passo; voltou a olhar para a frente; voltou a olhar para mim. Eu cruzei a perna e tombei um pouco a cabeça, só para não parecer uma estátua sorridente. Ele quase sorriu de novo e parou. Meu Deus, eu estava paquerando… E agora ele viria falar comigo e eu teria de dizer que meu marido estava vindo. Já era, ele mudou o trajeto e caminhou até mim. Tentei fechar o sorriso, mas era impossível, com aqueles olhos verdes se aproximando de mim com tanta certeza. Com as mãos sempre nos bolsos, ele parou a minha esquerda e continuou me olhando, sem nada dizer e com um meio sorriso. Abriu levemente a boca para dizer algo, mas desistiu.

— Oi — eu disse, rindo.

— Oi, Caterine — ele respondeu, a voz cheia de alguma coisa que eu conhecia, mas não sabia o quê.

— Como você sabe... A gente já se conhece de...

Eu me interrompi, levantei-me, olhei com mais atenção seus cabelos pretos e lisos, seu rosto sem barba, um pouco bronzeado, largo, mistura de branco e indígena. Meu cérebro levou um tempo para juntar aquela imagem, que até então eu só tinha construída na mente, com a voz que era tão cara para mim, aquela voz grave, com toques nasais e com a rouquidão gostosa de quem escolhe dormir menos para viver mais, e que eu não tinha a felicidade de escutar havia muito tempo. Ele pareceu tentar me ajudar a juntar as peças, dizendo:

— Use a sua intuição, ela estava ficando bem treinada.

— Você é... — minha voz ficou trêmula de repente.

Ele abriu finalmente um sorriso. Meu coração voltou aos dezesseis anos e não cabia em mim de tanta felicidade. Com um riso agudo, beirando o choro, falei:

— Eu não acredito! É você mesmo!

E me joguei num abraço forte e demorado sem nenhum pudor. Ele me abraçou forte também. Senti, depois de tanto tempo, o aroma verde de dezembro, senti o calor das mãos dele pousadas em minhas costas, e era, de alguma forma, como voltar para casa, uma casa de um tempo que não era bom, mas uma casa segura, uma casa que me acolhia e me enxergava em qualquer escuridão. Aquele abraço era reencontrar um elo, com minha espiritualidade, com minha própria força, que ele estava me ensinando a despertar, com algo maravilhoso e, por algum motivo, adormecido em mim. O calor de suas mãos me fez revisitar a paz que eu sentia quando ele me abençoava, a paz que, por todos aqueles anos desde nossa separação, eu busquei no som dos sinos das igrejas, em cada "Ave-Maria" cantada às seis da tarde. Sendo bem sincera, era a voz dele que eu buscava ouvir, o toque dele que eu buscava sentir em tudo aquilo.

— Padre Cristian, você está vivo, eu não acredito! Eu nunca mais tive notícias suas, e nunca encontrei nada sobre você na internet — eu me vi com lágrimas nos olhos. — Você esteve na minha mente e no meu coração por todos esses anos. Que bom te reencontrar, padre.

Finalmente o soltei e me afastei. Com um sorrisinho plácido, ele me corrigiu:

— Só Cristian, por favor.

Eu arregalei os olhos e abri a boca, não soube o que dizer. Ele continuou:

— E você? Como está, Caterine? Está bonita.

Completou a frase com um afago rápido na minha cabeça. Eu ri desconsertada.

— Obrigada. Você também. Estou te vendo pela primeira vez.

— Pois é, e você conseguiu, está enxergando — ele falou com um sorriso largo.

— Sim, e estou muito feliz por isso — eu não conseguia parar de sorrir.

— E como foi isso?

— Tudo culpa sua. Bom, é uma longa história, mas… Eu não quero atrapalhar sua caminhada.

— Por que a gente não caminha um pouco enquanto você me conta?

— Claro, claro, ótima ideia.

Ajeitei a pequena mochila nos ombros e atravessamos a rua.

— Era você outro dia na prancha? — perguntei.

— Sim — ele alargou o sorriso. — Percebi que você estava exausta.

— E por que não falou comigo?

— Eu falei, mas você não ouviu.

Agora já caminhávamos lado a lado pelo calçadão com o sol a nossa esquerda. Eu continuei:

— Nossa, me desculpa mesmo, eu estava meio apavorada por não conseguir chegar na praia. Mas e você? Mora aqui? Ou está de passagem?

— Moro no Rio já tem uns dez anos. Tenho um irmão que mora aqui há muitos anos. É meu único irmão. Outros motivos me trouxeram pra cá e, pronto, a vida deu um jeito de reunir a família. Você também mora aqui ou está de férias?

— Moro aqui. Então, depois daquele período na escola, minha mãe achou melhor me mandar pra São Paulo, pra ter melhores condições de estudo, colégio especializado pra cegos, essas coisas. Lá eu morei com uns tios, até que ganhei de presente deles a inscrição num congresso sobre novas abordagens da oftalmologia. E advinha: seu primo, Dr. Marcos Albuquerque, estava lá.

— Ah, então aquele contato serviu! — ele se animou.

— Sim! Por isso eu falei que era tudo culpa sua. Bom, meus e-mails na verdade ele nunca respondeu, mas se lembrou de mim quando nos conhecemos pessoalmente no congresso e disse que nunca me respondeu porque ainda não tinha nada de concreto para me dizer sobre a cura. Mas, desde o congresso, mantivemos contato, começamos a namorar e, dois anos depois, viemos a nos casar. Vim morar aqui desde que nos casamos, há cinco anos.

— Que ótimo. E ele é o responsável pela sua visão, suponho.

— Exatamente. Ele avançou muito nas pesquisas com uma nova droga associada à eletroestimulação e agora coordena um experimento prático, e eu faço parte do grupo de testes. Começamos há três anos, recebendo injeções e estimulação toda semana, e já estou enxergando há dois anos.

— Que maravilha, Caterine, fico feliz por você.

— Sim, e por fim a cura veio pela ciência, e não por um milagre, como eu fantasiei um dia — eu ria de mim mesma.

— Bom, buscai e encontrareis. Nós buscamos, mas somente Deus sabe as melhores circunstâncias em que vamos encontrar o que buscamos, somente Ele sabe do que realmente precisamos, do que é melhor para o nosso crescimento.

Eu movi a cabeça, reflexiva. Ele então indagou:

— E qual sua ocupação?

— Ainda não estou trabalhando. Quando comecei a enxergar é que me animei para entrar na faculdade, e estou cursando arquitetura — completei, sorrindo orgulhosa.

— Bom, algo bem visual — ele sorriu também.

Por vezes eu me pegava falando e olhando fixamente para ele, que alternava o olhar entre mim e o caminho. Ele tinha de novo as mãos nos bolsos e a postura sempre ereta. Após uns cinco segundos silenciosos, perguntei, empolgada:

— Mas e você? Como é sua vida agora? O que aconteceu aquele dia no orfanato? Eu me lembro de ouvir uns tiros, mas minha mãe nunca me contou o que houve e me proibiu de falar sobre o assunto, e Marcos nunca teve notícias suas pela família. Sabe, ele é meio desapegado da família, trabalha demais e mal tem tempo pra retornar os telefonemas da mãe, pra você ter uma ideia.

— Achei minha mulher! — Marcos chegou me abraçando por trás.

— Que susto! — protestei, rindo e estacando.

Cristian também parou e se afastou um passo para o lado, com olhar respeitoso. Marcos me deu um beijo estalado na boca e me apressei em dizer:

— Marcos, lembra do seu primo Cristian? Olha, nos esbarramos aqui!

— Ah, sim, claro. Sua benção, padre. Soube que você tinha virado padre — Marcos estendeu a mão a ele.

— Não, por favor, só Cristian. Eu não sou mais padre. E é um prazer te rever, Marcos — respondeu com discrição, apertando a mão do primo.

— Caterine — Marcos se voltou para mim, com ansiedade —, já estamos atrasados, era pra você me esperar no banco, onde você me falou que estava!

— Desculpa, vamos. Padre… quero dizer, professor… Cristian, que bom te reencontrar! — eu estava radiante.

— Foi uma satisfação. Como eu faço pra encontrar vocês? Acho que não tenho mais seu contato, Marcos.

Meu marido se adiantou, sacou imediatamente um cartão de visita e entregou a ele, que agradeceu, despedindo-se com acenos e um sorriso comedido. Marcos, com seu braço magro e seus passos acelerados, como sempre, virou-se para o outro lado e me puxou pela mão. Curiosamente, sua pouca altura agora me parecia ainda menor; sua magreza, quase uma desnutrição; sua voz revelava agora mais nuances de aspereza do que antes, ou era eu que nunca notara.

Não posso negar que nos dias seguintes aquele reencontro com Cristian não me saiu da cabeça… Muitas lembranças e sentimentos foram despertados após uma longa hibernação. Eu queria ter perguntado tantas coisas, mas não deu tempo. Agora eu não fazia ideia de como encontrá-lo, e, se ele fizesse contato com Marcos, ciumento como era, eu não tinha certeza se o recado chegaria até mim. Contentei-me então em saborear na memória as imagens daquele encontro; aliás, daqueles encontros.

Na sexta-feira seguinte, eu saía da aula, no fim da tarde, quando visualizei alguém parado junto ao portão do campus. Pela postura, pelos cabelos pretos e pelo casaco, marrom, eu o reconheci. Desci as escadas correndo e me abrindo num grande sorriso. Ele já me aguardava com um ar contente.

— Olá! Que surpresa boa! — eu parei bem à frente dele.

— Tudo bem, Caterine? — ele me afagou rapidamente no ombro.

— Como você me achou aqui? O Marcos te falou? Vocês se falaram?

— Na verdade, não — ele ameaçou sorrir.

— Mas como… Ah, besteira. Você sempre soube me achar. Especialmente nos momentos críticos.

Ele riu de boca fechada e me entregou uma pequena sacola de presente, dizendo:

— Vim te trazer isso. Eu sei que agora você não precisa, mas talvez queira guardar de lembrança.

Olhei dentro da sacola em minhas mãos e vi, toda dobradinha, uma bengala amarela. Eu sorri e senti meus olhos umedecerem.

— Você encapou outra? — perguntei, ainda sorrindo.

— Não, é a mesma de sempre — ele respondeu com um meio sorriso.

— Você resgatou na florestinha? — indaguei com admiração.

— Sim — ele respondeu com naturalidade. — Caterine, você tem quinze minutos pra um suco?

— Claro, claro — falei, depois de uma gaguejada, retornando das lembranças que aquele objeto na sacola me trazia. — E obrigada pela bengala.

Capítulo 9

Atravessamos a rua, caminhamos alguns metros e chegamos a um café. Eu sentia falta de tocar o braço dele enquanto caminhava. Não, eu não precisava mais de um guia, podia enxergar muito bem o caminho, mas senti falta da sensação de estar em contato com ele. No balcão, peguei um café e ele pegou uma limonada, sem açúcar. Nós nos sentamos frente a frente a uma mesinha de madeira. A luz amarelada do poente iluminava seu rosto; eu estava de costas para a porta.

— Caterine — ele começou, olhando-me diretamente —, eu vim porque preciso de uma certeza.

Depois de um gole de café, eu o olhei apreensiva. Meu coração deu uma disparada. Ele continuou:

— Você sabe o que exatamente aconteceu aquela manhã, não sabe?

— Na florestinha?

— Sim — ele tinha a voz serena, mas certa tensão no rosto.

— Bom... eu desmaiei, por conta do veneno da cobra e do sangramento, e não presenciei, de forma totalmente consciente, todo o trajeto que você fez comigo nos braços até o orfanato, até me colocar no carro e tentar me acalmar. Eu posso não ter visto tudo o que aconteceu, mas o que não aconteceu comigo eu sei muito bem, o que eu ouvi, senti e intuí foi o suficiente para remontar a cena na mente e ter certeza de tudo o que se passou. Você me ensinou a perceber e enxergar de outras formas — terminei, enfatizando minha gratidão com um largo sorriso.

— Você não sabe como fico feliz com isso, Caterine — ele sorriu mais relaxado, antes de tomar, enfim, o primeiro gole de sua limonada.

— Por favor, Cristian, se era essa sua preocupação, eu sempre confiei em você, e nunca considerei a possibilidade de que você tivesse me feito algum mal, nem a mim nem à Diana.

— Parte de mim até sabia disso, mas eu preferi ouvir diretamente de você. Fiquei relutante em falar com você nas duas oportunidades na praia porque eu realmente não fazia ideia de qual versão da história você abraçava. Algumas pessoas preferiram acreditar e espalhar absurdos naquela ocasião.

— Por isso você ficou em silêncio sobre a prancha — eu revisitava, reflexiva, aquela lembrança.

— Antes de te ver exausta no mar, eu estava meditando sobre a prancha, conversando com Deus, e percebi que você também estava, da sua forma, meditando em comunhão com o mar. Não quis interromper seu momento, e continuei em estado meditativo enquanto te rebocava, buscando compreender a melhor forma e o melhor momento de falar com você.

— Bom, por sorte tivemos uma segunda oportunidade dias depois — eu sorria.

— Sim. Como sempre, Deus me ouviu — e tomou mais um gole de limonada. Em seguida, prosseguiu: — Naquela época da escola, eu procurei sua mãe pra esclarecer tudo, mas ela preferiu não me receber.

— Sério? Ela nunca me contou — lamentei, com a voz triste.

— Tudo bem, ela tinha as razões dela, proteger a filha dela de qualquer suposta ameaça e acreditar em boatos endossados por alguns padres mais velhos e por pessoas influentes da comunidade lhe pareceu mais sensato, e eu precisava respeitar a decisão dela.

Eu suspirei com tristeza, pensando em todas as vezes que perguntei a minha mãe pelo padre Cristian e ela me dizia não saber de nada. Levantei os olhos e o encarei. Seus olhos eram mesmo lindos, ainda mais verdes rebatendo a luminosidade amarelada do poente. Eu me peguei olhando tempo demais e disse, de arranque:

— Eu... te devo desculpas. Foi uma ideia idiota entrar sozinha na mata. Isso só complicou sua vida.

— Não, não, não — ele me deu um toque pacificador no braço. — Não se desculpe. Eu agradeço a Deus por ter sido intuído e ter te resgatado a tempo.

— Eu sabia que poderia ser perigoso, mas a escola me parecia mais perigosa ainda. Naquele dia, alguém me trancou pra fora, deliberadamente. Sem você lá, as coisas ficaram bem piores pra mim, eu era uma criança idiota, entrei em desespero, eu...

— Para, Caterine, está tudo bem. Pense: se não tivesse acontecido tudo aquilo, sua mãe não teria te mandado pra São Paulo, você não teria se aproximado do Marcos e não teria hoje essa vida maravilhosa, e enxergando — ele concluiu, com um sorriso animador.

— Não tinha visto dessa forma. Mas, ok, pode ter sido bom pra minha vida. Mas e pra você? Eu me lembro de ouvir algo sobre você estar sob investigação, e agora você não é mais padre — minha voz tinha um tremor aflito.

— Sim, eu estava sob investigação naquela época por conta do episódio com a Diana, que você presenciou. A família dela me acusou, incentivada por um padre que já me perseguia desde o início.

Eu dei um meio suspiro meio rosnado, lembrando-me de padre Luiz Carlos. Sempre sereno, Cristian continuou:

— Mas o processo canônico não encontrou nada que justificasse a acusação, porque não tinha nada mesmo pra encontrar, e eu continuei no sacerdócio, mas fui transferido para um mosteiro aqui no Rio. O bispo tomou essa medida pra me proteger e proteger a igreja do escândalo que parecia se anunciar nos boatos. E fui padre por mais cinco anos, até que eu mesmo pedi meu afastamento.

Meus olhos se escancararam e balbuciei algo tentando perguntar o porquê. Depois me vi esquadrinhando suas mãos em busca de uma aliança ou qualquer outra explicação. Pedir o próprio afastamento era a última coisa que eu esperaria de um padre como ele, tão místico e excelente em suas funções. Quis perguntar tudo, o porquê, os detalhes, mas eu me sentiria invasiva. Percebendo minha perturbação, ele esboçou um sorriso e disse:

— Claro que eu tive um bom motivo. E talvez dois...

— Posso imaginar que tenha sido um motivo realmente forte pra tirar o padre Cristian de suas convicções — eu ainda estava chocada. — Bom, mas... como é sua vida agora? O que você faz?

Antes que ele pudesse abrir a boca, ouvi meu celular tocar na bolsa e me apressei em atender. Pedi licença e recostei na cadeira para falar.

— Caterine, onde você está? Você esqueceu? — era Marcos, muito bravo.

— Nossa! Eu me atrasei, desculpa, mas já estou indo pra casa — e tomei o último gole de café com o celular na orelha.

— Eu não acredito que você esqueceu, sua destrambelhada!

— Não esqueci, não. Estou indo agora. Tchau — e desliguei.

Cristian me olhava com carinho. Levantando-me pesarosa, falei:

— Me desculpa, Marcos vai receber uma homenagem do Conselho Brasileiro de Oftalmologia, por causa do experimento, e eu quase me esqueci.

— Mande meus parabéns a ele. Quer uma carona? — ele se levantou também.

— Não, não, estou de carro — declarei, com um sorriso de orgulho, andando rápido para a saída.

— Ah, que ótimo — ele vinha ao meu lado. — Mas vai devagar, com calma.

— Pode deixar. E como eu te encontro? Precisamos conversar com mais tempo. Me fala seu telefone, eu memorizo.

Ele me falou; repeti em voz alta, agradeci, pela conversa e pela bengala, e me despedi com um abraço rápido. Corri para o carro, que estava do outro lado da rua. Ele ficou me observando até eu sair com o carro. Dei um último tchauzinho, sorrindo, ele retribuiu, e segui.

Capítulo 10

Naquele fim de semana, Marcos havia viajado para um congresso e só voltaria domingo à noite. Eu costumava acompanhá-lo, especialmente quando ele ia apresentar sua pesquisa com o novo tratamento, já que minha visão era a prova mais concreta de seu sucesso. Mas daquela vez eu não quis ir, sentia-me um tanto cansada não sabia de quê. Ele ainda insistiu e viajou contrariado e irritado comigo porque bati o pé que não iria.

Sábado passei o dia com as meninas na praia, cultivando secretamente a esperança de, quem sabe, esbarrar com Cristian por ali, sobre as águas ou sobre o calçadão. Mas isso não aconteceu. De sábado para domingo, não consegui dormir, rolei sozinha na cama, pensei em muitas coisas... De manhã bem cedo, quando ainda nascia o sol, desisti de tentar dormir e desci para a sala. Fiquei diante da parede envidraçada, olhando o mar. As meninas queriam ir para a praia no domingo também; eu queria estar no mar, mas talvez não com elas. Resolvi então ir para a cozinha e fiz um bolo. Enviei uma mensagem a Cristian perguntando se eu podia ir até a casa dele pela manhã, e ele respondeu com um sintético "Sim, chego da missa às 8h30" e com seu endereço em seguida. Esbocei um sorriso, concluindo que ele não tinha mesmo o perfil de dedicar muito tempo a comunicações à distância. E ele tinha toda razão, pois perdia muito quem não se comunicasse ao vivo com ele e não estivesse em contato presencial com sua luz.

    Dirigi da Barra em direção ao Horto passando pelo "alto", como dizem os cariocas. Seguindo o GPS, subi pelas montanhas, fiz curvas e mais curvas, passei por palacetes, casas simples, praticamente dentro da floresta, e comunidades. A mistura de tantas realidades diferentes no Rio ainda me surpreendia... Com os vidros abertos para receber o frescor, o aroma e os sons da mata, e com o trânsito tranquilo de um domingo de manhã naquele cantinho mágico do Rio de Janeiro, cheguei sem demora e estacionei bem em frente ao portão. Era uma casa branca e simples de apenas um andar, mas num terreno grande e gramado, com um pequeno rio passando ao fundo. Do outro lado da rua, bem como nas laterais do quintal gramado, muita mata. Quando desliguei o carro, Cristian abriu a porta da casa e me aguardou com o olhar acolhedor. Desci do carro e o cumprimentei do portão baixo.

— Pode entrar, está aberto — ele anunciou.

Fazia um dia lindo de sol. Segui pelo caminho de pedrinhas claras que cortava a grama e me aproximei sorrindo.

— Olá! Eu trouxe um bolo — eu ofereci um vasilhame a ele. — É de maracujá, espero que você goste.

— Que maravilha. Muito obrigado — ele sorria. — Você fez?

— Sim, eu fiz — eu sorri, orgulhosa.

— Ótimo. Bom, chegou na hora certa, estamos começando o café da manhã. Todo domingo o dejejum é tarde por aqui. Por favor, entra. Se você não se importa, aqui tiramos os calçados na entrada. Pode deixar ao lado da porta.

— Eu não quero atrapalhar, só queria retribuir o presente do outro dia — falei, tirando as sandálias.

— Você não atrapalha, toma café com a gente.

Ele então andou até o corredor da casa, bem clara e arejada, e falou carinhoso, para dentro do que deveria ser um quarto:

— Meu amor, pode vir aqui.

Eu me senti constrangida e inconveniente; ele estava com alguém ali e eu chegara num domingo de manhã. É claro, ele devia ter alguém! Não tinha aliança, mas era óbvio que tinha alguém. Ou um homem como ele ficaria sozinho? Mas àquela altura eu já estava no meio da sala. Ele insistiu, mostrando o bolo para alguém:

— Tem bolo. Não precisa de vergonha. Vem conhecer uma pessoa.

Do cômodo, devagar, saiu uma menina, de uns dez anos, branquinha, de cabelos castanhos, ondulados e volumosos até a cintura, com uma franjinha de lado. Ela sorria timidamente, com a boquinha fechada, e mancava. Ele deu a mão a ela e a conduziu até minha frente, acrescentando, com um sorriso:

— Na verdade, essa pessoa já te conhece.

— É a Mari… — fui golpeada por uma forte emoção que me fechou a garganta.

— Essa é a Mariana, Caterine — ele confirmou, sorridente.

Eu aspirei forte o ar, tapando a boca. Depois me aproximei e toquei os cabelos dela, observando seu rostinho sorridente.

— Eu não acredito nisso! Mariana, como você é linda! E eu te peguei no colo, princesa, e escolhi seu nome.

Ela só ria, e eu a abracei apertado, deixando escaparem algumas lágrimas. Cristian não parava de sorrir. Mariana retribuiu meu abraço com carinho. Finalmente eu a soltei, enxugando as lágrimas e perguntando animada:

— Então ela mora com você?

— Na verdade, não — ele respondeu, puxando uma cadeira para mim à pequena mesa redonda, posta para o café da manhã.

— Ainda não — Mariana acrescentou, com sua voz infantil porém firme.

— É isso, Mari, ainda não — ele a conduzia para outra cadeira. — Ela ainda mora no orfanato, mas estou tentando adotá-la. Enquanto isso, conseguimos ao menos passar os finais de semana juntos.

Ele deu um beijinho na cabeça dela e se sentou também, enquanto um encantamento crescente alargava meu sorriso e agora tudo parecia fazer sentido.

— Você pega ela toda semana lá no interior? — perguntei, admirada.

— Não. Quando ela tinha sete anos, finalmente consegui que ela fosse transferida para cá. Aqui no Rio, temos muito mais recursos pra ela, especialmente pro tratamento da perna dela. Caterine, fique à vontade. Temos suco de laranja, chá, pão integral, abacate e bolo de maracujá — ele concluiu, sorrindo.

Começamos a comer. Mariana tinha um sorriso fácil e me observava a todo tempo. Quando nossos olhares se encontravam, ela sorria, e eu sorria de volta, claro. Perguntei sobre a idade dela, que confirmei ser dez anos, sobre a escola e a série, e ela me respondia tudo com simpatia e sorriso. De repente, ela puxou Cristian para perto e cochichou algo para ele, que ameaçou sorrir e respondeu:

— Pode, filha. E não precisa cochichar, a Caterine é uma pessoa muito querida, e confiamos nela.

Eu sorri em agradecimento. Ele explicou:

— Ela me perguntou se podia me chamar de pai na sua frente.

— É porque na frente das freiras do lar eu não posso — ela se explicou, com a cabeça baixa.

— A assistente social não acha recomendável que ela se apegue a essa ideia antes de sair a adoção, mas, se de fato meu papel é o de pai e é assim que ela me considera, e se ela sabe que, mesmo se não conseguirmos a adoção, eu vou estar sempre por perto, qual o problema?

— Concordo — falei.

— Pai, podemos convidar a Caterine? — ela pediu, sorrindo animada.

— Claro, filha. Pergunta pra ela se ela quer ir com a gente?

— Você quer remar com a gente? — ela estava muito empolgada.

— Na prancha? — eu me admirei.

— Sim! — os dois afirmaram.

— Eu não sei se consigo ficar de pé naquilo, na verdade nunca experimentei.

— Então é hoje o dia — ele decidiu, sorrindo.

— É — ela endossou, acrescentando: — Você vai amar! E se você não conseguir ficar em pé, pode ficar sentadinha, que nem eu fico às vezes quando me canso.

— Mas tem que ter roupa de banho, não tem? — indaguei.

— Ou qualquer roupa que possa molhar e que te dê liberdade de movimento — ele explicou.

— Eu posso te emprestar — Mariana, gentil. — Você é quase do meu tamanho.

Cristian e eu rimos; era a mais pura verdade.

Quando acabamos de comer, Mariana me levou até seu quarto e me emprestou um body verde-água e um short estampado com cores claras. Deixei meu vestido e meus brincos sobre a cama dela, que também me emprestou chinelos. Rimos dos meus pés, tão pequenos que cabiam nos chinelos de uma menina de dez anos. Ela já estava com um body azul royal por baixo da roupa e apenas trocou a calça por um short rosa e tirou a blusa. Eu a ajudei a fazer um rabo de cavalo nos seus longos cabelos, e o fiz com muita alegria. Nós duas, muito brancas, enchemos nossos corpos de um filtro solar natural, preparado por Cristian, e fomos. Ele havia amarrado a prancha amarela sobre a caminhonete velha, verde-escuro. Colocou dois coletes salva-vidas no banco de trás, além do remo, de uma mochila e garrafas d'água, ajudou Mariana a subir, lembrou-a do cinto, ofereceu-me o banco do carona e fomos. No caminho, conversamos os três e Cristian me passava as orientações teóricas do *stand up paddle*.

Meia hora depois, já estávamos na praia. Embora não estivesse muito quente, o céu estava bem azul e o sol, bastante presente. Mariana caminhava a nossa frente no calçadão. Observei que seu tornozelo esquerdo era atrofiado e o pé, voltado para fora. Ela caminhava com dificuldade e pouco equilíbrio. Para descer os degraus até a areia, ela apenas olhou para Cristian e ele lhe deu a mão. Na areia, ele a soltou. Ela protestou com um choramingo, mas ele disse, com um sorriso confiante para ela:

— Se cair, é só levantar.

Eu quis dar a mão a ela, mas entendi e respeitei a firmeza do pai. Sem reclamar de novo, ela continuou andando com esforço na areia macia. Cristian desviou para deixar a mochila e nossos chinelos na barraca de um amigo, enquanto eu e Mariana seguimos para o mar. Ela caiu para o lado e minha primeira reação foi me abaixar para acudir.

— Tudo bem, eu consigo — ela falou, rindo e apoiando as duas mãos à frente para se levantar.

Cristian voltou e me entregou um dos coletes. Depois colocou o outro nela, enquanto eu segurava prancha e remo. Ele vestia uma bermuda preta, leve, de tecido esportivo, e uma camiseta cinza. Era tão diferente vê-lo assim. Ah, se as garotas do colégio estivessem ali naquela hora... Entramos os três no mar, gelado, até a cintura. Mariana teve bastante dificuldade, e Cristian, segurando a prancha sobre as pequenas ondas, apenas a orientava com calma:

— Firma o abdômen, usa os braços pra puxar a água, força na perna direita, respira.

Quando ela nos alcançou, contente, ele a ergueu e a colocou sentada no centro da prancha. Perguntou se eu queria ajuda para subir e eu neguei. Com a força dos braços, enquanto ele mantinha a estabilidade da prancha com as mãos, eu subi e me sentei atrás de Mariana, que já segurava o remo. Ele então subiu e se sentou à frente dela, mas logo pegou o remo das mãos dela, pôs-se de joelhos e, depois de umas três remadas fortes, apenas enquanto nos tirava da arrebentação, ficou de pé, com a naturalidade de quem simplesmente se levanta da cama e se equilibra no chão firme.

Passamos horas sobre aquelas águas. Eles me ensinaram com muita paciência. Depois de alguns tombos na água, e de também derrubar os dois com meu desequilíbrio, fui pegando o jeito.

— Respira — ele falava, sempre com calma. — Não tente lutar contra as ondas, apenas acompanhe o movimento delas. Contraia o abdômen, flexione de leve os joelhos, use a mobilidade dos tornozelos e dos pés e curta tudo isso.

E eu consegui. Sentir o sobe-e-desce macio das ondas sob os pés, ouvir a cidade bem longe, sentir o sol e a brisa, olhar aquela imensidão azul sobre nós e sobre a água brilhante, com aquelas duas presenças encantadoras, era me sentir plenamente viva e em contato com uma essência muito mágica da vida, da natureza, do mundo. Agora eu compreendia a expressão de Cristian quando o vi sobre a prancha pela primeira vez; era muito fácil encontrar a paz ali.

— Pra mim, é uma meditação — ele falou, ajoelhado e firmando Mariana pela cintura.

Ela estava remando de pé, mas realmente ainda tinha muita dificuldade de se equilibrar.

— Ela nasceu assim? Não me lembrava de saber desse detalhe na perninha dela — eu falei, sentada ao lado dele na areia, enquanto Mariana brincava na beira da água.

— Ela não nasceu assim. Foram os tiros que nós levamos.

— Tiros que vocês levaram? — eu me assustei.

Ele pareceu pegar fôlego e contou:

— Depois de te resgatar na florestinha, assim que te deixei no carro, fui até um dos quartos cuidar de Mariana. Estava com ela no colo, curtindo o que pensei serem nossos últimos momentos juntos, já que naquela hora mesmo eu intuí que seria afastado dali. E então, pela janela do orfanato, um homem atirou. Era um jovem ligado ao tráfico, que veio em sua defesa. Eu me lembro de vê-lo, junto de alguns outros meninos, entrando na mata quando eu e você saíamos. Foram dois disparos. Eu tentei proteger Mariana com meu corpo, mas um tiro pegou no tornozelo dela, destruindo tendão, uma parte do osso e algumas ligações.

Eu me contorci de leve. Então não fora obra da minha imaginação envenenada aquele dia. Infelizmente, o grito e os tiros haviam sido realidade. Uma brisa geladinha se contrapunha ao sol forte do início da tarde.

— E o outro tiro? — perguntei, condoída.

— Me pegou nas costelas, mas sem sequelas além de uma pequena cicatriz.

Eu suspirei e voltei o rosto para o mar. Olhei Mariana, desenhando na areia com uma amiguinha que acabara de conquistar. Por alguns segundos, remoí um silêncio amargo. Depois falei:

— Será que ainda vou conhecer mais consequências desastrosas do meu grande erro de ter entrado na mata?

— Ei, ei, ei, pode parar. Vai sentir pena de você até quando? Achei que você já tinha parado com isso, Caterine.

Baixei a cabeça. Ele continuou, com aquela dicção firme, mas com carinho na voz:

— Falei como seu professor agora, me desculpa.

— Falou mesmo. — eu descontraí o rosto.

— Bom, mas a questão é que fazemos escolhas o tempo todo. Eu escolhi ser padre e encarar com bravura todos os riscos que essa missão pudesse me trazer. Estar numa região violenta era parte da missão. Apoiar você, que, ao menos dentro da escola, era quem estava em condições mais desfavoráveis, era parte da missão. Atender a um chamado intuitivo de socorro na mata, fosse de quem fosse, era parte da missão. Então, ninguém aqui tem culpa de nada. A reação violenta foi escolha deles e é a consciência deles que vai se entender com as leis divinas.

— Mas a Mariana? Ela não fez escolha nenhuma, não escolheu levar uma deficiência para o resto da vida por causa de um tiro.

— Mas agora ela pode fazer escolhas, e ela escolhe sorrir, e não reclamar de nada.

Eu senti o golpe no estômago da alma. Ele continuou:

— E eu tenho certeza de que se você perguntar agora pra ela se ela preferia ter tomado o tiro no meu colo ou nunca ter me conhecido, ela vai escolher a primeira opção.

— Eu tenho certeza disso — falei, envergonhada.

— Mariana é uma menina forte, Caterine, e é muito mais forte e feliz por ter aceitado aprender a conviver com a deficiência dela, e porque nunca me viu ter pena dela; e, por isso, nunca teve pena de si mesma.

Eu suspirei, engoli algumas lágrimas e disse:

— Mariana tem muita sorte de ter sido encontrada por você.

— Eu é que tenho.

— Eu me lembro muito daquela noite — falei com um meio sorriso, revisitando as memórias.

— Eu também — ele mantinha os olhos amorosos sobre Mariana.

— Foi ela o seu motivo de se afastar — eu o olhei com alegria, querendo confirmação.

Ele inspirou bastante ar e contou, sem tirar os olhos dela:

— Assim que me recuperei do tiro, já aqui no Rio, eu sempre dava um jeito de ir visitá-la no orfanato, praticamente disfarçado e escoltado por outros padres para não sofrer nenhum ataque na comunidade. Eu sempre voltava das visitas com o coração apertado, sabendo que poderia ser nosso último encontro, já que ela poderia ser adotada a qualquer momento. Mas isso não aconteceu... Víamos as crianças, uma a uma, sendo levadas do orfanato por suas novas famílias, mas Mariana, rejeitada por incontáveis famílias quando elas se deparavam com a deficiência dela, que naquele tempo era muito limitante, foi ficando e vendo novas crianças entrarem e saírem, e só ela ficava.

Contraí os lábios e suspirei, imaginando o abandono e a rejeição na cabeça de uma criança tão pequena. Ele continuou:

— Eu não tinha pena dela, até porque parte de mim sabia que tudo devia ser assim. E quanto mais ela ficava no orfanato, mais tempo nós tínhamos, o que fez nossa ligação ficar cada vez mais forte. E passamos a conviver ainda mais de perto porque passei a trazê-la periodicamente ao Rio para um tratamento e uma reabilitação mais intensivos. Até os cinco anos, Mariana não andava, porque no interior não havia tratamento especializado pra ela, e eu tinha a certeza de que com o devido estímulo ela podia, sim, andar. Então foram muitas viagens, frio em horas de ônibus de madrugada pra chegar aqui a tempo, atraso na escola, cada vez mais atividades e dias por semana na reabilitação, até que aquela rotina foi se tornando insustentável. Depois de muita negociação, consegui que ela viesse transferida pra um orfanato daqui, mas a instituição, coordenada somente por freiras, era na ponta oposta de onde eu estava e o sufoco da rotina de acompanhá-la na reabilitação quase todos os dias não melhorou muito, com todo o trânsito da cidade e com meus afazeres no sacerdócio, que agora eram bem mais numerosos. Entendi que eu precisava fazer uma escolha. Se eu me afastasse do sacerdócio, poderia adotá-la e ser pai de verdade, com uma rotina organizada pra isso e sob o mesmo teto. Eu entrei em crise, não foi fácil.

— Posso imaginar — eu estava completamente absorta por sua narrativa.

— Mas conversei muito com Deus e ele me fez compreender que também faz parte do plano mudar de planos.

Nós dois demos um risinho curto, de boca fechada. Ele prosseguiu:

— E vejo que faz parte dos planos de Deus também testar nossa fé… Embora a igreja e o orfanato tenham apoiado minha decisão e sejam favoráveis à adoção, o processo é civil, é aqui fora, e temos encarado todo tipo de dificuldades e impedimentos nesses três anos.

— Poxa… Eu lamento por isso.

— Mas nossa fé continua firme, e ao menos já conseguimos os finais de semana, que aproveitamos ao máximo — ele ainda admirava Mariana na beira da água.

— Vocês vão conseguir, vou ficar torcendo. E, se você puder falar sobre isso, eu gostaria de saber: como são suas conversas com Deus? Como ele te responde?

Cristian esboçou um sorriso olhando para o céu, de um profundo azul. Agora, alternando os olhos entre a areia, Mariana e o mar, dando pausas entre as palavras, como as ondas a nossa frente, explicou:

— Ele manda sinais, só precisamos estar atentos. Intuições, acontecimentos, desde os aparentemente mais sem importância, falas de pessoas de confiança e sabedoria, até sentimentos, respostas durante meditações e orações, sonhos. Fiquei certo da orientação divina quanto ao meu dilema quando… tive um mesmo sonho por exatas sete noites, seguidas, e em todos eles… havia uma pessoa, sorrindo e dizendo sempre a mesma coisa…"

Eu o olhava atenta, observando o vento brincar com as mechas de seus cabelos pretos, ávida por mais de sua narrativa e curiosa para saber o que a tal pessoa dizia nos sonhos, e nem vi quando Mariana chegou.

— Pai, tô com fome — ela se jogou sentada no colo dele.

Cristian a abraçou, aconchegou-a mais em seu corpo e a beijou repetidas vezes na cabeça. Depois nos levantamos e comemos hambúrgueres veganos num quiosque perto dali. Eu não sabia, mas Cristian era vegetariano. Em seguida, voltamos para a casa dele, exaustos, mas contentes; certamente eles mais do que eu. No caminho, Mariana pediu:

— Pai, canta aquela música da Mariana?

Cristian riu timidamente e cantou o refrão do Teatro Mágico, sendo seguido por ela: "Ana e o mar, mar e Ana, todo sopro que apaga uma chama, reacende o que for pra ficar…" Eu sorri ouvindo o dueto, enquanto as palavras, especialmente as últimas, ficaram rebatendo em todas as paredes da minha mente. Depois, a meu pedido, Cristian me contou do seu trabalho de preparador físico num centro de treinamento de atletas e de suas ações sociais em algumas comunidades. Chegando na casa, ele me ofereceu uma toalha e tomei um banho rápido para tirar o sal da pele e dos cabelos. Coloquei de volta meu vestido e meus brincos. Mariana me emprestou um pouco do seu creme de cabelo. Eu me despedi dela com um longo e balançado abraço; ela agora me apertou mais que da primeira vez. Cristian abriu a porta da casa e eu o abracei forte também, e demorado. Queria, naquele abraço, expressar a ele tantas coisas...

— Você está bem pra dirigir? Não está muito cansada? — ele perguntou.

— Não, estou bem. E eu adoro dirigir — falei, sorrindo e me encaminhando para o carro.

— Obrigado pela companhia e pelo bolo, que estava delicioso.

— Eu é que só tenho a agradecer — eu sorri, já dando a partida.

Refletindo muito sobre o dia, a conversa e tudo o que eu estava sentindo, fiz uma viagem rápida até minha casa. Durante o percurso, ouvi meu celular vibrar com várias notificações, mas eu nunca olhava o celular enquanto dirigia, isso eu não fazia. Eu podia ser abusada ao volante, como Marcos dizia, mas celular e direção, para mim, eram definitivamente incompatíveis. Até tive vontade de olhar as mensagens naquela hora, porque me dei conta de que eu nem tocara no celular desde quando saíra de casa, de manhã, e Marcos estava viajando, podia precisar se comunicar comigo. Chegando, fui surpreendida pelo carro dele na garagem. Ele voltara mais cedo.

— Onde você estava? — ele não tinha uma cara boa, sentado no sofá da sala.

— Na praia — falei, sorrindo e mostrando os cabelos molhados.

— Não mente pra mim, Caterine — sua voz ficou mais áspera. — Liguei pra Bruna e ela e as outras, sim, estavam na praia, e você não estava com elas.

— Eu não falei que estava com elas — eu dizia com naturalidade, apoiando a bolsa sobre a mesinha de centro, de vidro. — Não vou à praia somente com elas.

— Não me enrola, Caterine — ele se levantou. — Por que você não respondia minhas chamadas e mensagens? Com quem você estava?

— Com seu primo, Cristian e a... afilhada dele. Nós estávamos na praia.

— Eu sabia. Você estava muito empolgada aquele dia no calçadão com ele. Eu logo vi.

— Marcos — eu comecei muito calma e séria —, eu estava empolgada sim, porque estava reencontrando uma pessoa que foi muito importante na minha vida. Muito do que eu sei e sou hoje eu devo a ele. E eu nem sabia se ele estava vivo, você nunca fez questão de procurar seu primo quando eu te pedia, por isso fiquei muito surpresa e feliz aquele dia. E sobre suas chamadas, me desculpa mesmo, eu me distraí na praia e nem olhei o celular.

Ele se aproximou de mim devagar e trouxe o rosto para meu pescoço. Pensei que ele pudesse me abraçar e até preparei os braços para envolvê-lo, mas ele cheirou meu cabelo e falou:

— Você acha que eu sou idiota, Caterine? Agora tem vestiário na praia pra tomar banho e sair toda cheirosinha assim?

— Não precisa essa ironia toda, Marcos. Eu passei na casa dele depois da praia e tomei um banho.

— Ah, que beleza! — agora ele gritava. — É só eu sair um fim de semana e não te levar, e é isso o que você faz!

— Ele é um amigo, e estava com a afilhada, de dez anos — agora eu gritava também. — Minha intenção era só fazer uma visita e levar um bolo, mas eles estavam indo pra praia e eu não tinha nada pra fazer, e não tem problema algum nisso!

— Começa assim, Caterine, tomando banho na casa do amigo. Daqui a pouco, você vai estar tomando banho na casa de todos os carinhas que você come com os olhos na rua!

— Marcos, o que é isso?! Você tá tentando me ofender, mas nao vai conseguir, porque não tem motivo algum pra todo esse escândalo. Não aconteceu nada na casa do Cristian e eu estou em paz com a minha consciência. Só o que me deixa triste é saber que meu marido não confia em mim.

— Confiar? E como eu posso confiar, Caterine, se você me espera sair, viajar, pra dar um perdido e voltar de cabelinho molhado e toda cheirosinha pra casa? Olha, Caterine, eu te dei a visão, tudo o que você mais queria na sua vida — ele segurou meu braço e começou a apertar — e eu acho que mereço respeito.

— E eu nunca te desrespeitei. Agora pode me soltar — falei baixo, mas com firmeza.

— Então me prova — e começou a desabotoar meu vestido, com a respiração ofegante. — Eu quero ver se tem alguma marca e algum cheiro de outro homem no seu corpo.

— Larga de ser nojento! Você enlouqueceu! — eu tentei me esquivar.

— Fica aqui! — ele me assustou com um grito e com um puxão no meu braço, levando meu corpo de volta para ele.

— Eu não quero isso agora — falei, me contraindo.

— Mas nem tudo é do jeito que a gente quer, né? Eu também não queria chegar em casa e te ver chegar assim, toda felizinha, de cabelinho molhado — tentando puxar meu vestido para baixo.

— Marcos, você tá louco? Tem parede de vidro aqui. Eu não quero isso aqui agora — e, com dificuldade, entre os braços dele, que me apertavam, virei-me de costas.

— Ah, quer sim — ele me apertou ainda mais forte contra ele e me mordeu com vontade no pescoço.

Inspirei bastante ar, ativei o abdômen, flexionei de leve os joelhos e, num movimento rápido, tirei o ombro direito do anel de força dos braços dele, torci o tronco e os braços para a direita, agarrei os joelhos das calças dele, puxei para cima e para o lado e, tirando sua estabilidade, atirei-o no chão. Tudo isso foi em menos de dois segundos. Com um grito, ele caiu por cima do braço direito. Antes de saber que dano isso poderia ter lhe causado, ajeitei o vestido, catei minha bolsa e saí correndo. Não olhei para trás e nem tentei compreender o que ele gritava. Voltei para o carro e dirigi feito louca, condomínio afora, para que ele não me alcançasse caso estivesse vindo atrás de mim.

Capítulo 11

Com as pernas tremendo e o coração pulsando acelerado por todo o meu corpo, cheguei na casa da Bruna. Assustada por me ver naquele estado, ela me perguntou o que tinha acontecido, mas eu não conseguia falar, apenas respirava pela boca, quase como numa crise de asma. Carinhosa, ela me abraçou; naquele calor reconfortante, relaxei um pouco e comecei a chorar copiosamente. Nós entramos, ela abriu para nós uma cerveja, artesanal e encorpada, e contei tudo o que havia acontecido. Ela me abrigou aquela noite.

No dia seguinte, no fim da manhã, fui até o centro de treinamento. Perguntei por Cristian e me conduziram até uma quadra poliesportiva com arquibancadas. Lá, ele circulava entre os alunos, que faziam flexões de braço, e carregava Mariana de um lado para outro, apoiando-a de pé sobre as costas de um aluno, depois de outro e de outro. Ela parecia se divertir, e ria nervosa tentando se equilibrar, com a ajuda do pai, sobre os corpos em movimento. Apesar de tanta dor na alma, eu sorri. Cristian logo me viu e acenou com naturalidade. Eu me sentei no último degrau da arquibancada e fiquei assistindo até o fim, que não demorou muito a chegar. Vi Cristian encerrar da mesma forma de sempre: formou uma roda com todos de mãos dadas, inclusive Mariana, e disse, de olhos fechados:

— Que a gente use nossa força somente para o bem. Obrigado pela aula.

Desci e Mariana, assim que me viu, correu sorridente para me abraçar. Já perto de mim, ela quase caiu, mas eu a envolvi e a tirei do chão num abraço, enchendo sua cabeça de beijos. Enquanto falava com ela, vi duas mocinhas eufóricas abordarem Cristian com muitos afagos e poses; e vi Cristian, de forma muito educada e séria, encerrar logo a conversa com elas. Aproximando-se de mim, ele perguntou, querendo sorrir:

— Como você me achou aqui? Não te falei qual centro de treinamento era.

— Internet. Mas internet comum, não a sua internet astral.

Ele deu um riso curto, com os olhos fixos em mim. Logo fechou o sorriso e perguntou:

— Algum problema?

Eu suspirei. Ele olhou Mariana e disse:

— Mari, vai pegar seu tênis pra gente ir.

Desanimada, ela se afastou devagar. Eu perguntei a ele:

— Você tem um tempinho? Preciso de um aconselhamento.

— Só preciso entregar Mariana e vou almoçar em casa. Você pode almoçar comigo, se quiser, e conversamos.

— Combinado, obrigada. Achei que você devolvia Mariana domingo à noite.

— As freiras me deixam devolver toda segunda na hora do almoço, já que Mariana estuda à tarde.

Mariana voltou já calçada. Fomos os três para a caminhonete verde-escuro. Embora eu tentasse puxar conversa com

Mariana, ela parecia tristonha. Cristian seguiu calado e com o olhar fixo no caminho. Chegando ao orfanato, Mariana começou a chorar em silêncio. Cristian saiu do carro, abriu a porta de trás para ela, tirou dela o cinto de segurança, ajudou-a a descer e caminhou de mão dada com ela contornando o veículo. Desci também para me despedir dela, que me abraçou apertado, sem nada dizer. Eu também não tinha palavras para aquele momento, que parecia tão doloroso para ela, mas busquei expressar no meu abraço toda a minha admiração e todo o meu carinho especial por aquela menina. Uma freira saiu da porta de entrada e chegou ao portão. Fiquei assistindo dali, de perto do carro. Cristian encaminhou Mariana até o portão, abraçou-a longamente, falou-lhe algumas coisas que não pude ouvir, mas ouvia seu tom carinhoso, e, por fim, entregou a pequena à freira simpática. Ainda pude ouvir alguns soluços de Mariana, indo para dentro com a freira. Cristian veio para o carro com uma expressão desolada. Entrei rapidamente e o vi parar e dar um longo suspiro antes de entrar no carro.

— Talvez não seja o melhor momento pra gente conversar — falei, condoída, assim que ele se sentou e fechou a porta.

Ele sacudiu a cabeça e puxou lá do fundo um meio sorriso, dizendo:

— Não, está tudo bem. Toda segunda-feira é a mesma coisa — e suspirou mais uma vez, ligando o carro em seguida.

Ele manobrou com cuidado e saímos do estacionamento de terra e pedrinhas minúsculas. Já na estrada, ele perguntou:

— Está sem seu carro hoje?

— Acho que não tenho mais carro — falei com tristeza.

Cristian uniu as mãos em prece e sussurrou um "graças a Deus". Eu o olhei com estranheza.

— Eu dirijo bem — protestei com graça.

Ele riu baixando a cabeça. Era tão bom vê-lo rir.

— Não é isso, eu sei que você dirige bem — ele falou, ainda sorrindo. — Mas por que você não tem mais carro?

— Bom, é uma longa história. Cristian, lembra quando você me ensinava defesa pessoal e dizia pra que eu nunca precisasse usar? Depois de tantos anos, eu precisei, e com o meu marido — concluí em tom muito grave.

Ele me olhou preocupado. Muito constrangida, alternando o olhar entre a rua à frente e a janela lateral, contei o ocorrido na tarde anterior. Completei a história, acrescentando:

— Hoje de manhã, tentei sair da casa da Bruna com o carro mas ele não ligou. O carro foi comprado pelo Marcos e tinha um rastreador instalado. Certamente ele bloqueou remotamente o veículo.

— Você já foi dar queixa? — ele indagou com a voz grave.

— Dar queixa? Não, ele só se descontrolou de ciúmes.

— Não é a primeira vez que ele é abusivo, é?

— Eu fui mais violenta que ele, eu o machuquei, usei minha força não somente para o bem, e estou me sentindo tão mal — falei, quase chorando.

— Não, Caterine — ele pareceu se zangar. — Você se defendeu dele, é diferente; você não teve escolha. Ia esperar ele te machucar primeiro pra depois reagir? Agora me responde: foi a primeira vez?

— Com essa intensidade, foi — declarei, envergonhada.

Ele deu um suspiro, discreto, mas ouvi. Ficamos em silêncio o resto do caminho até sua casa.

— Você gosta de lasanha de berinjela? — ele me perguntou com um princípio de sorriso, assim que desligou o carro rente à calçada.

— Adoro — respondi, tentando sorrir.

Descemos em silêncio, ele abriu o portão, deu-me passagem para entrar primeiro, sempre muito gentil, conduziu-me até a cozinha e puxou uma cadeira para mim à mesa quadrada de madeira clara. Eu me sentei e ele disse:

— Está tudo pronto, vou só aquecer.

— Posso ajudar?

— Não precisa, obrigado. Caterine — ele falava com delicadeza, de pé olhando para mim —, vamos aproveitar o almoço como um momento de meditação, em silêncio. Assim deixamos o silêncio clarear nossos pensamentos e o alimento reenergizar nosso corpo e nosso espírito. Tudo bem?

— Claro, claro, vai ser bom — concordei, um tanto surpresa.

Com calma e pouco ruído, ele aqueceu a lasanha e o arroz integral e pôs a mesa. Depois se sentou em frente a mim e fez um sinal com mão e cabeça para que eu me servisse. Fiz meu prato, ele fez o dele, fechou os olhos e uniu as mãos, numa oração silenciosa, e comemos, em silêncio. Eu pensava: "Será que nunca vou parar de me surpreender com este homem?" Achava que naquele momento tudo o que eu precisava era falar, desabafar, lamentar, e ele veio com aquela história de silêncio durante todo o almoço... Eu compreendia que estava conhecendo a rotina de um ex-padre, aparentemente solitário, cheio de rituais particulares, os quais eu respeitava imensamente. Mas o que mais me surpreendeu foi perceber o quanto aquele silêncio, preenchido por temperos suaves e naturais, pelas diferentes texturas e consistências dos alimentos, das fatias de berinjela, do queijo, do molho de tomate, do arroz, da salada, pelo som dos pássaros e do riachinho lá fora, fez bem ao meu coração. Olhando o prato vazio, com a cabeça baixa, introspectiva, suspirei lentamente. Levantei os olhos e Cristian estava me olhando, com o prato vazio também.

— Estava bom? — ele perguntou com um esboço de sorriso, levantando-se.

Eu apenas sacudi a cabeça afirmativamente.

— Agora pode falar, Caterine — ele disse sorrindo, levando nossos pratos para a pia.

Eu ri, mas não tive mesmo muita vontade de falar. Apenas me ofereci para lavar a louça, mas ele, organizando as vasilhas, os pratos e os talheres na pia, negou com segurança e complementou:

— Quero que você, por favor, pegue um punhado de folhinhas do alecrim, este aí fora logo abaixo da janela.

Cheguei até a janela, olhei para baixo e me deparei com uma bela e diversificada horta. Num vaso largo, estava o pé de alecrim, espalhando-se para todos os lados em finos galhos. Apanhei as folhinhas e me deliciei com o aroma. Entreguei as folhas a Cristian e foi bom roçar de leve sua mão. Ele então deu a próxima orientação:

— Agora, por favor, vá pro quintal e contemple o verde, o céu, os sons, a água, e eu já chego lá.

— Ok, professor. Posso só passar no banheiro antes? — brinquei, mais relaxada.

Ele apenas riu em silêncio e autorizou. Passei no banheiro do corredor, escovei os dentes e fui lá para fora, fazer o que ele me mandara fazer. Sentei-me na grama de frente para o pequeno rio e não esperei muito, logo Cristian chegou e se sentou um pouco atrás e à esquerda. Seu aroma verde refrescante e a leveza de seus movimentos o anunciaram. Um segundo depois, vi uma caneca fumegante surgir em minha visão periférica e senti o perfume penetrante do alecrim.

— Toma. Vai te energizar — ele declarou.

Surpresa, peguei a caneca e agradeci, sorrindo.

— O que eu posso fazer por você, Caterine? — ele perguntou, solene.

Eu ri um riso triste, e saudoso. Cuidadosa, tomei um gole do chá. Em seguida, falei:

— Agora me senti com dezesseis anos. Você falou exatamente igual a quando eu fui até a capelinha te pedir pra me curar. Lembra?

Nós dois rimos sem som. Peguei ar e perguntei:

— Você não sente falta? De ser padre.

— Fiz uma escolha, difícil, mas fiz, e essa escolha é consciente. Eu me programei para uma nova rotina, onde cabe apenas construção, plantio, além de tudo o que Mariana precisa de mim, e nesse novo planejamento não cabe lamentar o que já foi ou deixar qualquer espaço vazio. Logo eu compreendi que, mesmo sem batina e sem os ritos da igreja, eu podia ser útil, ajudar pessoas, levar o bem e a verdade. E é o que eu busco fazer, dentro e fora da comunidade católica. Entendo que a missão de toda pessoa que tem fé e que se compromete com os princípios cristãos é no mundo, no dia a dia, por onde passar. Hoje me sinto útil nos projetos sociais de diferentes comunidades, ensinando o que eu sei, potencializando curas interiores e oferecendo aconselhamento fraterno a quem precisar. Mas claro, tudo isso numa proporção um pouco menor no que diz respeito a quantidade, já que a missão principal é ser pai.

Eu o ouvia enlevada, e feliz por reencontrar aquele ser humano cheio de equilíbrio e sabedoria. Sem saber o que dizer, sorri, lembrando-me de tomar mais um gole de chá de alecrim.

— Bom — ele retomou, junto de um breve suspiro, com brilho de sorriso na voz —, mas viemos falar sobre você, e não sobre mim.

Eu suspirei. Em seguida, olhando o céu nublado e a mata além do rio, falei:

— Primeiro eu quero te agradecer. Você, mesmo sem batina, de fato continua excelente na sua missão de levar a verdade, ou de fazer as pessoas enxergarem a verdade dentro delas.

— Fico feliz com isso.

— E tem duas grandes verdades gritando agora bem na minha frente. A primeira é que... foi só você reaparecer pra eu enxergar a grande mentira que estava vivendo no meu casamento, na minha vida.

As últimas palavras trouxeram junto uma emoção que subiu queimando garganta acima e transbordou pelos meus olhos. Busquei me controlar. Enquanto isso, ele falou, a voz sempre serena:

— Você se casou com a possibilidade da visão e de uma vida melhor.

— É bom conversar com você, economizamos saliva, você logo capta tudo — tentei trazer um pouco de riso a mim mesma.

— Não precisa de muito esforço pra perceber essa situação, Caterine.

— Sabe, eu amei o Marcos, eu me apaixonei quando nos conhecemos, ele tem muitas qualidades, claro, e, sem muita perspectiva na vida, acabei me encantando com todas as promessas dele e acatando as verdades dele como minhas. Pensando bem, nem o curso que eu faço foi escolha minha. E até isso você me fez ver. Quando te reencontrei e todas aquelas memórias vieram à tona, eu me lembrei do meu sonho de dançar, do quanto eu queria estudar dança, e não arquitetura. Claro, nunca pensei em arquitetura porque eu não enxergava. Mas depois, já enxergando, e dentro da família do Marcos, eu achei tão bonito e elegante fazer arquitetura; quase todas as mulheres da família dele fizeram arquitetura. Eu até estou gostando, mas a verdade é que não tem muito a ver comigo.

Baixei a cabeça e enxuguei um pouco o rosto. Mais alguns goles do chá quente me trouxeram uma sensação de conforto. Cristian inspirou o ar e falou:

— Caterine, o Marcos tem sim muitas qualidades, como todo ser humano, mas o que acontece é que muitas vezes pensamos que amamos alguém, mas amamos o que esse alguém tem a nos oferecer. E não se culpe por isso, foi o melhor que você pôde naquele momento. Seu desespero, sua insegurança, sua fragilidade e sua falta de autoconhecimento passaram a sua frente e falaram por você. Qualquer um que oferecesse a cura naquele momento iria te ganhar. Perdoe-se por isso e vamos em frente. O que você precisa agora é tomar certas atitudes práticas sobre o Marcos, e você sabe do que eu estou falando.

— Eu não vou dar queixa dele, eu não posso.

— Caterine, depois dessa vez, ele vai fazer de novo, e pior.

— Não, ele não vai fazer porque eu não vou voltar pra casa, eu vou pedir a separação.

— Pense com calma, é uma decisão séria. Mas mesmo que vocês se separem, você precisa registrar a ocorrência. Ontem foi com você e amanhã pode ser com outra mulher.

— Amanhã ele próprio vai me aplicar uma injeção pra manter meus olhos funcionando.

Ele ficou em silêncio, parecendo compreender agora meu dilema. Eu fungava olhando a grama. Ele suspirou bem fundo e disse:

— A decisão é sua.

— Ok, eu vou pensar sobre a possibilidade de registrar uma queixa, eu prometo.

— E você já sabe onde vai morar caso decida mesmo sair de casa? Vai ficar morando com sua amiga?

— Eu não sei ainda — declarei com tristeza.

— Pode ficar aqui por um tempo, se precisar. Você fica no quartinho da Mariana, e ela vai adorar dividir o quarto com você nos fins de semana. Temos um colchão extra que dá pra pôr no chão. A casa é simples, pequena, e talvez eu seja cheio de manias estranhas pra você, mas...

Eu o interrompi com uma risada. Não tinha graça o que ele dissera, minha risada saltou como um grito de admiração, de amor, um grito que se formava havia muito tempo, muito tempo mesmo. Ainda sorrindo, falei:

— Cristian, eu não podia esperar nada diferente de você. Muito obrigada, mas... eu não sei; devo ficar na casa da Bruna por esses dias.

— Fique à vontade.

— Cristian, a segunda grande verdade que grita na minha frente, e que você iluminou desde que nos reencontramos, tem a ver com você.

Esperei que ele dissesse algo, e que meu coração se acalmasse um pouco e batesse mais devagar. Tomei mais um gole do chá, tentei respirar bem lentamente e continuei:

— Você pode me ajudar neste momento? Por que não lê meu pensamento agora também?

— Não funciona assim, Caterine — ele tinha aquele brilho de sorriso na voz.

— Bom, que pena. Sabe, na escola, quase todas as garotas eram apaixonadas por você.

Eu terminei a frase com um risinho infantil. Achei ter ouvido um riso discreto dele. Prossegui:

— Na verdade, não só as garotas, mas acho que João Matheus também. Você deve saber de tudo isso. Bom, mas pra eles você era, antes de qualquer coisa, lindo e gostoso; pra mim, era muito mais que isso, eu te admirava, eu amava você.

Eu sentia minha boca tremer e quase não me obedecer. Tomei fôlego e continuei:

— Nossa, não é fácil falar tudo isso, mas eu te amava em cada palavra sua, cada vez que você se aproximava e me enxergava, enxergava minhas necessidades, em cada toque seu, eu te amava, sempre com muito respeito, claro, pelo padre Cristian, e eu nunca te falaria isso naquela época. E agora que te reencontrei, sim, você é lindo, sua presença visual é arrebatadora, elas tinham razão, mas... Eu me peguei sentindo exatamente a mesma admiração, o mesmo carinho que eu sentia. Aliás, tudo isso só cresce.

Eu suspirei, relaxando um pouco. Olhei as nuvens manchadas do amarelo do sol. Sem ouvir qualquer reação dele, segui:

— Eu não sei se estou conseguindo expressar o quanto eu te quero bem, e o quanto eu queria poder fazer algo por você, sabe? Eu queria te abraçar quando te vi se despedir da Mariana, eu queria poder, eu não sei, confortar você, ajudar de alguma forma. Mas você é tão forte, tão equilibrado sempre, e eu fico sem saber o que fazer. Bom, o que eu quero dizer é… que eu amo você. E eu não espero nada sobre isso, não é uma troca, eu só queria te dizer, se isso for somar na sua vida.

Sentindo-me tão mais leve e revigorada sabe-se lá pelo quê, suspirei longamente, ainda com os olhos no céu claro. Depois de alguns segundos, eu já me preparava para dizer qualquer coisa e me levantar, quando ouvi algum mínimo movimento dele e, em seguida, sua voz, com algo de sorriso:

— Engraçado como nessas horas você prefere ser cega.

Sempre mirando a paisagem a minha frente, eu contraí o rosto tentando compreender, e ele logo esclareceu:

— Não olhou pro seu interlocutor nem uma vez, preferiu fingir de cega.

Sua voz tinha um sorriso declarado agora, quase uma risada. Eu escondi o rosto, queimando, nos braços cruzados sobre os joelhos e ri sem voz, sentindo minhas costas se sacudirem um pouco. Ele riu também. Riu mais um pouco, pegou ar e voltou a falar:

— Tudo bem. Olha, eu não sou forte e equilibrado o tempo todo, ou eu não seria humano. Eu busco esse equilíbrio, e, quando não consigo, eu me curvo diante da grandeza de Deus, essa fonte inesgotável, e peço auxílio. E sobre o tempo da escola… Sabe, Caterine, eu fui aprendendo que existem muitas formas diferentes de amar, e existem muitos caminhos diferentes pra onde direcionar esse amor. Eu sempre busquei exercitar o amor a todas as criaturas, transformar o sentimento de amor em ação em prol de qualquer criatura e sublimar qualquer impulso, físico ou egoico, que viesse tentar se misturar ao amor por alguém. Todo ser humano tem por natureza fluxo de energia sexual, mas podemos aprender a domar e direcionar essa energia para outras atividades. Quando se tem consciência de tudo isso, a decisão por uma vida celibatária fica mais fácil. Mas é claro que o celibato não nos torna insensíveis, e algumas pessoas, por algum motivo que nem sempre compreendemos, são mais caras ao nosso coração, brilham de forma diferente diante de nossos olhos.

Silêncio. Os pássaros da mata e o riachinho eram trilha sonora para as palavras que circulavam agora na minha cabeça. As palavras dele, especialmente as últimas, tão honestas porém tão reticentes. Esperei um pouco, queria ouvir mais dele. Vendo que ele não aprofundaria espontaneamente o tema, perguntei:

— Você teve alguém depois de sair da igreja?

— Nada que se possa chamar de relacionamento. Eu me habituei demais ao celibato, e continuei aproveitando o melhor disso, como mais tempo e energia para investir em outras atividades, a solitude pra meditar, pra estudar, pra organizar minha rotina, pra fazer do meu jeito, não de uma forma egoísta, mas fazer do meu jeito tudo o que faço pra ajudar as pessoas, pra me envolver nos projetos sociais nos quais me envolvo.

— É confortável do jeito que está, eu entendo.

— Sim, estou bem assim.

— Medo de se desequilibrar, senhor monge zen?

Ele ficou em silêncio. Eu me arrependi do que dissera, mas a resposta dele veio me surpreender:

— Talvez sim.

— O equilíbrio no desequilíbrio — eu o parafraseei.

Depois de alguns segundos reflexivos, ele riu tentando ser discreto. Eu ri também e falei:

—Aprendi isso com uma pessoa muito especial.

Fiquei pensativa; acho que ele também. Então, eu disse:

— Será que as ideias repressivas da igreja, especialmente no que diz respeito ao sexo, não te atrapalham a enxergar a possibilidade de um relacionamento?

— Um relacionamento é muito mais que sexo.

— Sim, claro, mas essa repressão da igreja, especialmente pelo seu tempo no sacerdócio, não te incomoda? Para a igreja, parece que o sexo, fora da procriação, é sempre um problema, sempre o pior dos pecados.

— Na minha visão, sexo nunca foi o problema; o problema é o desequilíbrio. Sexo é vida, é alegria, é celebração, é comunhão, é transcendência, é meditação.

— Uau — eu refletia, sonhadora. — Parece o sexo tântrico.

— Sim, a visão tântrica do sexo traduz bem o que sinto. Muito mais profundo do que se vende hoje por aí como tântrico, o tantra considera todo o alcance espiritual do ato sexual e o aborda como meio não só para a reprodução. As pessoas têm o sexo como fim, só que como fim ele é tão raso, tão fugaz, até um desperdício de energia vital, mas como meio, como o tantra propõe, pode ser muito construtivo e até curativo.

— Você já praticou? Ah, meu Deus, esquece — eu me recriminava, sacudindo a cabeça e me preparando para me levantar. — Eu não acredito que te perguntei isso, olha onde essa conversa chegou. Eu já devo estar muito atrasada pra minha aula.

— Nossas conversas sempre foram boas, Caterine — ele declarou, levantando-se também.

Finalmente nos encaramos e ele esboçava um sorriso.

— Sim, sempre — eu concordei, sorrindo. — Obrigada, Cristian, por me ouvir. Eu me sinto bem melhor agora.

— Que bom. Você vai pra faculdade? Eu te levo — ele ofereceu, pegando com delicadeza a caneca da minha mão.

— Não precisa, obrigada — falei, caminhando com ele rumo à porta da casa.

— Eu te levo. Tenho coisas pra fazer na cidade até a noite.

Durante o trajeto até a faculdade, pedi licença a ele para mergulhar no celular e atualizar as dezenas de mensagens que eu tinha. Eram as amigas, já cientes do episódio com Marcos, querendo saber como eu estava; e, chegando à faculdade, eu não teria tempo de responder a elas. Respondi por texto cada uma e passei o restante da viagem refletindo. Cristian também parecia refletir. Chegamos ao campus e ele disse:

— Boa aula. E me dá notícias, liga se precisar de alguma coisa.

— Obrigada, Cristian, obrigada por tudo. E você também, liga se precisar de alguma coisa — eu sorria, enquanto já abria a porta para descer. — Ah, e a lasanha estava maravilhosa!

— Que bom. Parceria minha e da Mariana ontem à noite — ele contou, com alegria.

— Olha! Que grande parceria! Vocês têm futuro!

Eu já estava no chão e segurava a porta. Nós nos despedimos com acenos e ele falou, com um sorriso querendo saltar entre as palavras:

— E, Caterine, você... pode me abraçar quando quiser; não é pecado.

Eu sorri. Depois me joguei de volta no banco do carona e o abracei com vontade. Ele, embora tenha me retribuído o abraço, reagiu com um riso meio surpreso, de quem diz "também não era desse jeito". Eu me afastei, dei mais um tchau, ele respondeu sorrindo, eu saí, fechei a porta e corri para dentro do prédio.

No fim da tarde, eu saía do prédio com alguns colegas e meu coração se alegrou quando avistei a caminhonete verde-escuro de Cristian estacionada próximo ao portão. Despedi-me dos colegas, desviei de algumas pessoas e corri sorrindo até a calçada. Porém, não avistando Cristian dentro do veículo, percorri o entorno com os olhos e o encontrei do outro lado da rua, na porta do café onde havíamos conversado dias antes. Ele me acenou com um meio sorriso sereno, mas não se moveu de lá. Eu me preparava para atravessar a rua, quando um carro encostou bem a minha frente. Achei o veículo familiar, mas mantive o foco em Cristian e na rua entre nós, e já ia pisar o asfalto, quando Marcos, com o braço direito enfaixado e pendurado em uma tipoia, saiu do banco do passageiro e surgiu em meu campo visual. Dei alguns passos para trás, enquanto ele veio andando muito sério até mim. Olhei suplicante para Cristian, querendo que ele viesse para perto, mas ele apenas me enviou um olhar confiante e uma intenção animadora de sorriso. Marcos parou na minha frente e me entregou um envelope, branco e grande. Eu peguei. Ele tirou do bolso uma caneta e jogou sobre o envelope em minhas mãos, dizendo, de forma muito seca:

— Preciso que você assine agora.

Parte de mim se aliviou: então eu nem precisaria pedir o divórcio, ele já havia dado início na papelada e eu só precisaria assinar. Mas tão rápido? Que inocência da minha parte… Abri o envelope e encontrei apenas uma página, onde eu, com meu nome completo, RG, CPF e endereço, declarava meu desligamento da pesquisa e do tratamento experimental. Meu sangue fugiu do rosto. Arregalei os olhos para Marcos, que ergueu os ombros e falou com naturalidade, olhando o braço enfaixado:

— Eu devia era te cobrar uma indenização pelos danos físicos que estão me impedindo de exercer integralmente minha profissão.

Encarei de volta o documento e precisei reler mais duas vezes. Na terceira, minhas pernas tremiam um pouco. Olhei discretamente para Cristian, que continuava me olhando daquele jeito confiante. Olhei de novo o papel. Posicionei a caneta no início da linha. Minha mão tremia. Senti o choro me cortar a garganta e minha respiração ficou sonora, mas eu me prometi que não choraria, não na frente do Marcos. Assinei o mais veloz que pude e entreguei tudo de volta a ele, dizendo, com a pouca voz que me restara:

— Eu quero a separação.

— Ah, eu também quero, Caterine — ele dizia, com um riso irônico, voltando apressado para o carro. — Arruma um advogado.

Ele entrou no carro, assumindo de novo o banco do passageiro. Só agora eu via que uma mulher dirigia. Ela deu a partida e saíram. Fiquei um tempo paralisada, sem saber o que dizer, para onde olhar, o que fazer com as mãos. Quando me dei conta, Cristian já estava ao meu lado. Delicadamente, ele encostou o braço no meu braço e disse:

— Vem comigo.

Capítulo 12

Sentada no banco do carona, fechei os olhos e só me concentrei naquele calor intenso, carregado de chuviscos de relaxamento, que vinha de sua mão e entrava pelo topo de minha cabeça.

— Só se acalma — ele falou baixo.

— Obrigada — minha voz saiu num suspiro.

— Vim porque achei que você pudesse precisar de um apoio.

— E você estava muito certo — falei com a voz soprosa de relaxamento e reflexão.

— Você é forte, Caterine.

Eu suspirei. Ele perguntou:

— Você sabe quanto ainda vai durar sua visão sem o tratamento?

— Não tem como saber, cada organismo reage de uma forma. Mas uma vez um participante deixou a pesquisa e perdeu a visão de novo em uma semana e meia.

Ele tentou ser discreto, mas reagiu com um suspiro incômodo, eu ouvi.

— Caterine, nada está desfeito ainda, você pode reverter isso, tentar reconstruir seu casamento, continuar na pesquisa. Tudo isso pode ser só um momento de desequilíbrio, o que acontece com todo casal. Ele tentou te machucar, você o machucou, mas talvez vocês mereçam uma segunda chance, com muita conversa, com muita calma, talvez com uma boa terapia. Você não tem que jogar tudo pro alto, você tem opção.

"Será que ele não ouviu algumas horas atrás a parte que eu o amava?" — eu me perguntava, meio confusa. Bom, mas se ouvira, não considerara, e agora me aconselhava a tentar buscar minha estabilidade enquanto ele se mantinha na dele.

— Eu acabei de assinar meu desligamento da pesquisa, acabei de assinar meu retorno à cegueira, e isso não tem mais volta — argumentei.

— Ele está machucado, enciumado, e só está se vingando. Ele não está sendo nada profissional, está misturando as coisas, está em desequilíbrio. Se vocês dois se acalmarem, é possível reverter tudo, tanto o seu desligamento da pesquisa quanto a ideia de divórcio. Não estou dizendo que é o melhor a fazer, porque isso só quem vai saber é você com seu coração, só estou te mostrando que nada está perdido.

— Eu não sei, não tenho ideia do que fazer agora.

— Tudo bem, talvez amanhã, ao acordar, você saiba — e retirou a mão da minha cabeça. — Eu costumo passar no orfanato pra dar um beijinho na Mariana e levar um suco pra ela. Quer vir? Ela vai gostar de te ver.

Eu aceitei o convite. Tudo o que fosse belo agora era o que mais eu queria ver. O rostinho daquela menina, o quanto ele se iluminava sorrindo para Cristian, o amor e a interação daqueles dois; tudo aquilo seria bom de ver e contemplar.

Cristian dirigindo, calmo e cuidadoso, também era algo maravilhoso de olhar. Passamos numa galeria comercial; ele foi comprar um suco natural de frutas vermelhas, que Mariana adorava, e eu aproveitei para comprar algumas blusinhas e peças íntimas, pois não levara nenhuma roupa minha e estava usando uma calça e uma blusa que Bruna me dera em sua casa. Passei ainda na farmácia para adquirir alguns artigos de higiene pessoal, e encontrei Cristian circulando por ali. Compras feitas, seguimos para o orfanato. A mesma freira da hora do almoço nos atendeu por uma janela gradeada. Ele me apresentou a ela, que respondeu com um jeito acolhedor de uma verdadeira irmã de caridade.

— Cristian, me desculpa, mas hoje eu não posso te autorizar a ver Mariana — ela declarou, pesarosa.

Diante da interrogação no rosto dele, ela logo explicou:

— São ordens do juizado. É que tem uma novidade, filho: a mãe dela apareceu e quer a guarda.

— A mãe? — ele se admirou, de olhos arregalados.

— Sim, a mãe biológica, depois de dez anos. Agora ela tem uma vida relativamente estável, está casada, entrou com um processo, provou por A mais B que na época não tinha condições de criar a filha, alegou que o pai da criança foi quem a tirou da mãe para abandoná-la numa caixinha de papelão, e que ela, a mãe, nunca quis abandonar a filha. E agora ela quer Mariana de volta.

— Mas... — ele não sabia o que dizer.

— Eu sinto muito, Cristian, sinto mesmo. Você sabe o quanto eu sempre torci por você, e pela sua vitória na adoção da Mariana — ela falou, com a voz sofrida.

Os olhos dele se avermelharam, ele buscou palavras, olhou para baixo, pegou ar, abriu a boca, mas nada saiu. Eu então me meti:

— Mas a mãe nunca esteve presente, por mais que isso seja justificável, e Cristian foi praticamente o pai desde o início, e Mariana está muito acostumada com ele. Isso deve pesar, ele deve ainda ter alguma chance, não é?

— Eu, sinceramente, espero que sim, filhos.

Cristian suspirou, olhou para o alto e disse, refazendo-se:

— Tudo bem, vou conversar com meu advogado. A senhora pode só entregar o suquinho dela, por favor?

— Claro — ela assentiu com um pequeno sorriso triste.

— E um bilhetinho também? — ele pediu.

Rindo, ela assentiu de novo. Ele entregou a ela a garrafinha de suco e pediu uma folhinha do bloco de papel e uma caneta. Ele escreveu: "Mari, hoje não podemos nos ver, mas vamos nos encontrar em algum sonho, mesmo que amanhã de manhã você não se lembre. Deus está sempre com você, e seu anjo da guarda também. Amo você! Um beijo de boa noite, Cristian."

— Você pode dizer que eu mando um beijo também? — pedi, sorrindo.

Esboçando um sorriso satisfeito, ele acrescentou meu beijo no fim do bilhete. Depois o entregou à freira, agradeceu, nós nos despedimos dela e voltamos para o carro. Ele tinha os olhos baixos, estava pensativo. Quando entramos no carro e fechamos as portas, eu disse:

— Acho que é uma noite desafiadora pra nós dois.

Cristian deu um riso curto, concordando, e falou, voltando o rosto para cima:

— Ele sabe de todas as coisas. Nossa visão é tão pequena.

Em seguida, ligou o carro, saiu do estacionamento de terra e pedrinhas e perguntou:

— Quer que eu te leve na sua amiga?

Eu olhei para a frente e suspirei, pensativa. E ele, atento, ofereceu-me a melhor opção:

— Ou prefere… dar uma bela meditada junto à natureza essa noite pra pôr as ideias em ordem? Vai ser bom pra nós dois. Amanhã de manhã tem treino e você pode ser minha aluna-assistente. Que tal?

— Seria incrível, Cristian, muito obrigada, mas… eu não quero atrapalhar sua rotina.

— Eu estou te convidando pra fazer coisas que já fazem parte da minha rotina e que vão te fazer bem. Bom, eu quero que você faça o que for melhor pra você. E quero que saiba que é muito bem-vinda na minha casa.

Eu me animei; sorri para a frente e depois me virei para ele, dizendo:

— Tudo bem, mas me deixa sempre saber quando eu estiver interferindo na sua paz, na sua solitude ou invadindo seu espaço; eu não quero isso, jamais. E me deixa te ajudar também? Fazer alguma coisa por você.

— Não se preocupe com isso.

— Já sei: me deixa fazer o jantar essa noite — eu me alegrei.

— Não se preocupe, Caterine. Não precisa, obrigado.

— Por que não? Eu cozinho bem, não sei fazer só bolos.

— Eu sei, mas fica tranquila, eu já ia preparar algo pra mim, agora preparo pra dois.

— Por que você é tão autossuficiente?

— Não sou autossuficiente — ele se expressava com sua costumeira calma. — Só que eu vivo sozinho, estou acostumado a fazer minhas coisas.

— Na vida você é muito autossuficiente. Parece que você não precisa de ninguém nunca! — eu quase me indignava, rindo.

— Eu preciso sim, de Deus, o tempo todo. E, quando não sei o que fazer ou preciso de forças, recorro a ele. Mas isso não quer dizer que eu não precise de ninguém. Precisamos todos uns dos outros.

— Então me deixa fazer o jantar — eu sorria, pensando ter a vitória nas mãos.

— Mas nesse momento eu não preciso que você faça o jantar — ele rebateu tranquilo, sem tirar os olhos da rua à frente.

— Você é sempre irritante assim?

E ele começou a rir. Ele riu gostoso por alguns segundos e eu continuei, divertindo-me com aquilo:

— Você não se abala nunca!

— Eu não diria isso — ele disse, recompondo-se.

Desisti e voltei o rosto para a janela, pensando em como era maravilhoso vê-lo rir. Quase chegando em casa, ele falou, com ar alegre:

— Sim, você pode fazer o jantar. Obrigado.

Eu ri em silêncio. Depois falei, com sorriso na voz:

— Aceitar gentilezas e parcerias não te torna fraco ou menos autônomo.

— Você tem toda razão, é verdade.

Chegamos em casa e ele me deixou à vontade na cozinha. Mostrou-me onde ficavam panelas, utensílios e a dispensa e disse que ia aproveitar e tentar falar com seu advogado. Falou ainda que eu o chamasse se precisasse de algo. Entrou para o quarto e eu preparei uma sopa de beterraba com *curry* e cogumelos frescos, além de uma salada de folhas e grãos temperada com azeite, vinagre e hortelã. Depois de falar por telefone com o advogado, Cristian ficou bastante tempo em silêncio no quarto; talvez estivesse rezando. Com cuidado, sem muito volume na voz, eu o chamei quando tive tudo pronto na mesa. Imediatamente ele veio, e reagiu com alegria ao ver a mesa posta. Nós nos sentamos, ele puxou a oração, que, dessa vez, eu acompanhei, e começamos a comer. Na primeira colherada de sopa, seus olhos se iluminaram para mim e ele soltou um som de genuína aprovação. Eu ri contente.

— Está gostoso? — eu quis confirmação.

— Muito! Você é mesmo boa nisso, Caterine. Está muito bom. Obrigado por tudo isso — ele tinha gratidão e humildade na voz.

— Isso não é nada — eu sorri, baixando os olhos para meu prato de sopa.

Prosseguimos o jantar falando sobre o cronograma do dia seguinte. Depois, eu tirei e limpei a mesa e ele lavou a louça. Então, na mesma mesa, ele abriu a Bíblia e leu um trecho; nós debatemos e refletimos. Em seguida, ele me fez escolher e ler outro trecho; debatemos e refletimos. Eu, que não era lá muito católica, mal fazia uma pequena oração e não assistia a uma missa desde o tempo da escola, respeitava e admirava a enorme fé daquele homem e acolhia tudo o que me fizesse bem. Depois, fomos para o quintal e nos deitamos de costas na grama para meditar. Havia muito tempo que eu não praticava, então ele precisou me relembrar as mesmas orientações que ele me dava na escola. No princípio, eu relaxei e comecei a perceber com clareza os pensamentos que minha mente gerava, mas fui ficando com muito frio e não consegui mais me concentrar. Sem nada dizer, Cristian, deitado, tirou o casaco e o colocou sobre mim. Agradeci em pensamento. Após a meditação, desejamo-nos boa noite e nos preparamos para dormir; e parece que só nos preparamos, porque tanto eu quanto ele não conseguimos dormir tão cedo. Com tantos sentimentos e lembranças de um dia cheio, virei e revirei na cama de Mariana por muito tempo, enquanto ouvia Cristian se movimentar discretamente pela casa e pelo quintal. Em certos momentos, abri uma fresta da cortina e o vi de pé na grama, parecendo contemplar o rio, o céu, as estrelas. Eu não tinha dúvidas: aquela era a criatura mais incrível que eu já encontrara na vida e eu o amava como a ninguém mais. Era tão certo e tão forte que, independentemente do que estivesse por vir, ou não vir, eu me emocionava em simplesmente amá-lo.

Na manhã seguinte, eu acordei com sons no quintal. Abri os olhos e ainda amanhecia. Olhei pela fresta da cortina e Cristian se exercitava na grama, fazia flexões de braço, abdominais, longas paradas de mão, estrelas com apenas uma das mãos no chão, um mortal para a frente, outro para trás, até sair correndo pela rua tranquila. Uma corrida pelas redondezas devia ser o final de seu treino matinal. Eu me levantei, tomei um banho e me aprontei. Não me adiantei em preparar o café da manhã porque ainda não conhecia os hábitos dele naquela refeição. Ele voltou, tomou um banho também e tomamos café juntos. Na verdade, ele comeu somente frutas, como banana, abacate e manga, e eu resolvi acompanhá-lo.

Fomos de carro para o centro de treinamento e eu me recordei de como era ser sua aluna numa turma, agora enxergando. A trilha sonora escolhida por ele começou com Elton John cantando a versão remix de "(I'm gonna) love me again", e continuou no mesmo nível de animação. Foi gostoso e divertido demais, mas exaustivo também; vi o quanto meu corpo estava parado e necessitado de tudo aquilo de novo. Cristian continuava provocando os alunos:

— Nossa, tá tremendo tanto nessa prancha. Tá com frio? Olha nos meus olhos, diz que me odeia.

Durante uma sequência de flexões de braço, na qual eu não conseguia passar da quinta tentativa de flexão, chamei:

— Professor, você pode vir aqui, por gentileza? Eu preciso olhar nos seus olhos e fazer algo que sempre quis fazer na escola, mas nunca pude.

Ele já vinha se abaixando a minha frente, mas, ao ouvir o fim da minha frase, apenas riu e se afastou apressado. A segunda, a terceira e a quarta turmas não tive condições de acompanhar, claro. Então, servi de assistente quando ele precisava adicionar um pesinho a mais nas costas ou nos braços dos alunos, como eu o vira fazer com Mariana no dia anterior. Eu me divertia e, por várias horas, nem me lembrava de que naquela manhã, como em todas as manhãs de terça-feira daqueles últimos anos, eu deveria estar no hospital recebendo minha injeção semanal de visão.

Dali, Cristian seguiria direto para o escritório de seu advogado, em Ipanema. Segui com ele, mas pedi que ele me deixasse na praia. Eu daria uma bela caminhada no calçadão, absorvendo com meus olhos cada detalhe daquela paisagem carioca que eu amava, depois almoçaríamos juntos e seguiríamos cada um para seus compromissos.

Eu não sabia até quando enxergaria, e nem como seria essa perda, se seria lenta, repentina, dolorosa, então só o que eu queria era enxergar, preferencialmente coisas belas, o máximo possível. Caminhei por mais de uma hora no calçadão e passei mais uns trinta minutos num banco rente à areia contemplando o mar, e nada de notícias de Cristian. Já passava das 13h30 e, se ele não se liberasse em poucos minutos, não teríamos tempo de almoçar. Eu então me levantei e, para garantir, comprei algo que pudesse comer no carro. Quando eu saía da lanchonete vegana, recebi uma mensagem de Cristian dizendo que estava na Nossa Senhora da Paz. Eu estava bem perto, andei meia quadra e entrei na igreja. Logo o avistei, cabisbaixo e sozinho num banco não muito distante da entrada. O frescor daquele ambiente, o cheiro da madeira e o eco profundo, misturado ao sibilar dos poucos fiéis que rezavam ou conversavam baixinho aqui ou ali, inspiraram-me uma paz imediata. Eu me aproximei devagar e me sentei, o mais silenciosa que pude, à esquerda de Cristian. Ele logo notou minha presença e me olhou com os olhos tristes e avermelhados.

— Oi — eu sussurrava, passando a ele um dos pacotes em minhas mãos. — Eu trouxe um lanche. Acho que não vai dar tempo da gente almoçar.

Ele apoiou o pacote no colo, afagou minha mão e esboçou um pequeno sorriso, tudo sob uma estranha lentidão.

— Obrigado, Caterine — ele falava bem baixinho. — Me desculpa, a conversa com o Dr. Fernando foi longa, e quando terminou eu precisei passar aqui.

— Não tem problema. E como foi a conversa?

Ele voltou a olhar para baixo. Depois suspirou fundo, parecendo buscar forças, aprumou a coluna e contou, olhando para a frente:

— Minha posição é realmente muito desfavorável: não tenho vínculo sanguíneo, fui acusado de pedofilia, mesmo que num processo canônico já encerrado, e sou solteiro. Enquanto Lúcia, a mãe da Mariana, além de ter justificado muito bem o abandono da filha, tem uma união estável, o que lhe favorece uma situação econômica também estável, e tem muito mais direitos sobre a filha do que eu. O que pra mim era um processo de adoção agora é uma briga judicial com Lúcia, e eu não queria isso.

— Mas o vínculo afetivo da Mariana é com você, e não com a mãe — eu buscava controlar minha indignação na voz baixa.

— Claro, e é nisso que o Dr. Fernando está focando na minha defesa. As dificuldades na minha tentativa de adoção já eram grandes, porque o raciocínio do juizado é: o que um ex-padre com uma investigação por pedofilia e solteiro quer adotando uma menina de dez anos? Mas, como eu era o único no jogo, ainda tinha muitas chances, e apostei tudo nelas... — ele encerrou com um suspiro triste.

— E eu posso ajudar de alguma forma? Eu posso testemunhar a seu favor, provar que é infundada a suspeita de pedofilia, relatar a noite em que você resgatou Mariana e todo o convívio naquela época. Não sei, acho que eu posso ajudar, me deixa saber o que eu posso fazer pra ajudar, por favor.

Enfim, ele me olhou nos olhos. Apesar da tristeza nítida em seu rosto, seus olhos até pareceram brilhar um pouco mais. Com um leve movimento de reverência com a cabeça, ele me agradeceu. Esbocei um sorriso para ele. Depois, olhamos para o altar. Fiquei pensativa. Fechei os olhos e respirei profundamente. Quem sabe ali, dentro da igreja, envoltos naquela atmosfera pacificadora, não pudéssemos ser inspirados com uma solução? Talvez Cristian pensasse a mesma coisa, e por isso fora até ali naquele momento. E quem sabe nós dois, unindo nossas orações, mesmo que as minhas não fossem lá tão ouvidas quanto as dele, não conseguíssemos uma solução mais imediata? Depois de um ou dois minutos meditativos, repassando na mente as palavras dele sobre sua posição desfavorável no processo, virei-me num impulso e disse:

— Eu posso me casar com você.

Claro que ele me olhou estupefato, e logo detalhei:

— Se é um problema seu estado civil, a gente pode se casar, depois que sair meu divórcio, claro. Um casamento de fachada, é óbvio, apenas pra cumprir um protocolo, assim como imigrantes nos Estados Unidos fazem pra estarem lá legalmente.

— Caterine — ele tentou me interromper, alternando o olhar entre mim e o altar.

— Sim, eu sei, não seria real aos olhos de Deus — eu continuava, empolgada. — Não seria consagrado, mas estamos lidando com burocracias, com formalidade, não estamos? E Deus sabe do seu amor e da sua dedicação à Mariana, Ele sabe do seu esforço e das formalidades com que temos que lidar.

— Caterine, quando seu divórcio sair, e nem sabemos quanto tempo isso vai levar, certamente você terá uma pensão do Marcos, e se você se casar de novo no papel, seja com quem for, você perde a pensão — ele explicou com calma.

— Eu não estou preocupada com isso, não mesmo — falei, assertiva.

Ele me olhou com certa surpresa, que aos poucos foi se transformando num olhar carinhoso. Eu encerrei:

— Ainda não sei o que vai ser exatamente da minha vida, mas sei é que vou começar a trabalhar o quanto antes. Não quero mais nenhum tipo de dependência de alguém, muito menos financeira.

Ele me esboçou um sorriso de aprovação. Em seguida, olhou de novo o altar, pegou ar e disse:

— Obrigado pela oferta, Caterine. Estou pedindo a Deus que me oriente para a melhor solução, e Ele sempre sabe qual é.

— Sim. Bom, mas você pelo menos continua pegando Mariana nos finais de semana — eu quis confirmação.

Ele suspirou dolorosamente, fechando os olhos em seguida. Enquanto esperava sua resposta, vi seu rosto se avermelhar e se contrair de leve. Uma, depois outra e outra lágrima brotaram de seus olhos e ele baixou a cabeça, cobrindo o rosto com a mão. Eu compreendera tudo. Suspirei e, depois de relutar um pouco, levei a mão até suas costas e passei a esfregá-la com carinho.

— Eu sinto muito, Cristian — sussurrei com o coração apertado.

— Não tenho mais esse direito — ele enfim conseguiu falar, depois de um suspiro trêmulo. — Essa decisão do juiz foi para tentar deixar a disputa mais justa. Ele considera impossível a mãe tentar se aproximar e reconquistar a filha enquanto eu continuar com Mariana todo final de semana. Mas e quanto à Mariana? Como ela vai se sentir? Não quero que ela se sinta abandonada de novo. Vai ser o primeiro fim de semana separados depois de tantos anos, e eu não posso nem mais fazer uma visita a ela no orfanato — ele terminou com ênfase, antes de voltar a chorar.

Intensifiquei o carinho em suas costas, na verdade louca de vontade de abraçá-lo, tentar trazer-lhe algum conforto.

— Por que a gente não faz juntos uma oração antes de retomar nossos compromissos? — eu sugeri, inspirada pelo que ele mesmo diria e faria no meu lugar.

Imediatamente, ele buscou se recompor, apoiou nossos lanches no banco e me convidou a ajoelhar com ele no genuflexório.

Depois de alguns minutos, seguimos, não muito refeitos, cada um para seus compromissos, após nos despedirmos com um rápido abraço e boas recomendações.

As horas se arrastaram aquela tarde na faculdade, e foi bem difícil me concentrar nas explicações e nos trabalhos em grupo. Já começava a anoitecer quando tudo terminou e peguei um Uber até a casa de Cristian. Ao nos despedirmos depois da igreja, ele deixara comigo uma cópia das chaves de casa, pois terça-feira era dia de aulas de cidadania e defesa pessoal, além de aconselhamento fraterno, numa comunidade distante, e ele costumava chegar tarde em casa. Tomei um banho rápido e comecei a preparar o jantar. Se eu não o conquistasse pelo estômago, ao menos eu o ajudava; ele chegaria em casa e não precisaria se ocupar de preparar algo para comermos.

Quando ele chegou e viu a mesa posta e, no centro dela, um colorido mix de legumes ao forno, temperados com alecrim e outras ervas do quintal, ao lado do arroz integral amarelado pelo açafrão, seu rosto se abriu num sorriso surpreso e satisfeito. Eu ri feliz. Era tão bom surpreendê-lo. Depois de agradecer com humildade, ele me pediu dez minutos para um banho. Quando voltou, trazendo a atmosfera refrescante de seu aroma habitual, nós nos sentamos e comemos com tranquilidade. Logo no início da refeição, comentei com um sorriso:

— Você parece bem melhor agora.

— Sim, o trabalho me faz bem — respondeu com um suspiro.

— É, quando gostamos do que fazemos, sempre nos faz bem — acrescentei casualmente.

Ele permaneceu em silêncio. Depois, num volume mais baixo e dando pequenas pausas entre as palavras, acrescentou a sua própria fala anterior:

— Na verdade... você também me faz bem.

Eu estava olhando para meu prato, mas percebi que ele me olhara enquanto dissera aquilo. Rapidamente me senti corar, e disse:

— Que bom, Cristian. Eu... nem preciso dizer o quanto você me faz bem.

Ficamos em silêncio. Depois ele me perguntou da faculdade, mas eu não tinha nada de interessante para contar. A verdade era que eu estava exausta no fim daquele dia que começara com muita transpiração e seguira com tanto desgaste emocional. Com os músculos doloridos e a cabeça pesada, eu disse a ele que preferia, naquela noite, meditar no calor da cama. Com gentileza, ele me recomendou que ficasse à vontade e descansasse mesmo. Quando acabamos de comer, agradeci a ele pelo dia, trocamos "boa noite" com pequenos sorrisos promissores e me preparei para dormir. Eu me deitei, na verdade me atirei na cama, de barriga para cima, completamente entregue. Minha cabeça rodou, revisitei várias sensações do dia, senti meu coração e minha respiração desacelerarem, mas não conseguia dormir. A imagem de Cristian rindo para mim quando o chamei para me olhar nos olhos durante as flexões de braço, a sensação do seu abraço, o som do seu choro, tudo isso parecia impregnado em minha aura, circulando meu corpo e meus sentidos de forma fluida e arrebatadora. Droga, agora, convivendo mais de perto com ele, eu estava ainda mais enfeitiçada. Até o dia anterior, eu não pensava que fosse possível amá-lo ainda mais. Eu tentava relaxar naquela nuvem inquietante de sentimentos, mas o sono não conseguia entrar. Vencida, eu suspirava, mudava de posição, tentava meditar, quando via, estava de novo pensando nele...

Não sei quanto tempo passei assim. De repente, resolvi me sentar, puxar um pouco a cortina e olhar o céu. Com sorte, haveria estrelas para preencher minhas futuras memórias visuais. Mas, antes de chegar ao céu, meus olhos encontraram a figura de Cristian, ao longe no quintal, deitado num lençol sobre a grama. A luz era bem pouca, somente da lua e de um poste ao longe na estrada, mas vi quando ele virou devagar o rosto para minha direção. Ameacei sorrir, fechei de volta a cortina e me deitei. Eu não me acostumava com aquilo; eu não produzira som algum, mas, de alguma forma, ele sabia que eu o observava. Que coisa irritante, de tão incrível. Eu refletia inquieta sobre aquelas capacidades dele, quando ele bateu suavemente na porta do quarto. Um pouco assustada, sentei-me e disse que entrasse.

— Com licença, Caterine. Só bati porque vi que você estava acordada — ele falou baixinho.

— É, não estou conseguindo dormir.

— Eu quero te mostrar algo. Talvez te ajude. Vem comigo.

Ele andou até a cama e me estendeu a mão. Surpresa, ainda o olhei por um instante, depois peguei sua mão e me levantei. Em silêncio, ele me puxou pela mão para fora do quarto. No corredor, parou e me pediu um segundo. Entrou em seu quarto, voltou com um casaco e o colocou em mim. Meu coração estava acelerado. Ele pegou de novo minha mão e me conduziu para fora da casa, até aquele mesmo lençol sobre a grama. Sua mão era quente e seu silêncio me deixava nervosa. Ele estava descalço, e vestia uma calça de moletom e uma camiseta folgada de mangas curtas. Sentou-se devagar sobre o lençol e me conduziu para me sentar também, ao seu lado e de frente para o rio. Encarando o céu, ele inspirou bastante ar e começou:

— Eu também não conseguia dormir. Então vim pra cá, conversar com as estrelas, com a lua, com a noite, com a mata, com a grama, com a terra, com o rio.

Eu dei um riso curto e encarei também o céu. No silêncio da noite, era ainda mais arrebatadora a beleza daquela voz. O cheiro da terra e da grama, umedecidas pela noite, entrava revigorante. Ele continuou:

— Vim tentar ouvir da natureza, de Deus, alguma resposta para a minha inquietação, a minha principal inquietação desde que você chegou.

Eu me contraí inteira, parei de respirar e pude sentir meu coração bombeando sangue até nas orelhas.

— Você me desequilibra, Caterine, e sempre foi assim. Desde o início, nunca neguei pra mim que existe uma ligação forte. Naquele tempo era fácil: eu transformei tudo aquilo em ação e oração por você e tudo foi sublimado com sucesso, sem sofrimento. E agora… eu continuo agindo pelo seu bem e orando por você, mas ainda existem motivos pra eu continuar sublimando e ressignificando tudo o que sinto?

Eu cheguei a abrir a boca para gritar um grande "não", mas ele prosseguiu, depois de mais uma inspirada forte de ar:

— Estava tudo cômodo no meu coração, em paz, estável, e eu estava satisfeito com isso, pensando que seria assim até o fim, como ficar de pé numa prancha sobre um mar calmo e quase sem ondas, e é muito fácil. De repente, você volta, como uma onda que aparece de surpresa e desafia a estabilidade da prancha. É quando a gente vê o quanto se iludiu pensando que era o remador mais equilibrado do mundo.

Eu dei um risinho curto. Ele continuou:

— Primeiro eu perguntei o porquê, e essa natureza, com todos os seus sons, aromas, temperaturas, cores e texturas, só me trouxe uma resposta certeira: têm coisas que não são pra compreender ou saber o porquê, e sim pra sentir e viver.

Um calor se espalhou do meu peito para todo o meu corpo. Fechei os olhos e senti minhas mãos se inquietarem sobre o lençol. Ele suspirou e prosseguiu, enquanto se movimentava lentamente para trás de mim:

— Depois, perguntei então o que fazer, e as respostas, em forma de carinhosas brisas, sons aconchegantes, aromas revigorantes e outras belezas intangíveis que dificilmente as palavras traduzem, foram tão lindas que eu precisava compartilhar com você.

Senti sua mão calorosa descer delicadamente sobre meus cabelos até meu ombro direito. Eu me arrepiei inteira, enquanto meu espírito parecia se derreter naquele toque. Sua mão desceu por meu braço até encontrar minha mão e nossos dedos se entrelaçarem. Aproximando-se mais do meu corpo, ele encontrou minha outra mão com sua outra mão e me abraçou assim, por trás, fazendo meus próprios braços me abraçarem também, como numa dança. Encaixando o rosto sobre meu ombro esquerdo, bochecha com bochecha, e me permitindo sentir o calor de seu corpo em minhas costas, ele falou:

— Me desculpa, Caterine, por ter sido desonesto tentando negar e fugir; isso não é a hombridade que busco cultivar em mim, isso não era justo com você. Costumo tomar decisões baseadas no amor, e não no medo. E por que agora seria diferente?

Eu apertei carinhosamente suas mãos e pressionei de leve o rosto contra o dele, sentindo sua pele morna e seu hálito de cravo. Com a voz mais baixa, ele voltou a falar:

— Não conheço suas expectativas, Caterine, e não sei quem é o Cristian companheiro, e essa descoberta será nossa. Mas sei que somos dois seres completos, portanto não viemos nos completar ou dividir a vida; viemos ser inteiros, viemos somar um ao outro; mais alegria, mais apoio, mais carinho, mais crescimento.

— Mais equilíbrio no desequilíbrio — acrescentei, e rimos.

— Sim. E se você está aqui e se queremos a mesma coisa, que seja bem-vindo, que seja abençoado por Deus o que vier.

Com movimentos delicados, ele se ajoelhou e conduziu meu corpo para ficar em frente a ele. Eu estava ajoelhada também e agora podia olhar seu rosto, bem perto do meu. Ele tocava meus cabelos e eu acariciava seu rosto, liso, explorando a textura de sua pele e absorvendo com minha visão o brilho dos seus olhos. Ele beijou minha mão que passava perto de sua boca. A cada nova sensação, cada novo calor que ele me proporcionava, eu me encantava mais e mais. Como se não pudesse mais aguentar, eu o abracei de repente, soltando a cabeça em seu ombro e aproximando meu corpo inteiro do dele. Com a mesma entrega, ele também me envolveu forte, alisando minhas costas, com suspiros discretos de alívio, de conforto, de prazer talvez. Nós nos abraçamos muito, gostoso e demorado. Quando dei por mim, eu estava chorando em seu ombro. Bem devagar, ergui a cabeça e falei:

— Eu sonho com esse momento há muitos anos, muitos anos.

Ele segurou meu rosto com as duas mãos, olhou em meus olhos, esboçou um sorriso e me beijou, devagar e delicado. Fechei os olhos e mergulhei naquele beijo e nos carinhos que o contornavam, no calor de seu corpo e de suas mãos, em minha cabeça, em meu rosto, em meus braços e costas, na consistência de seus lábios, na fluidez de nossas salivas se misturando, na textura escorregadia de sua língua, que demorou mas apareceu, em sua respiração, que ventava cada vez mais acelerada em minha face. Eu também o acariciava, no rosto, nos cabelos, nas costas, enquanto pressionava meu corpo contra o dele. Senti sua ereção crescer sob a roupa. Com certa pressa, ele então encerrou o beijo longo com uns três pequenos beijos estalados, segurando meu rosto, e afastou o corpo. Começou a se levantar e me puxou carinhosamente para cima.

Capítulo 13

— Está… um pouquinho frio, acho melhor a gente entrar — ele falou, titubeante, visivelmente perturbado, enquanto recolhia o lençol do chão.

Eu concordei, rindo de leve. Ele me deu a mão e seguimos para dentro. Já no corredor, ele falou com carinho na voz:

— Vou te colocar na cama.

Eu apertei mais forte sua mão. Com um tranco no corpo para me olhar, ele completou, com urgência:

— Na sua cama, pra dormir.

Não pude deixar de rir, e ele deu um risinho engraçado, como uma criança tímida. Encaminhou-me para minha cama, ajudou-me a tirar o casaco e segurou o edredom para que eu me deitasse. Eu me estiquei ali com um suspiro, ele me cobriu, ajoelhou-se à cabeceira e pôs uma das mãos no topo da minha cabeça, dizendo, com um esboço de sorriso:

— Foi um dia intenso, né? E amanhã tudo começa de novo. Precisamos descansar.

Concordei. Eu estava sem muitas palavras, ao mesmo tempo exausta e nas nuvens. Senti aquele calor relaxante vindo de sua mão e não demorou muito para que eu apagasse, não sem antes perceber um beijo dele em minha testa.

Na manhã seguinte, acordei e já estava bem claro. Cristian já havia saído e eu não ouvira nada; estava mesmo cansada, mas em êxtase. Ele me deixara uma mensagem de texto no celular. As letras se embaralharam um pouco diante de meus olhos; pensei ser o cansaço. Aproximei um pouco a tela do rosto e consegui ler: "Bom dia, Caterine! Achei que você precisava dormir, não quis te acordar. Hoje dou aula o dia todo. Nos vemos à noite em casa. Cuide-se bem. Tem muita fruta na geladeira. Um beijo." Passei o restante da manhã tentando estudar e atualizar trabalhos da faculdade, quando percebi que a maior parte do meu material, bem como das minhas roupas, cosméticos, calçados e todos os pertences, ainda estava na minha ex-casa. Enviei uma mensagem a Marcos perguntando quando eu poderia ir pegar tudo, e ele me respondeu com um sucinto "Amanhã à noite". Depois, liguei para uma amiga advogada para dar início ao divórcio, preparei para mim um sanduíche como almoço e fui para a faculdade. Ao longo das aulas e das leituras, de textos e plantas, fui notando um chuvisco incômodo na visão de ambos os olhos. Talvez pelo esforço que eu fazia para tentar compensar a fraqueza visual, fui acometida por uma crescente dor de cabeça. No entanto, não me abati por isso, eu tinha coisas muito melhores para sentir naquele dia: lembranças, sentimentos, sensações, desejo, saudade... E, afinal, eu nem estava muito interessada nas aulas e na arquitetura aquela tarde, então não me abalei com aqueles incômodos. Porém, no fim das aulas, com a luz fraca e azulada do anoitecer, senti vertigem ao descer as escadas do campus. Diminuí a velocidade e olhei com atenção cada degrau que pisava, e notei que eu não identificava a borda deles. Eu me assustei. Seria assim tão rápido? Parei um instante, fechei os olhos e tentei respirar profundamente. Um pouco mais calma, abri de novo os olhos e olhei de novo os degraus. Talvez pelo relaxamento, agora eu podia ver, ainda que embaçadas, as bordas. Voltei a descer, lentamente. Percebi alguém se aproximar correndo e parar ao pé da escadaria. Já nos últimos degraus, vi sua mão esperando a minha.

— Oi — Cristian falou, com um meio sorriso.

— Oi! — eu me surpreendi.

— O que aconteceu? — ele perguntou, segurando minhas mãos e me olhando bem nos olhos.

Tentei fixar o olhar em seus olhos e vi tudo meio borrado, chuviscado como uma televisão antiga. Pisquei, pisquei, tentando encontrar conforto, mas nada mudava.

— Entendi — ele falou, sem que eu explicasse qualquer coisa. — Vamos pra casa. Vou tentar algo.

Ele me ofereceu o braço e me conduziu até a caminhonete. Seguimos contando nossas atividades do dia até em casa. Lá, ele me fez deitar na grama e me mandou fechar os olhos e relaxar. Sentou-se no chão, pousou uma das mãos no topo da minha cabeça e a outra sobre meus olhos. Ele me pediu que ficasse em silêncio e apenas respirasse profundamente. Eu o ouvi rezar bem baixinho e aquele calor mágico de suas mãos começou a adentrar meu corpo e meu espírito. Fui envolvida por um torpor muito diferente, e eu já não sentia meu corpo, não sentia a dor na cabeça, não controlava mais nada.

Despertei lentamente e senti uma coberta sobre mim. Debaixo das minhas mãos, a grama. Nossa, eu dormira ali mesmo. Respirei fundo e senti um aroma apetitoso de tempero oriental. Olhei para o lado e vi a luz da cozinha acesa. Olhei para cima e a noite, estrelada, encarava-me. Que bom que eu ainda podia ver as estrelas. E foi quando me dei conta de que minha visão parecia normal de novo. Apreensiva, trouxe as mãos para a frente do rosto para conferir. Visualizei com nitidez o contorno dos meus dedos e das unhas e não havia mais chuvisco nem falta de definição. Eu ri em silêncio, emocionada.

— Boa noite, Bela Adormecida — Cristian se aproximou, sorrindo.

— O que você fez comigo? — eu indaguei, encantada, erguendo o tronco do chão e me sentando.

Ele riu e se agachou ao meu lado, pegando minha mão e a beijando em seguida.

— Está melhor? — perguntou, ainda sorrindo, passando a mão por meu rosto.

— Está normal de novo — eu falava meio em choque, recebendo o toque carinhoso dele. — Eu já nem tento compreender você e seus dons.

— Eu não fiz nada, só tentei ser um bom instrumento. Mas, Caterine, não é a cura, talvez só aumente um pouco seu tempo.

Eu o olhei nos olhos, toquei seu rosto também e o beijei nos lábios, dizendo em seguida:

— Muito obrigada, Cristian.

— Não, não. Agradeça a Deus. Vamos, preparei nossa janta; precisamos comer.

Saboreamos com alegria um delicioso e exótico estrogonofe de legumes com cogumelos à moda tailandesa, acompanhado de arroz e batata palha. Toques de gengibre, *curry*, limão e leite de coco se completavam numa mistura intensa e picante. Depois da refeição e da arrumação da cozinha, feita em parceria, fomos tomar banho, cada um em um banheiro, e ele então me convidou a rezar com ele antes de dormir. Aceitei. Ele me levou para seu quarto, onde somente um abajur de luz amarelada estava aceso, e me convidou a me ajoelhar a seu lado, diante de um pequeno oratório com uma imagem de Maria e outra de Jesus. Ajoelhada, fechei os olhos, uni as mãos e ouvi sua oração, em voz baixa e humilde, agradecendo por tudo e especialmente pela minha vida, pedindo bênçãos e proteção para nós dois, para Mariana e para a humanidade inteira. Era bonito demais presenciar aquilo e ver sua entrega e sua fé.

Terminada a oração, ele me deu a mão e nos levantamos. Com um princípio de sorriso, ele me puxou para algo que se parecia um abraço, mas era uma dança, em que, lentamente, nós nos embalávamos para um lado e para outro. Ele me envolvia pela cintura e eu o envolvia pelo pescoço, sentindo o roçar das pontas de seus cabelos em minha pele. A música? Tocava dentro de nós, regida pelo desejo, pela vontade de simplesmente estarmos ali, abraçados e nos olhando nos olhos. Eu o beijei devagar. Ele parou o bailado e acolheu meus lábios nos dele. Eu busquei sua língua, mas ele encerrou o beijo, voltou a nos balançar e disse:

— A gente podia entrar juntos numas aulas de dança. O que você acha?

— E relembrar o dia mais feliz da minha adolescência? Acho maravilhoso! — eu me animei, sorrindo. — Dança de salão?

— Pode ser; qualquer coisa que nos permita dançar juntos.
— Eu topo.
— Que bom. Mariana também é louca pra dançar, *hip hop*, e quando eu conseguir a adoção, se Deus quiser, vou colocá-la num curso. E quem sabe até fazer as aulas com ela também, se ela quiser, é claro.
— Isso vai ser lindo! Mal posso esperar pra ver — eu sorria, imaginando a cena. — E você vai conseguir a adoção.
Ele deu um longo suspiro. Voltei a beijá-lo, agora explorando sua nuca e seus cabelos com a mão. Ele subiu as mãos pelas minhas costas, pelo pescoço, até tocar minhas faces. Depois de se entregar um pouco mais ao beijo, afastou o rosto e falou, voltando a dançar e me abraçando de modo a ficarmos com as cabeças coladas lado a lado, e não mais nos olhando de frente:
— Você, outro dia, quis aprofundar a conversa sobre o tantra. Penso que agora nos sentimos mais confortáveis para falar sobre isso.
— Me conte um pouco — eu pedi, deitando a cabeça em seu ombro e curtindo aquela dança.
— O tantra é o amor no sexo, é acolher como divina toda a nossa natureza, e isso inclui o sexo, que é uma energia neutra, como todas as outras, e o tantra propõe que se use essa energia para o amor, para a meditação, para o encontro com o divino, com a eternidade.
Eu ouvia sua voz, tranquila, pelos ouvidos e pela vibração de seu corpo em contato com o meu. A cada uma de suas palavras, meu coração parecia se abrir sempre mais, crescer de tamanho, só para caber mais e mais amor por aquela criatura. Ele continuava:

— É estar presente por inteiro, consciente em cada toque, cada olhar, cada movimento, é ser o ato, ser o sangue que corre mais rápido, ser cada célula que vibra com prazer, é ser essa energia. E não é preciso pressa, não é preciso tensão, porque tudo deve ser relaxamento, meditação e amor, e o amor não tem pressa, ele não quer ir embora logo, ele é a eternidade. É uma dança lenta em que os dois estão ritmados, juntos, em harmonia, e o tempo todo se enxergam, no sentido mais amplo da palavra. E precisa ser revitalizante, e não cansativo, precisa nos encher de energia, e não nos exaurir. Por isso é que não precisa chegar na ejaculação, porque, se não existe a intenção de gerar uma terceira vida, a ejaculação é um desperdício de energia vital.

— E como é possível pra vocês?

— Técnica, de respiração no baixo ventre, concentração e autocontrole. Mas é um domínio que leva tempo pra ser conquistado, precisa de muito treino.

— Mas isso significa que o homem não tem orgasmo? — eu indagava com naturalidade, feliz por aquela conversa aberta com ele.

— Sim, ele tem; são coisas diferentes a ejaculação e o orgasmo, embora a cultura ocidental esteja acostumada a associar os dois. E, por não acontecer a ejaculação, os orgasmos, tanto do homem quanto da mulher, podem ser múltiplos e uma relação pode durar horas, sem exaustão.

— Meu Deus — eu ri.

— Em resumo, é um longo abraço amoroso, uma celebração da natureza, física e espiritual, um encontro profundo de dois espíritos através de seus corpos, é tornar-se um com o outro e com o melhor do universo.

— Nossa… Não sei, me parece tão inalcançável.
— Se você quiser, a gente… pode experimentar um dia.

Eu comecei a rir, ali mesmo, com a cabeça tombada em seu ombro, naquele abraço dançante e acolhedor.

— O que foi? Por que isso é engraçado? — ele perguntou, com seu brilho de sorriso na voz.

— Estou rindo porque estou feliz, porque amo você e porque é a sedução mais peculiar que eu já ouvi.

— Não, não é uma sedução — ele parecia se defender, desconsertado. — Era só uma… conversa.

— Não vejo a hora então de conhecer a sedução — rebati, rindo contida.

Ele tentou segurar um riso, baixando a cabeça. Olhei seu rosto e ele estava vermelho. Eu ri dele, e seu olhar fugia do meu. Ainda rindo, falei:

— Um dia ainda vou embebedar você.

Ele me encarou de olhos arregalados.

— Por onde você andou esses anos todos? Não foi isso o que te ensinamos na escola.

Eu ri mais, agora tombando a testa em seu ombro.

— Bom — ele falava em tom conclusivo, segurando um risinho tímido —, sobre o tantra, é isso, um dia podemos experimentar. Você me sinaliza quando.

— Agora.

Capítulo 14

Ele estacou, ficou imóvel e pareceu até parar de respirar. Ergui a cabeça do ombro dele e o encarei. Ele tinha a boca entreaberta e não piscava. Eu ri com carinho. Sua expressão atônita se quebrou num riso curto e desconsertado. Ele deu uma sacudidela na cabeça, mexeu a boca tentando dizer algo, gaguejou e então conseguiu dizer:

— Bom, ok, eu… está bem, então… Me dá uns minutos pra eu preparar o ambiente. Me espera no seu quarto e eu vou te buscar.

— Está bem — concordei sorrindo e lhe dando um beijinho rápido em seguida.

Ele deu um risinho curto, meio tosse, meio pigarreada, ou tudo isso junto. Depois respirou fundo, recompondo-se, e me conduziu até a porta. Fui me deitar no quarto da Mariana e tentei relaxar ali. Respirei lentamente, fechei os olhos, meditei, o tempo passou. Eu estava quase dormindo e achei que ele havia desistido, mas fui despertada por seu toque suave descendo do meu ombro até minha mão. Eu sorri e ergui depressa o tronco para me levantar, mas ele me freou com as duas mãos, firmes e tranquilas em meus ombros. Com um meio sorrisinho calmo, ele passou um braço por trás das minhas costas, o outro por trás dos meus joelhos e me tirou da cama. Fechei de novo os olhos e me aconcheguei ali, naquele colo, sentindo as vibrações de seus passos e seus movimentos cuidadosos para passar comigo pelos espaços sem chocar meu corpo contra alguma coisa. Sempre em silêncio, ele me colocou suavemente de pé no meio de seu quarto. De algum ponto a minha direita, tocava uma música aconchegante de piano. Havia um aroma intenso no ar, algo doce e estimulante como ylang ylang. Abri os olhos e uma luz azul, vinda do abajur, trazia um ar etéreo ao ambiente. Na mesinha de cabeceira, um rechô elétrico, com uma pequena lâmpada amarelada, completava a iluminação instigante e trazia nuances douradas aos contornos. Cristian me abraçou por trás, devagar, enquanto eu absorvia o ambiente.

— Se sente bem com esse aroma? — ele indagou bem baixinho ao meu ouvido.

— Sim — eu disse sorrindo, sentindo meu corpo se arrepiar inteiro com a voz e o calor dele me envolvendo.

Ele passou a me dar beijos lentos e quentes perto da orelha e no pescoço, enquanto deslizava as mãos pelas laterais do meu tronco, por cima da roupa, e me permitia sentir seu corpo em minhas costas. Eu podia sentir a pulsação de seu coração, um tanto acelerado. Eu acariciava seus braços, sentindo-me mais presente e aquecida a cada vez que ele afundava os lábios em mim. De novo bem perto do meu ouvido, ele sussurrou:

— Vamos tentar falar o mínimo possível, tudo bem? Pra que outras linguagens, mais sutis e poderosas, fiquem mais vivas.

Concordei com um movimento de cabeça, ávida por aquela nova experiência. Ele me tomou de novo nos braços e, com cuidado, pôs meu corpo sobre sua cama, de solteiro. Contra a luz azulada, ele se aproximou e me beijou bem devagar, permitindo aos poucos sua língua deslizar na minha e roçar às vezes de leve os cantos da minha boca. Durante o beijo, eu acariciei sua cabeça e suas costas. Meus dedos escorregavam com prazer por entre os fios lisos e grossos de seus cabelos. Com um afago em meu rosto, ele se levantou e foi se sentar num banquinho, já posicionado aos pés da cama. Ele tirou a camiseta e pude ver seus contornos bem definidos contra a luz azulada. Ele então pegou algo de um frasco que estava no chão e espalhou nas palmas das mãos. Depois, pegou meu pé direito e começou a massageá-lo, com óleo nas mãos. Ele me tocava como quem toca uma divindade pela qual se espera há muito tempo ver materializada, havia tanto cuidado e apreço em seu toque que eu me arrepiava inteira e me sentia a mais desejada das criaturas. Seus dedos deslizavam quentes e precisos, num movimento fluido e relaxante, percorrendo cada centímetro de pele e de músculo. Depois de fazer o mesmo com o outro pé, ele se levantou, veio até a direção de meus quadris, tocou as laterais deles, encontrou a cintura da minha calça, parou e, de modo interrogativo, olhou-me nos olhos. Eu lhe dediquei um sorriso relaxado e ergui de leve os quadris. Ele compreendeu minha autorização e, com calma, tirou minha calça, depois minha camiseta, com minha ajuda. Agora eu vestia só a calcinha. Percebendo meus arrepios de frio, ele esfregou meus braços e apertou minhas mãos com suas mãos quentes. Agora, passava as pontas dos dedos lentamente pela camada mais superficial da minha pele, pela barriga, pelas laterais do tronco, pelos quadris e pernas, pelos seios e colo. Era um toque quase sem tocar, e eu sentia o calor de seus dedos ativar uma espécie de eletricidade em mim. Esse desenho por meu corpo ele fazia no andamento do piano, sem pressa. Meu corpo se arrepiava de novo e eu começava a sentir calor, sob uma pele cada vez mais viva e sensível. Em seguida, voltou para os pés da cama, mas dessa vez se sentou na ponta do colchão e passou a massagear minhas pernas de baixo para cima, trazendo mais circulação sanguínea para meus quadris. Seus dedos pareciam cada vez maiores e mais quentes. Olhei seu rosto e ele tinha os olhos fechados, concentrado. Fiz um carinho longo em seu braço, absorvendo a textura lisa de sua pele e o relevo de seus músculos quentes. Ele então abriu os olhos, esboçou para mim um sorriso, aproximou-se e me beijou. Ele ainda estava sentado na beira da cama, com o tronco inclinado sobre mim, meio retorcido. Eu então o puxei para cima de mim. Ele riu com o susto mas aceitou minha condução. Ajeitou-se com cuidado sobre meu corpo e voltou a me beijar. Agora meus seios tocavam o peito dele, e senti sua respiração um pouco mais rápida. Ele escorregou o rosto para meu pescoço e me contornou de beijos quentes e molhados desde a orelha até os seios. Quando sua língua tocou e estimulou meu mamilo, um pequeno gemido escapou da minha boca. Com os dedos, ele estimulava meu outro mamilo, enquanto eu sentia sua ereção sob a calça em algum ponto da minha perna. Com as duas mãos, eu bagunçava seus cabelos, pressionando de leve sua cabeça contra meu corpo. Devagar, ele desceu com a sequência de beijos pela minha barriga, até parar, segurar as laterais da minha última peça de roupa e me olhar interrogativo. Com um sorrisinho de lábios fechados, fiz que "não" com o indicador e apontei a calça dele. Ele entendeu, riu sem som, baixando a cabeça, sentou-se com as pernas para os pés da cama e se despiu por completo. Senti meu coração e minha respiração começarem a pedir mais espaço. Ele então se voltou para meu corpo de novo e, com delicadeza, tirou minha calcinha. Começou então a massagear meu clitóris com movimentos circulares e lentos, enquanto sua outra mão acariciava meu ventre, virilhas e laterais dos quadris. Eu já podia escutar sua respiração. De repente, numa atitude precisa, ele desceu a boca até a ponta do meu clitóris, com uma leve sucção e pequenos movimentos da língua. Eu agarrava com carinho seus cabelos, expressando meu prazer, e meu corpo já se movia de forma involuntária. Com as mãos, ele explorava minhas nádegas e minhas coxas, agora expressando com mais devoção seu desejo. Eu sentia sua respiração quente e acelerada sobre meus pelos e virilha, além de um calor interno crescente por toda aquela região. Agora ele levou os dedos até meus pequenos lábios e passou a massageá-los, alternando deslizadas para cima e para baixo e tremores intensos. A cada movimento, seus dedos escorregavam um pouco mais para dentro de mim. De repente, dois deles entraram e passaram a se mover lá dentro. Minha respiração já se misturava a pequenos gemidos. Um de seus dedos encontrou meu ponto mágico e passou a estimulá-lo com certo vigor, até que eu ficasse quase sem ar e movimentos involuntários se espalhassem com mais intensidade por meu corpo. Ele então parou e, com delicadeza, retirou os dedos. Pegando suas mãos, eu o puxei para cima e o abracei apertado. Ele relaxou o corpo sobre o meu, deitando a cabeça em meu ombro e respirando acelerado. Seu membro, muito firme, buscava espaço entre minhas coxas. Acariciando suas costas, senti o calor intenso que emanava de seu corpo. Depois de aspirar profundamente o perfume suave de seus cabelos, misturado ao cheiro de sua pele quente, sussurrei:

— Eu estou pronta.

Mas ele não se moveu. Ficou ali por mais um tempo, sem pressa, recebendo meu carinho, até sua respiração se tornar mais lenta e longa. Então, ergueu um pouco a cabeça e esboçou um sorriso tímido, enquanto me acariciava sobre os cabelos. Toquei seu rosto com as duas mãos e o trouxe para bem perto do meu, dizendo:

— Olha nos meus olhos.

Ele fixou os olhos nos meus e ficou imóvel. Mesmo na penumbra, mergulhei naquele verde em torno das pupilas dilatadas e senti que ficaria ali para sempre, focando aquele brilho, meditando naqueles olhos e em todos os estímulos sensoriais e energéticos que meu corpo e meu espírito recebiam; já não me importava o que viesse depois, a intensidade do prazer, as palavras, nada. Com o olhar, eu o penetrava e me sentia penetrada por ele, eu me sentia amada como nunca antes. Ele puxou o ar e abriu a boca para dizer algo, e, ao mesmo tempo, saiu de nós dois, completando minha frase anterior:

— E diz que me ama.

Nós rimos juntos. Vi suas maçãs do rosto subirem e as toquei com encanto. Eu não podia acreditar... A pessoa que amei desde a minha adolescência agora estava ali, entregue, sobre mim, criando comigo um momento que, por mais que eu contasse nos mínimos detalhes a alguém, seria sempre só nosso em sua grandiosidade, e indescritível em sua intensidade. Senti meus olhos umedecerem, mas eu continuava sorrindo. Ele se moveu sobre mim e voltou a me beijar, enquanto eu percorri seus contornos com meus dedos. Nossa respiração se acelerou novamente e eu o abracei com as pernas. Eu sabia que o surpreenderia. A ponta de seu membro agora tocava meus pequenos lábios. Ele soltou um som, meio susto meio prazer, soltou-se do beijo, olhou-me nos olhos, freou minhas mãos com delicadeza e as segurou em pausa. De alguma forma, eu entendi que ele me pedia um tempo. Levou a mão até o travesseiro e puxou, de debaixo dele, um preservativo. Sentou-se ao meu lado, de frente para os pés da cama, e, enquanto o colocava, eu acariciava suas costas, mantendo nossa conexão tátil. Em seguida, ele se deitou de novo sobre mim, segurou meu rosto e beijou meus lábios com muita delicadeza. Eu sorri e o abracei com vontade, e com as pernas de novo. Ele então me penetrou devagar e até o fundo, enquanto inspirou forte o ar pelo nariz. Seu movimento começou, lento e ritmado, e a cada vai-e-vem deslizante em minhas paredes internas, a cada chegada ao fundo, uma energia fervia e se desenrolava dentro de mim. Eu movia meu corpo de encontro ao dele no mesmo ritmo, cada vez mais rápido. Por umas duas vezes, ele parou e respirou profundamente; eu aproveitava para também diminuir meu ritmo cardíaco e tentar relaxar todos os músculos, até retomarmos a dança. A cada vez que fazíamos isso, a promessa de prazer vinha mais e mais intensa depois. As ondas de calor e êxtase nasciam de um centro cada vez mais profundo em mim e se espalhavam aos poucos para minhas extremidades. Na última daquelas pausas, ele me olhou, ofegante e pensativo. Em seguida, com movimentos cuidadosos sobre a cama estreita, abraçou-me com um dos braços, tendo o outro livre para ajudar na manobra, e se virou de barriga para cima, levando junto meu corpo, que agora estava sobre ele. Eu sorri. Retomei nossa dança devagar. A certo ponto, percebi minha voz e o movimento mais acelerado do meu corpo fluírem de forma involuntária. Não tentei controlar nada, apenas fiquei consciente de tudo, inteira, permitindo cada reação natural do meu corpo. Segurei o rosto de Cristian e o olhei nos olhos. Sem parar de se mover, ele sorriu, ofegante. Então me abraçou mais forte e intensificou o movimento. Meu corpo ia junto com o dele, a fervura se espalhava do meu centro para todo o corpo, senti que algo explodiria, senti que algo jorraria de mim, senti o corpo dele, fervendo também, acompanhando meu ritmo, ouvi seus gemidos tímidos, soando como mais combustível para minha explosão, senti meu corpo, pequeno para tanto êxtase, começar a convulsionar, senti, senti, senti… Senti tudo, profundo e demorado, até não estar mais consciente de mim.

Capítulo 15

Eu não fazia ideia de onde saía tanta lágrima. Junto delas, os soluços. Eu afundava o rosto de lado no travesseiro, enquanto Cristian, abraçado a mim de conchinha, afagava meus cabelos em silêncio. Ele havia me vestido, e me coberto com seu edredom. Acho que no início ele ficara um pouco assustado com minha reação; eu também fiquei. Era incontrolável. Conforme eu fui retomando a consciência e sentindo o êxtase relaxante vibrar por todo o meu ser, muito além do corpo, o choro vinha, cada vez mais forte. Eu apertei a mão dele, que me abraçava pelo tronco e, enfim, entre fungadas e soluços, consegui falar:

— Eu estou bem, é uma catarse, eu acho. Desculpa.

Ele me tranquilizou com um "shhhhh" baixinho, com beijos delicados na minha cabeça e com sua voz, sussurrando:

— Está tudo bem, deixa fluir. Relaxa no meu abraço, está tudo bem.

Chorei até adormecer. Por algumas vezes, durante a noite, parte de mim despertava apenas para sentir o braço de Cristian me envolvendo, ou sua perna enroscada na minha, ou sua respiração quente no meu pescoço. De repente despertei por inteiro, ouvindo Cristian pular da cama e vendo o dia já claro pela janela. Ele correu para o banheiro e eu me levantei devagar. Fui até meu quarto e olhei o celular. Cristian perdera a hora. Depois de ir ao banheiro também, corri para a cozinha a fim de adiantar o café da manhã, enquanto ouvia o chuveiro dele ligado. Fervi uma água para o chá e piquei algumas frutas. Ele veio correndo do quarto trazendo a toalha, de cabelos molhados e já pronto para sair.

— Bom dia — eu lhe sorri.

— Bom dia — ele tinha um sorriso tímido e correu para estender a toalha na área. — Perdi a hora.

— Eu sei. Preparei o chá e umas frutas.

— Muito obrigado, mas não dá tempo, estou muito atrasado. Nunca atrasei uma aula — ele falava aflito, voltando da área para a cozinha.

— Então leva as frutas. Eu ponho numa vasilha — eu me apressava em procurar uma no armário.

— Não, tudo bem, eu faço jejum de vez em quando — ele já tinha meio corpo no corredor e torcia o tronco para falar comigo. — Eu te encontro na faculdade pra gente pegar suas coisas no Marcos. Até mais.

— Até mais, meu amor — falei em tom decrescente, vendo-o correr rumo à porta de saída.

Voltei-me para o armário para pegar uma caneca. Ouvi Cristian voltar correndo. Olhei para trás e o vi se aproximar com um pequeno sorriso e me abraçar apertado, em silêncio. Eu o apertei também e relaxei a cabeça em seu ombro, suspirando. Ele alisava minhas costas e beijava meu ombro, meu pescoço e minha cabeça. Depois, apoiou a cabeça sobre a minha e também suspirou.

— Ai, me desculpa, Cristian. Estou mexendo com sua rotina, estou…

— Caterine, Caterine — ele dizia, sem descolar o corpo e a cabeça de mim —, nós estamos mexendo com a nossa rotina. Eu estou muito consciente do que estou vivendo e do que estou me permitindo viver.

— Que bom. Agora vai, pra não se atrasar mais ainda — eu falei, tentando me afastar dele, mas ele não deixou.

— Só uma vez na vida — ele disse com brilho de sorriso — eles vão me perdoar. Eu já me perdoei.

Eu sorri e beijei seu ombro, dizendo em seguida:

— Sobre ontem à noite, quero falar tantas coisas.

— Sim, vamos conversar bastante esta noite — ele me apertou mais. — E obrigado por estar aqui.

Enfim ele me soltou, deu-me um beijo rápido e saiu correndo.

O dia seguiu maravilhoso, quando eu me lembrava da noite anterior e sentia seus efeitos em mim. Mas o dia também corria com certa tensão, quando eu pensava que teria que encarar Marcos à noite em sua casa. No fim da aula, como o prometido, Cristian estava lá, com um sorriso contente e um abraço acolhedor para mim.

— Eu posso dirigir até lá, conheço bem o caminho — falei, quando entramos na caminhonete.

— Não precisa, você pode ser meu GPS humano — ele rebateu com calma, ligando o veículo.

— Mas minha visão está perfeita hoje. Estou com saudades de dirigir. Por favor, só hoje — eu sorria, jogando todo o meu charme.

— Confia em mim — ele falou de forma solene, olhando nos meus olhos e segurando minha mão. — Não precisa agir como se nunca mais fosse enxergar. Já pensou que, se o tratamento experimental está dando certo, daqui a pouco ele vai estar disponível pra todo mundo?

— Por um preço absurdo, sim, vai estar — rebati, desanimada.

— Se for isso, tudo bem, a gente vende a roupa do corpo, a gente faz uma campanha, a gente encontra uma solução quando for a hora de encontrar uma solução.

Concluiu a frase com um aperto mais forte em minha mão e depois a soltou. Olhou para a frente e saiu com o carro. Eu suspirei, virando o rosto para a janela. Logo voltei a olhá-lo, admirada com sua assertividade, com sua beleza, com sua serenidade. Ele me olhou esboçando um sorriso. Joguei um beijo a ele e ele me retribuiu com um carinho na cabeça.

Seguimos mais ou menos calados. Eu apenas o orientava quanto ao caminho, e o resto do tempo passei amargando uma crescente tensão à medida que nos aproximávamos da casa de Marcos. Chegamos lá, adentramos o condomínio e estacionamos bem em frente à casa. Toquei a campainha e quem nos recebeu foi uma mulher, jovem e bem arrumada, tentando ser simpática.

— Boa noite — eu falava séria. — Combinei com o Marcos de pegar umas coisas.

— Ah, sim, ele já deixou tudo aqui na sala — ela forjava um sorriso elegante.

Educadamente, eu e Cristian pedimos licença e entramos. Várias caixas de papelão estavam sobre o tapete. Eu me sentia péssima e constrangida. Conferi a primeira caixa e vi roupas minhas, simplesmente jogadas ali. Cristian, falando baixo, recomendou que eu conferisse a segunda e ele levaria duas a duas para a caminhonete. Ele levava a primeira dupla, uma sobre a outra, e Marcos, com o braço ainda imobilizado, mas sem tipoia, veio do segundo andar.

— Boa noite, Caterine. Trouxe um carregador particular.

— Boa noite, Marcos — Cristian, com sua postura mais distinta, virou-se para cumprimentá-lo, e logo retomou o rumo para a porta.

— Oi, Marcos — eu dizia, com a voz grave. — Obrigada por ter juntado minhas coisas.

— Ah, foi um prazer — ele falava com ironia, atravessando a sala. — E na verdade a Verônica que juntou. Falando nela, com licença, ela está me esperando ali na varanda. Fique à vontade.

Em silêncio, continuei conferindo e liberando as caixas para Cristian, que, agora já sem casaco, carregava tudo sem esforço para a carroceria. A toda hora, eu olhava para a varanda quando Cristian passava por lá para chegar ao carro; eu temia que Marcos dissesse mais alguma gracinha a ele. Mas meu ex-marido, mesmo que ainda marido no papel, estava mais interessado em me mostrar que já tinha uma namorada. Ela estava sentada em seu colo e eles tomavam um drink. Quando eu conferia a última das nove caixas, onde encontrei meu notebook, HDs externos, caixinhas de som e outros aparatos eletrônicos, vi o chuvisco incômodo na visão de novo. Junto dele, a dor de cabeça e um mal-estar no corpo, uma fraqueza. Eu já estava desconfortável o suficiente, e agora, com aquilo voltando, senti-me completamente desestabilizada. Cristian parou de pé ao meu lado; eu estava ajoelhada em frente à caixa, piscando repetidas vezes os olhos.

— Tudo bem? — ele perguntou baixinho, inclinando o tronco para me falar mais perto.

— Não me sinto muito bem.

— Essa é a última caixa, já vamos embora.

Ele pegou a caixa do chão e eu me levantei devagar, zonza.

— Espera — eu o chamei baixo. — Deixa eu segurar no seu braço, minha visão está estranha.

— Respira devagar. Eu vou andar mais lento a sua frente e você me segue. Você é forte, Caterine. Sai daqui com a postura ereta. Vamos.

Como o combinado, ele caminhou devagar a minha frente e, tentando não abaixar a cabeça para olhar o chão, eu o segui. Atravessando a varanda, Cristian os cumprimentou com polidez; apenas Verônica respondeu. Com a postura de uma bailarina, passei e olhei rapidamente para o casal, dizendo:

— Muito obrigada e boa noite pra vocês.

— Por nada, Caterine — Marcos continuava com a ironia escorrendo por sua voz.

Cristian ajeitava e cobria as caixas com uma lona na carroceria. Tive uma pequena dificuldade de encontrar a maçaneta da porta do carona; a caminhonete era escura e a luz, da casa e do poste, era pouca. Nervosa, mas sem olhar para o lado, encontrei a maçaneta, abri a porta e já ia entrar, quando ouvi Marcos dizer, em minha direção:

— E, Caterine, aproveita seus últimos dias de visão.

Eu estaquei; meu sangue ferveu, minha garganta se fechou; não soube o que fazer. Cristian, que já se encaminhava para sua porta, voltou apressado, parou ao meu lado, estufou o peito, ativou os músculos sob a camiseta de mangas curtas, olhou Marcos com seu melhor olhar e falou:

— Ela está aproveitando muito bem.

E me tocou nas costas, conduzindo-me para dentro do carro. Eu me apressei, ele me esperou me acomodar e fechou a porta. Mesmo com o chuvisco nos olhos, vi claramente Marcos mostrar o dedo do meio. Rapidamente, Cristian deu a volta, assumiu a direção e saiu com o carro. Com todo o mal-estar, agora eu sentia uma crescente vontade de rir. Abaixei a cabeça e comecei a rir em silêncio. Cristian respirava meio tenso. De repente, falou:

— Meu Deus, o que foi que eu fiz?

Meu riso se soltou agora com som. Meio assustado, meio engraçado, ele continuou:

— Eu tive um surto de vaidade, de orgulho, de sei lá o quê. Pai, me perdoa. O que está acontecendo comigo?

A essa altura, eu deixava fluir minha gargalhada mais sonora, com a cabeça relaxada no encosto. Cristian olhava para cima e unia as mãos em prece, entre uma controlada e outra no volante, e repetia:

— Pai, me perdoa. Eu não sou isso; eu não era isso.

— Não se arrependa, você foi incrível, incrível! — eu o apoiei.

— Eu fui horrível. Perdão, ó pai.

Ainda ri um bocado dele, até perceber meu riso ir se transformando em choro. Sem nada dizer, ele tocou minha cabeça e me confortou com carinhos relaxantes. Ainda fungando, perguntei:

— Lembra quando um dia eu te pedi pra me curar e você disse que talvez fosse melhor eu não enxergar? Era tudo isso o que você via? Minha história com o Marcos?

— Não. Mas esquece isso. Acho que o perigo já passou, esquece isso.

Seguimos em silêncio. Apenas o som vibrante da caminhonete, aquele som que se tornava cada vez mais aconchegante para mim, por vir sempre acompanhado e controlado por Cristian, ricocheteava nos veículos que passavam por nós e retornava mais forte aos meus ouvidos. Eu refletia bastante sobre tudo aquilo, sobre o fim com Marcos, sobre o início com Cristian e os novos rumos da minha vida, em breve sem visão de novo. Chegamos, botamos as caixas para dentro e Cristian me sugeriu que relaxasse num banho rápido enquanto ele prepararia o jantar. Realmente me senti bem melhor depois do banho. Comemos pasta ao pesto e salada de folhas. Durante o jantar, perguntei sobre Mariana e sobre notícias do advogado. Ele reagiu com tanta tristeza que quase me arrependi de ter perguntado. Suspirou pesaroso e respondeu:

— Nenhuma notícia, nem de um nem de outro. Não me deixam nem mais falar ao telefone com ela, só dizem que ela está bem, e nem sei se passam meus recados.

— Eu sinto muito, Cristian, muito mesmo — eu toquei seu braço, com meu coração na voz.

— Vai ser o primeiro final de semana sem ela em não sei quantos anos. Ainda não consigo imaginar como vai ser isso.

Esfreguei suas costas de forma animadora e disse com um princípio de sorriso:

— Vamos fazer muitas coisas boas nesse fim de semana. Vamos preencher o tempo com muita meditação, remada, faxina na casa, o que você quiser.

Ele me olhou esboçando um sorriso. Continuei:

— E sobre a adoção, nada está perdido, vamos reverter essa situação. Onde está a sua fé? Lembra do sonho, das sete noites, o sinal de Deus.

Ele ergueu a cabeça, limpou a boca com o guardanapo, pegou minha mão e a beijou com carinho.

— Obrigado, Caterine — falou baixo.

Depois do jantar e de deixarmos a cozinha arrumada, meditamos um pouco na grama. Quando nos levantamos, relaxados, minha visão estava quase sem chuvisco. Entramos cada um para seu quarto e nos preparamos para dormir. Ele não precisava dizer, mas eu compreendia que, ao menos naquele princípio de tudo, deveríamos continuar cada um na sua cama. Tudo acontecera muito rápido e ele, depois de tanto tempo sozinho, precisaria de mais tempo para se adaptar, e eu queria que essa adaptação não fosse sofrida nem conflituosa. Eu então me deitei enquanto ouvia o chuveiro dele. Quando ele terminasse, eu iria dar "boa noite" e voltar para meu quarto. Logo ele terminou, vestiu-se mais rapidamente do que eu previa e apareceu na porta do quarto, dizendo:

— Você prefere mesmo dormir sozinha hoje?

Eu ri por uns segundos e respondi:

— Achei que seria melhor pra você.

Ele caminhou até minha cama e se sentou ao lado de meus quadris, voltado para mim. Pegou minha mão e disse:

— É claro que… não é toda noite que deve ser como a noite de ontem.

— Eu acho que morreria.

Ele riu baixando a cabeça, como um menino tímido. Eu ri sonoramente e passei a também acariciar sua mão. Retomando sua fala tranquila e segura, ele continuou:

— Penso que praticar uma vez por semana vai nos ajudar a manter o equilíbrio. Assim, não banalizamos a prática e ela continuará sendo boa e especial.

— É, mas com a prática se chega à perfeição, e você mesmo disse que, pra aprender a controlar a ejaculação, precisa de muita prática — ponderei, com ar de vitória.

Ele suspirou segurando um sorriso e revirando os olhos, buscando o que dizer. Eu ri uma gargalhada gostosa; sua cara e sua falta de argumentos estavam muito engraçadas. Ele ficou vermelho e ri mais ainda. Depois me controlei e disse:

— Estou brincando. Eu entendi sua proposta da prática semanal e suas razões. Mas às vezes o desejo vem sem hora marcada, e também é tão gostoso quebrar a rotina.

— Sim, às vezes é. Vamos encontrar nosso equilíbrio.

— Sim, meu amor, nós vamos — eu o acariciava intensamente.

— E eu acho sim que devemos cada um manter seu espaço individual, seu quarto, sua privacidade, sua solitude, mas acho também que… tem noites, como hoje, que precisamos ficar juntos, e só estar juntos, abraçados, e nada mais.

Sua fala me trazia algo de vulnerabilidade, e foi bonito percebê-lo assim, tão humano. Eu ergui o tronco devagar e beijei repetidas vezes sua mão, dizendo em seguida:

— Concordo.

Com um princípio de sorriso, ele se levantou e me puxou pela mão. Caminhamos em silêncio até seu quarto, rezamos ajoelhados e nos deitamos, ele de barriga para cima e eu de lado, fazendo seu braço de travesseiro e enroscando minha perna na dele. Eu afagava seu peito sobre a camiseta e ele disse:

— Estou pensando em comprar uma cama maior, pra essas noites como hoje, aí a gente não se aperta.

— Um apertinho de vez em quando é bom — falei, abraçando seu corpo com vontade.

Ele riu brevemente. Em seguida suspirou, olhou para o teto e falou, em tom solene:

— Deus, me proteja das garras das paixões humanas. Eu já quero comprar uma cama maior, mais cedo eu tive um surto de vaidade. Proteja-me do feitiço dessa mulher chamada Caterine.

Eu ria, e ele me olhou com um sorriso de boca fechada. Eu o beijei nos lábios e disse:

— Sabe por que você caiu no meu feitiço e nas garras da paixão? Porque você é humano, Cristian, por mais que você busque sua natureza divina o tempo todo, você é humano.

Ele suspirou lentamente, virou-se de lado na cama, de frente para mim, tocou meu rosto com afagos angelicais e disse, com aquela sua firmeza delicada na voz:

— Obrigado, Caterine, por ser quem veio me mostrar tantas coisas, tantas fraquezas minhas que eu desconhecia, e que precisavam vir à tona pra que eu tome consciência delas e cuide delas, converse com elas e as supere. E obrigado principalmente por me trazer tantas alegrias, tantos sentimentos e momentos maravilhosos. Eu me sinto muito mais amado do seu lado, por você e por Deus, e por Deus através de você. Foi minha melhor decisão aceitar que Deus queria me dar um grande presente me trazendo você de volta. Tenho agradecido a ele várias vezes ao dia por ser tão bom pra mim. Eu estou falando demais, eu sei...

Eu ri, fazendo que "não" com a cabeça e acariciando seu rosto. Ele concluiu:

— Mas eu só queria que você soubesse. Se alguma coisa nos afastar amanhã, não deixei de te falar que você me faz muito mais feliz, e que eu amo você.

— Também amo você, meu querido Cristian.

Nós nos curtimos ainda por um bom tempo, trocando beijos delicados e muito carinho, até adormecermos abraçados.

Na manhã seguinte, tudo começou normal, apesar de minha visão ter amanhecido com incômodos chuviscos intermitentes. Cristian se levantou bem cedo, rezou, foi para o quintal fazer sua sequência de exercícios, correu pela mata, voltou, tomou banho, tomamos café juntos e ele foi para o centro de treinamento. Eu teria faculdade à tarde e só nos veríamos em casa, à noite, depois que ele voltasse do atendimento fraterno que dava numa comunidade perto dali. Mas nossa rotina foi quebrada por um telefonema inesperado.

Capítulo 16

Irmã Graça, freira diretora do orfanato, dizia a Cristian ao telefone que a mãe de Mariana a pegaria para um pequeno passeio na praça mais próxima à instituição e que ele então, se passasse "casualmente" por ali, poderia ver a menina. Ah, e pedia que ele não contasse a ninguém sobre aquele telefonema. A voz dele ao me contar tudo isso estava radiante, e ele me convidava para encontrá-lo no centro de treinamento, de onde poderíamos ir juntos até Mariana. Depois nós dois almoçaríamos com Paulo, seu irmão mais velho, a quem Cristian queria logo me apresentar. Achei o plano incrível e me ajeitei correndo. O chuvisco que enfraquecia minha visão ia e vinha. Em uma hora eu estava lá, assistindo ao final da última aula do professor Cristian. Seguimos na caminhonete até a tal praça, não muito grande, com bancos de madeira e partes gramadas. De longe ele avistou Mariana, acompanhada de um casal e de uma outra mulher. Ele agora era só sorriso e eu era contagiada por sua felicidade. Louco para correr e abraçá-la, ele estacionou na primeira vaga que encontrou. Pensei ter visto a sinalização de "embarque e desembarque", mas logo ele voltaria ali e daria um jeito nisso, mudando o veículo de lugar. Mariana estava sentada na grama com o casal, e virou-se para olhar a caminhonete assim que chegamos.

— Ela conhece o som — Cristian explicou com orgulho. Assim que nos viu, Mariana abriu um grande sorriso e se levantou. Correu feito uma bala em direção ao carro, e era incrível como ela conseguia velocidade se apoiando basicamente em uma perna, meio saltitando. Ele saiu do carro o mais rápido que pôde para recebê-la em seus braços. Já na calçada, ele a pegou no colo e rodou com ela. Ganhando muitos beijos na cabeça, ela ria para mim e chamava meu nome. Fechei a porta do carro e corri para abraçar os dois ao mesmo tempo. Ela estava linda, com aquele cabelão solto, calça rosa estampada, tênis branco com detalhes rosa, blusa branca. E ficava ainda mais linda com o rosto iluminado pela felicidade de estar nos braços de Cristian. Eu não podia parar de sorrir ao rever aquela menina, que despertava algo luminoso em mim desde o primeiro momento, tão pequena em meu colo. O casal e a outra mulher se aproximaram e nos cumprimentaram com certa reserva.

— A senhora deve ser Lúcia — Cristian sorriu e estendeu a mão para a mulher mais jovem.

— Sim. E você deve ser Cristian — ela, com a voz tensa e aguda, apertou a mão dele, tímida.

— Ele que me batizou e sempre cuidou de mim — disse Mariana, com orgulho.

— Bom, e essa é Caterine — Cristian se apressou em me apresentar.

— Muito prazer — Lúcia dizia, constrangida. — E esse é meu esposo, Anderson. E ela é a assistente social, a Jane.

Depois de todos apresentados e cumprimentados, fomos nos sentar num banco de madeira em frente a uma parte gramada. Os adultos se sentaram, mas Mariana logo tratou de puxar Cristian pela mão até o meio do gramado. Ele tentava resistir e, rindo, pedia que ela esperasse um pouco. Ela o puxava com força, flexionando sua perna forte para ter mais base para puxar o pai. O casal os olhava com decepção; a assistente social tinha uma expressão emburrada.

— Eles estavam com muitas saudades — eu expliquei, com sorriso e leveza na voz.

Por fim, Cristian pegou Mariana pelas pernas e pelos quadris, de um jeito torto, quase de cabeça para baixo, um jeito que a fez gritar e rir, e a trouxe de volta para perto do banco. Rindo também, sentou-se na grama aos nossos pés e colocou a menina sentada ao seu lado. Em um segundo, ela já tinha pulado e se aconchegado no colo dele.

— E então? Do que vocês estavam brincando? — ele alternou o olhar entre todos no banco.

— Ah, de nada — Mariana se apressou, com uma pontada de tédio na voz. — Só falamos, falamos…

— Bom, eu tenho uma brincadeira — ele falava animado. — É o jogo do favorito.

— Favorito? — Mariana indagou com estranheza.

— É assim: eu falo uma coisa e cada um que está aqui tem que falar, bem rápido, qual é a sua coisa favorita. Por exemplo: se eu falar "música", cada um fala qual é sua música favorita.

— E quem ganha? — ela perguntou, relaxada no colo dele e recebendo seus afagos.

— Quem decorar o máximo de respostas dos outros participantes no fim de tudo — ele respondeu certeiro. — Comecei: cor!

— Amarelo! — gritei.

— Rosa! — Mariana, sorrindo para mim.

— Lilás — Lúcia, com timidez, mas com uma esperança de sorriso no rosto.

— Vermelho — Anderson, desconfiado.

— Azul — a assistente social, com má vontade.

— Ótimo. Agora a segunda rodada. E Mariana, presta bastante atenção na resposta de cada um. E o tema é... comida! — Cristian anunciou.

— Espera — Mariana protestava. — Você não falou sua cor, que é verde, eu sei.

— Obrigado, eu tinha me esquecido — ele falava rindo. — Agora comida.

— Macarrão — Mariana começou, brincando com os cabelos dele.

— Lasanha — a assistente social, com um pequeno sorriso de quem começou a entender o objetivo da brincadeira de Cristian, que só estava tentando ajudar mãe e filha a se conhecerem melhor.

— Estrogonofe — declarei, animada.

— Arroz e feijão — Lúcia, rindo de leve.

— Ai, essa brincadeira tá dando fome — Mariana reclamou com dengo, afundando-se no colo de Cristian.

Lúcia olhou para os lados, para o entorno da praça, e disse:

— Vamos procurar alguma coisa bem gostosa pra você, Mariana. Fica aqui brincando que já voltamos. Vem, Anderson.

E se levantou, puxando o esposo pela mão, disposta a agradar de todo jeito a filha e, ao mesmo tempo, parecendo dar um certo espaço a Cristian.

— Agradece, filha — Cristian sussurrou a Mariana.

Sem muita vontade, ela agradeceu, num volume que, certamente, a mãe jamais ouviria. Logo em seguida se levantou sorrindo e, puxando Cristian para cima, convidou:

— Vamos fazer estrelinha?

— Mari… — ele se mantinha firme no chão.

— Você me segura? — ela insistia.

— Mariana, senta aqui de novo, por favor.

Ele estava muito sério. Ela baixou a cabeça e se sentou novamente em seu colo. Ele a beijou demoradamente na cabeça e disse:

— Meu amor, ela é sua mãe, e merece, no mínimo, nosso respeito.

— Mas eu não quero ficar com ela, eu quero ficar com você — ela começou a chorar.

— Mariana, pode parar de chorar, agora. Não estamos falando disso; independentemente do que vier a acontecer no futuro, ela é sua mãe, ela colocou você no mundo, e é só por isso que você está viva aqui e agora, e é só por isso que eu posso te abraçar assim, é só por isso que a gente pode brincar junto, porque se ela não existisse e não tivesse feito você, eu nunca teria te conhecido, e eu seria uma pessoa muito triste sem você.

Ela o ouvia reflexiva. Jane exibia um olhar respeitoso para Cristian. Meu coração transbordava de admiração por aquele homem e sua nobreza. Ele presenteou Mariana com mais beijos na cabeça, pegou-a nos braços, levantou-se com ela, colocou-a de pé no chão e anunciou com alegria:

— Só até sua mãe voltar, vamos fazer estrelas.

Os dois correram para o centro do gramado e eu fiquei conversando com Jane. Para ela, agora estava bem claro o quanto os dois se amavam e se faziam bem. Durante a prosa, peguei o celular e fiz algumas fotos e pequenos vídeos dos dois na grama. Com o suporte das mãos de Cristian em seus quadris, Mari dava estrelinhas. Depois, começou o treino de parada de mão. Ele começou demonstrando. Vi suas chaves, do carro e de casa, caírem de seu bolso. De cabeça para baixo, e explicando sobre força e equilíbrio a Mariana, ele pareceu não se preocupar. Corri, peguei as chaves da grama e botei no meu bolso. Aproveitei e fiquei ali mesmo, de pé sobre a grama, fazendo fotos e vídeos mais de perto. A criatividade dos dois para novas brincadeiras e macaquices não tinha fim, e eu me divertia com a felicidade deles. Entre um vídeo e outro, avistei dois guardas rodeando a caminhonete. Lembrei-me da sinalização na vaga e guardei o celular no bolso.

O ressoar do sino da catedral viajava em ondas no céu azul. Corri o mais rápido que pude pela grama ensolarada. O cheiro revigorante do mar veio de encontro a mim numa brisa que corria na direção contrária.

— Bom dia. Esse carro é da senhora? — um dos dois guardas.

— Na verdade, é do meu… — "Namorado" foi a primeira palavra que me veio à cabeça, mas eu não podia dizer. "Amigo"? Não seria mentira. Mas, virando o rosto para trás e apontando para Cristian, resumi: — É dele.

O "ele" em questão rolava sobre a grama da praça enquanto Mariana corria claudicante tentando alcançá-lo com o pé. Ela enchia o ar a sua volta de gargalhadas infantis, e ele, entregue, divertia-se como outra criança.

— Mas eu posso tirar o carro — completei, rindo.

Um dos guardas riu também. O primeiro me mostrou uma vaga do outro lado da praça. Agradeci, entrei no carro e dei a partida. Aquele chuvisco na visão reapareceu de repente. Não, agora não — protestei em pensamento. Uma estranha sensação de déjà vu me envolveu. Contornando a praça, ainda olhei os dois na grama; ele corria com ela nas costas. Acho que não existe no mundo alguém mais feliz que esses dois — pensei, sorrindo. Mas um arrepio me tirou logo daquela contemplação, um arrepio descia pelo meu corpo parecendo trazer um alerta do inconsciente. Por via das dúvidas, redobrei a atenção e fiquei totalmente consciente das minhas mãos, dos meus pés e do meu campo de visão. Mais uma curva tranquila para a direita e um clarão, tão forte, tão forte. Pisquei os olhos freneticamente. O clarão se foi tão rápido quanto veio, mas ficou a neblina e a dor. Não agora! Escurecendo, muito rápido! Pisei no freio; foi o que tentei, mas esse não era o freio… Eu me desesperei, tudo preto, vertigem, dor tremenda, o ronco do motor acelerando. Cenas e sensações repentinas me confundiam ainda mais, como se meu cérebro vomitasse memórias, ou alucinações: um corpo estremecendo, um cheiro de capela, uma fala serena me aconselhando algo que eu não podia compreender… Gritei qualquer coisa, mas ouvi gritos lá fora além do meu. Minha cabeça doía de forma insuportável. Estava tentando parar, o carro não me obedecia mais, meu corpo não me obedecia mais, tudo estava longe, longe. Ainda senti o relevo mudar sob as rodas, depois o baque seco e um grito infantil. E depois, o nada.

Parte III

O anoitecer

Capítulo 17

Despertei lentamente, sentindo dedos gelados e aflitos em meu braço. Conforme meus sentidos, ao menos alguns deles, voltavam ao normal, senti cheiro de hospital e ouvi vozes. Senti minhas pálpebras se abrirem, mas nenhuma luz entrava.

— Caterine? — uma voz masculina e familiar.

Tentei falar, mas todos os músculos estavam pesados e lentos.

— Caterine, consegue me ouvir?

Agora eu podia reconhecer: era a voz de Marcos, que parecia ajeitar uma seringa em meu braço direito. Abri a boca e tentei falar, mas sem sucesso. Em tom muito grave, ele explicou:

— Você teve uma convulsão, agora descanse.

— Não vejo nada — consegui, com muito esforço, dizer.

— Eu sei. Bom, é uma pesquisa, não podíamos prever que seria tão rápido após a interrupção do tratamento, e nem que viria com uma convulsão. Você sentiu muita dor no carro?

— Sim — respondi, pensativa, começando a resgatar algumas lembranças.

— Então deve ter sido por isso a convulsão. Mas você já está medicada. Agora tenho que voltar ao consultório; eu vim assim que me chamaram. Já liguei pra sua mãe e ela está vindo.

— Mariana — eu dizia, aflita, lembrando-me dos gritos dela e do baque. — Como ela está?

— Quem é Mariana? — ele se reaproximou, com má vontade.

— A menininha. Acho que eu…

— Ah, ela está bem, parece que só se arranhou de leve quando Cristian empurrou ela da frente do carro.

— E onde ele está? — minha voz agora saiu com força.

— No centro cirúrgico. Ele chegou aqui em coma, com um traumatismo craniano e com uma fratura séria na perna. Pelo que contaram, a pancada foi forte.

Como se uma bomba tivesse caído sobre mim, eu sentia todas as minhas células queimarem de pavor. Minha garganta secou, meu coração saltava num ritmo alucinante. Marcos completou:

— É, Caterine, eu sabia que você era perigosa, mas não sabia que era tanto.

— Sai daqui! — eu passei a gritar, com toda a minha força. — Sai daqui! Não toca em mim!

Senti outras mãos me tocarem e outras vozes masculinas me pedirem calma. Ouvi meus gritos se transformando em choro. Senti pavor, senti ódio de mim.

Ou foram os calmantes que me aplicaram na veia ou foi um bloqueio natural do meu cérebro para tornar aquela experiência minimamente suportável, não sei; só sei que, a partir dali, as lembranças são vagas: lembro-me da Bruna me pegando no hospital, ela comigo na casa de Cristian e eu chorando copiosamente em seu abraço, depois ela mexendo nas minhas caixas e me perguntando o que eu queria levar, e eu, sem nenhuma força, deixando para ela a escolha; lembro-me de apenas ser levada para lá e para cá, sem resistência alguma; lembro-me do balanço de um ônibus de viagem e a mão da minha mãe segurando a minha; lembro-me de, por uma semana inteira, não conseguir comer, e só chorar em posição fetal e dormir na mesma velha cama onde dormi desde a infância até meus dezesseis anos. Sim, eu morava de novo na cidade onde nasci e cresci, só que agora num pequeno apartamento no centro da cidade, imóvel que Marcos me ajudara a comprar para minha mãe logo no início do casamento. Antes disso, minha avó já havia falecido e agora minha mãe morava com Isadora, uma sobrinha-neta de onze anos que ela ajudava a criar.

Minha mãe e Isadora faziam de tudo para me tirar da cama e me fazer comer, mas a dor era insuportável, e até pensamentos suicidas me passaram pela cabeça. A culpa, mais a dor pela perda da visão e a falta tremenda que Cristian me fazia eram demais para mim. Bruna às vezes me ligava, para saber como eu estava, tentar me animar e me dar notícias de Cristian, que continuava em coma e sem sinais de melhora. A cada vez que ela ligava, meu coração pulava com a expectativa, ou de uma notícia maravilhosa ou de uma trágica. E o medo dessa notícia trágica ajudava a me corroer a alma. Eu quase podia ouvir todos os meus fantasmas reunidos ao meu redor, sussurrando com prazer: "Bem-vinda, Caterine, à noite mais profunda, a noite sem saída e sem luar, e sem Cristian!". Era então o momento em que eu esperava, ansiava e gritava internamente por um milagre… Dessa vez, não para mim, mas para Cristian.

Na segunda semana, com tanta insistência da minha mãe e com todo o carinho da Isadora, uma menina muito meiga e sensível, eu conseguia comer, pequenas porções três vezes ao dia, mas já foi um começo, e já me permitia raciocinar melhor e me lembrar de que uma coisa eu poderia fazer por Cristian, e por mim também: rezar. Do meu jeito, passei a rezar várias vezes ao dia, em minha cama.

Na terceira semana, por culpa de Isadora, com sua doçura e sua imensa vontade de servir, algumas coisas mudaram: pesquisando na internet, ela descobriu como ativar o recurso de acessibilidade no meu celular, o mesmo recurso que eu utilizava até dois anos antes, o que me permitiu voltar a me comunicar com autonomia, por meio de um leitor de tela, que me falava, com uma voz sintetizada, toda informação escrita na tela, inclusive nas redes sociais. Isadora também passou a caminhar comigo toda manhã, no início por cinco ou dez minutos, era só o que eu aguentava, e depois o tempo foi aumentando. Sentindo cheiros diferentes lá fora, ouvindo o movimento, recebendo toda aquela doação paciente da priminha generosa, eu até tinha, ainda que por alguns segundos ou minutos, alguma vontade de viver.

Bruna agora não precisava mais me ligar, pois trocávamos mensagens no WhatsApp, mas ela não tinha novidades sobre Cristian, que continuava em coma. Enquanto isso, Marcos me enchia de mensagens, perguntando pela minha saúde e me chamando de volta, dizendo que esquecêssemos toda essa história de divórcio, que ele cuidaria de mim e que eu poderia voltar para a pesquisa. Eu não respondia suas mensagens e não atendia quando ele telefonava.

Uma manhã, em uma das caminhadas com Isadora, eu tropecei feio e quase caí. Meu pé sangrou e Isadora se sentiu muito culpada. Chorando, pedia-me muitas desculpas. Eu tentei tranquilizá-la e, chegando em casa, vi que era hora de voltar a usar algo. Abri uma grande sacola com algumas de minhas coisas, que Bruna preparara na casa de Cristian, sacola na qual até aquele momento eu havia me recusado a mexer, e resgatei a bengala amarela dada por Cristian. Ter aquele objeto entre as mãos fez-me reviver na mente cada momento com ele, desde a primeira aula de Educação Física na escola. Tudo o que ele me ensinara, todas as frases para me encorajar, todas as suas orações e palavras consoladoras, tudo foi sendo reacendido em mim, e eu chorei por horas, abraçada àquela bengala. Ao fim da catarse, eu estava decidida: se ele sobrevivesse ou não, e se, sobrevivendo, continuasse comigo ou não, eu o honraria, pondo em prática tudo o que ele me ensinara, eu honraria cada segundo, cada palavra e cada atitude amorosa que ele dedicara a mim. A primeira coisa que botei em prática foi o exercício físico e a meditação, todas as manhãs, no meu quarto mesmo. A segunda coisa foi utilizar a bengala nas caminhadas com Isadora, assim eu me defendia melhor dos buracos, degraus e terrenos irregulares, e tirava da priminha uma responsabilidade que não deveria mesmo ser dela. A terceira coisa foi voltar a ter autonomia em casa, reaprendendo a fazer tudo o que eu já fazia antes, agora sem visão. Ouvindo a voz de Cristian em minha mente a cada segundo, eu seguia suas orientações: "Respira devagar; ativa sua intuição, ela existe; pensa no objeto que quer encontrar, visualiza na mente; imagina o caminho; sente o ambiente, você enxerga com seu corpo inteiro; ouve a ressonância dos seus passos, dos seus sons; você é forte, Caterine." Muitas vezes chorando, eu voltei a caminhar pela casa sem me escorar nas paredes, eu voltei a manter uma postura ereta, voltei a manusear os eletrodomésticos e a cuidar das minhas próprias roupas e voltei até a cozinhar. E, depois de um mês, eu já voltava até a me arriscar em saídas rápidas só com a bengala e sem Isadora.

Um belo dia, voltando sozinha da padaria, a uma quadra de casa, ouvi uma voz feminina, vindo do chão, da soleira de algum comércio ainda fechado, pois era pouco mais de sete da manhã. A voz, desgastada e debochada, disse:

— Olha quem voltou. A ceguinha está de volta.

Eu não conhecia aquela voz, mas tive certeza de que se tratava de alguém que me conhecia, então parei. Ela riu sem voz e voltou a falar:

— Cadê o padre pra te proteger? E ele? Continua te comendo? Era o que o povo da escola dizia quando vocês dois sumiram de lá.

— Érica?

Ela ficou muda. Eu então me aproximei devagar.

— Érica? É você?

— O que é que você quer, baixinha? Rir de mim agora que eu moro na rua? Jogar na minha cara que mesmo cega você tem dinheiro pra comprar um pão? O que você quer?

Eu continuei me aproximando, e a cada passo o mau cheiro que vinha dela era mais intenso. Encontrei no chão, com a bengala, uma textura de papelão.

— Calma, eu não vou te bater com isso — eu falava, buscando inspirar serenidade. — Aliás, se quiser, pode me bater, me beliscar, eu não ligo, não. Mas você aceita um pão? Está quentinho ainda — e ofereci o embrulho de papel.

Como resposta, só o silêncio. Meu coração palpitava, mas me lembrei do que Cristian, então padre e professor, falara sobre ela aquela vez e insisti em tentar dissolver o medo com uma atitude de amor. Ainda sem resposta, eu me abaixei e me sentei no chão.

— Pode pegar, Érica. Não está envenenado e vai matar sua fome.

Ela pegou o embrulho, tirou um pão e me entregou o restante. Empurrei de volta a ela, dizendo:

— Fica pra te alimentar ao longo do dia. Eu compro mais. Aliás, me deixa pegar um, vou comer aqui com você. Por que você tá na rua?

Eu a ouvi mastigando. Depois de alguns segundos, com a boca cheia, ela contou:

— Diferente de você, nunca tive ninguém pra me proteger, Caterine, nem na escola e nem em casa. Quando eu entendi o que meu pai fazia comigo em casa sempre que tava só nós dois, e quando eu vi minha mãe morrer de tanto apanhar dele, eu decidi sair, sem ter ideia pra onde ir.

Admirei sua coragem de escolher a rua e, em teoria, correr ali todo tipo de risco. A partir daquele dia, eu deixava um pão e um copo de café com ela toda manhã na volta da padaria. No almoço e na janta, eu cozinhava um pouco a mais e levava um prato de comida a ela. Muitas vezes, eu ficava e conversávamos um pouco. Um dia, contei a ela toda a minha história. Contei sobre Marcos, sobre Cristian e Mariana, e ela chorou comigo, e disse que estaria torcendo por Cristian. Conversávamos sobre muitas coisas, e eu, buscando estimulá-la a voltar a estudar e a se reerguer, passei a levar livros para ela, da biblioteca da minha mãe e de Isadora. Um mês depois daquele primeiro encontro, ela já se levantava e me guiava, quando me via sair sozinha do meu prédio, para onde eu quisesse ir. Um dia, perguntei se ela me levava até nossa antiga escola, e ela disse que não, pois seu pai ainda morava na comunidade, mas disse que poderia me pôr no ônibus que ia até lá, e aceitei assim. Depois de descer no ponto em frente à escola, orientada pelo motorista, caminhei com dificuldade até o portão, já que a calçada estava bastante destruída. Um vigia me recebeu, e eu disse que queria falar com padre Gabriel. Em alguns minutos, padre Gabriel veio me receber, muito surpreso. Eu sorri e falei:

— Posso conversar com o senhor? De preferência, na capelinha. Tenho muitas saudades de lá.

Simpático, e com a voz mais envelhecida e cansada, ele me ofereceu o braço e me conduziu, cuidadoso, até a pequena capela do segundo andar. Sentir de novo o cheiro daquela escola, da madeira da capela, era muito impactante para mim, e só me fazia pensar em Cristian. Nós nos sentamos lado a lado no primeiro banco perto do pequeno altar. Ele me contou que não era mais diretor e que agora assumia a função do padre Chico, que falecera havia alguns anos. Eu resumi minha vida até ali. Contei do reencontro com Cristian e do nosso princípio de algo que se pretendia um relacionamento, mas que agora eu não fazia ideia do que aconteceria com esse relacionamento porque não sabia nem se Cristian sobreviveria. Contei o quanto me sentia culpada pelo estado dele e o quanto me desesperava pensar no pior. Padre Gabriel me ouvia paciente, e encerrei perguntando:

— Padre Gabriel, será que Deus está nos punindo? Eu sei que cometi sucessivos erros, fui impulsiva, teimosa, não ouvi os sábios aconselhamentos que Cristian, ainda padre, me deu aqui mesmo, nesta capela. Mas e quanto a ele? Não deveria estar comigo? Seria todo esse desastre um sinal de Deus, dizendo que não devemos estar juntos?

O padre riu com carinho. Na voz rouca e envelhecida, um tom de quem sabe muito mais do que aparenta saber:

— Caterine, Deus é infinita bondade e amor profundo. Ele não pune ninguém, apenas educa. E por que Deus puniria um amor tão honesto e antigo?

— Meus olhos se arregalaram. Ele continuou, com um sorriso acolhedor na voz:

— Sim, todos nós víamos. E sempre admirei Cristian por sua integridade e por seu empenho em fazer por você o máximo que ele pudesse, mas sem deixar de cumprir sua missão como sacerdote. Do jeito que ele podia, ele te amou desde o início.

Meu coração se aqueceu e meu rosto se congestionou. Ele prosseguiu:

— Acha mesmo que, se Deus não abençoasse vocês dois juntos, teria permitido esse reencontro numa cidade tão grande e cheia de gente? Por que Deus teria colocado Mariana no caminho de Cristian senão para mostrar que a missão dele não era mais aqui dentro?

Arrepios calorosos percorriam meu corpo. Levei as mãos ao rosto para secar algumas lágrimas.

— Deus tem um propósito pra tudo em nossa vida. Fique em paz, confie e um dia vocês vão conseguir ler as entrelinhas desse grande poeta que tudo sabe e cria, desse grande maestro que tudo rege com suas leis de amor.

Ele concluiu com um riso amoroso e um afago em minha cabeça. Eu sorri, sentia-me um pouco confortada e otimista. Ele rezou por mim, por Mariana e, especialmente, pela recuperação de Cristian, abençoou-me e me conduziu de volta até o portão de saída, não sem antes dar comigo uma passadinha no ginásio esportivo, a meu pedido. Sentir o cheiro e a ressonância daquele lugar parecia me levar para perto de Cristian, e eu me emocionei.

No portão, padre Gabriel me dava coordenadas de como chegar até o ponto de ônibus, a só duas quadras dali, quando um homem, que parecia passar pela calçada, pegou minha mão de repente e disse, com a voz um tanto rude:

— Eu levo ela.

Padre Gabriel pareceu desconfiado e, relutante, segurou minha outra mão, buscando o que dizer. O homem, cheio de convicção, insistiu, começando a me puxar pela calçada:

— Eu conheço ela, é a Caterine. Eu levo ela no ponto, padre, fica tranquilo.

Padre Gabriel me abençoou, agradeci e fui com meu guia apressado, não sem antes soltar a mão do homem e segurar em seu cotovelo, explicando que assim eu percebia melhor sua condução. Ele aceitou a mudança e se esforçava para me avisar e desviar comigo dos constantes buracos na calçada semidestruída.

Seu cheiro era pesado, cigarro com mais alguma coisa que eu não sabia distinguir, talvez perfume barato. Seu braço era largo, parte músculo bem desenvolvido e parte gordura, e ele parecia alto.

— De onde você me conhece? — perguntei, esboçando um sorriso.

— Daqui mesmo. Você tava sumida. Sua mãe é a Kátia, não é?

— Sim. E você? Qual é seu nome? — com a voz aos solavancos por causa dos passos fundos e rasos no chão irregular.

Ele demorou a responder. Parecia dividir a atenção entre muitas coisas ao redor. Sua voz demonstrava que ele olhava constantemente para todo lado.

— Fábio. Eu que mandei darem um susto naquele padre que te maltratou — contou, com certo orgulho.

Meu coração gelou, e preferi não responder, não aprofundar aquele tema. Ele prosseguiu:

— Na verdade era pra matar, mas os moleques eram ruim de mira, e acabaram machucando a Marianinha.

— Você conhece a Mariana também? — eu me admirei.

Ele ficou em silêncio de novo, depois respondeu:

— Conheço muita gente aqui. Já fiz muita besteira na vida, menina.

Com aquela frase meio desconexa, ele parou comigo no ponto de ônibus. Pensativa, tentando ligar os pontos das frases daquele sujeito, soltei seu braço.

— Pode segurar em mim. O ônibus já tá vindo e vou te botar lá dentro.

Agradeci e busquei de novo seu cotovelo, meio desconfortável. Ouvi o aproximar do ônibus e, enquanto me encaminhava para dentro do veículo, ele disse:

— Eu namorei sua mãe. Senta aí atrás do motorista. Vai com Deus.

E, depois de recomendar ao motorista que cuidasse de mim, desceu do ônibus. Eu me sentia muito esquisita, tentando, enquanto experimentava as subidas e descidas da geografia local, decifrar as falas e o jeito daquele homem enigmático e, certamente, membro de alguma das facções criminosas da região. Ou, quem sabe até ele fosse o dono do morro. E, o pior: sendo uma coisa ou outra, sim, ele poderia ser o meu pai.

Cheguei em casa decidida a conversar com minha mãe. Meu pai era assunto proibido em casa desde sempre, mas eu teria que mexer nesse vespeiro de novo. Só que eu precisaria encontrar o momento exato de abordar o assunto, ou ela perderia a calma, levantaria a voz e encerraria a conversa.

Naquela altura, Bruna me mandava mensagens cada vez mais esporádicas, já que as notícias que ela conseguia de Cristian, por meio de conhecidos que ela tinha no hospital, eram sempre as mesmas: coma profundo sem sinais de melhora. Marcos, por sua vez, continuava insistente nas mensagens, chamando-me de volta. Eu agora o respondia, pedindo que ele assinasse logo nosso divórcio, mas ele desconversava e tentava me fazer desistir dessa ideia.

Em casa, eu estava cada vez mais autônoma, usando minha intuição e a tecnologia, como aplicativos que me ajudavam a identificar embalagens, cores e notas de dinheiro e com muita leitura pela internet. Definitivamente convencida de que a arquitetura não era meu caminho, novas ideias começavam a passar pela minha cabeça. Finalmente, eu estudaria dança; usaria tudo o que Cristian me ensinara sobre consciência e domínio corporal, encontraria um professor ou uma escola de dança, proporia algum tipo de permuta, já que eu ainda não tinha como pagar as aulas, e estudaria, de qualquer jeito. E se o professor alegasse que não estava capacitado para ensinar a uma pessoa cega, eu o capacitaria.

PARTE IV

A madrugada

Capítulo 18

Certa noite, Marcos me enviou uma mensagem, falando que iria até lá me ver. Eu respondi dizendo que não fosse de jeito algum, pois eu não o receberia. Era um sábado, e minha mãe estava em casa.

— Não seja tão dura com ele, Cat, todos merecem uma segunda chance — ela choramingava.

Eu já não a respondia quando o assunto era o Marcos. Por ela, eu teria continuado casada e enxergando, e com uma vida financeira muito confortável, mesmo infeliz, embora ela já não tivesse birra de Cristian, depois de todas as coisas incríveis que relatei sobre ele, e acho até que ela voltara a admirá-lo, como no princípio. Mas ela fazia questão de dizer que eu fora precipitada, inconsequente, e que minha decisão de me separar e me aproximar de Cristian arruinara minha vida e a dele. Ouvir tudo aquilo de novo, quando eu pensava já estar reerguida e livre do sentimento de culpa, foi doloroso, e eu me vi quase caindo outra vez na depressão profunda.

Sem vontade de qualquer coisa, e remoendo minha dor, eu estava deitada no tapete da sala, ouvindo Coldplay bem alto nos fones de ouvido. Comecei a cochilar, quando percebi algo diferente: um vento agradável vindo da porta, uma atmosfera nova, vibrações estranhas se aproximando de mim sobre o piso, um aroma familiar, um aroma verde de dezembro. Arranquei os fones com urgência e ouvi:

— Já não é hora de voltar pra casa, Caterine?

Firme e serena, ainda que um tanto cansada, era a voz de Cristian. Meu coração disparou, eu sentia todas as veias do rosto e da cabeça pularem, e congelei. Abri os olhos, olhei para o lado e para cima e o vi, magro e ainda abatido. Seus olhos verdes e seus lábios se abriram lentamente num sorriso emocionado.

— Só pega suas coisas e vem comigo — ele acrescentou.

Acordei sobressaltada. Meu coração estava disparado e o perfume de Cristian ainda estava impregnado em meu olfato. Que idiota me senti; eu podia enxergá-lo, então era claro que só podia ser um sonho.

— Ouviu o que eu falei, filha? — era minha mãe, de pé no mesmo lugar onde Cristian estivera no meu sonho.

Decepcionada, eu me levantei devagar.

— Não, mãe. Me desculpa, não estou muito bem hoje — e fui para meu quarto.

Fechei a porta e chorei muito sentada na cama. No fim, eu já chorava de raiva de mim mesma, não aguentava mais tudo aquilo, aquela incerteza sobre Cristian, aquela sensação aterrorizante de culpa que não me permitia tomar coragem nem para telefonar ao orfanato e falar com Mariana, aquela criatura que eu já amava e que me fazia tanta falta. Por muitas vezes, eu chegara a pegar o telefone para ligar para ela, mas o medo de que ela me culpasse ainda mais me impedia. Por outro lado, eu queria tanto falar com ela, ouvi-la, abraçá-la, pegá-la no colo e chorar junto com ela, pois eu tinha certeza de que ela chorava pela ausência de Cristian. Mas eu me sentia tão fraca, tão impotente, exausta com tantos medos e dúvidas angustiantes. "Vai sentir pena de você até quando?" — a voz de Cristian vinha clara na minha mente. Enxuguei o rosto, respirei profundamente, procurei me acalmar, meditei um pouco, ali mesmo, sentada na beira da cama. O cheiro de Cristian continuava no meu nariz, sua imagem e sua voz, do sonho, continuavam tão vivos. No estado meditativo, memórias da minha travessia da florestinha da escola nos meus dezesseis anos para reencontrar Cristian brilharam e ocuparam o centro da minha arena mental. Compreendi o que eu deveria fazer. Poderia ser muito difícil, poderia ser muito duro o que eu encontraria; um Cristian com sequelas cerebrais para o resto da vida, um Cristian querendo distância de mim, um Cristian se despedindo do plano físico; tudo me passava pela cabeça... Mas eu não esperaria mais que alguém me ligasse dizendo que ele acordou ou que ele não resistiu. O sonho poderia não ser um chamado dele, e eu tentava não me apegar a esta ilusão para que uma possível decepção não fosse tão dilacerante, mas eu entendi: o sonho era um chamado da vida. Eu iria até lá, e sozinha. O caminho era mais longo que a florestinha, e, embora fosse improvável uma cobra me achar, perigos de outras naturezas eu poderia encontrar aos montes, e o pior: Cristian, meu herói dos dezesseis anos, não viria me resgatar. Mas eu não tinha mais dezesseis anos, eu não era mais aquela menina, e nada nem ninguém me impediria de chegar até Cristian.

Passei quase toda a noite me preparando. Pesquisei pelo celular horário de ônibus, pedi à Bruna que me comprasse uma passagem no cartão de crédito e eu a pagaria em breve, combinei com ela de nos encontrarmos no hospital e de eu dormir algumas noites em sua casa. Coloquei algumas mudas de roupa e objetos pessoais numa grande mochila (pensei que me virar sozinha com bengala e mala de rodinha, inexperiente que eu era em viajar só, não seria uma boa). Fiz tudo no mais absoluto silêncio. Na manhã seguinte, minutos antes de eu sair de casa, minha mãe saberia de meu plano; era melhor assim. Depois de deixar tudo pronto, tentei dormir, mas não consegui; só pensava nos inúmeros desafios que eu poderia encarar nas próximas horas e nos próximos dias. Revirando-me na cama e suspirando de cansaço, ouvi a cidade silenciar na madrugada, ouvi os primeiros pássaros anunciarem o dia, ouvi meu coração sobressaltado quando o despertador tocou.

PARTE V

O segundo amanhecer

Capítulo 19

Tomei um banho rápido e meu corpo se reanimou um pouco. Já pronta, com a mochila nas costas e minha bengala amarela na mão, abri a janela do meu quarto e senti o cheiro do alvorecer. Inspirei fundo, desejando que aquele cheiro de dia novo viesse a ser parte de mim, com seu frescor, com sua renovação, com sua coragem de acordar, de nascer de novo. E, quem sabe com aquele aroma refrescante sendo parte de mim, não seria mais fácil estar lá fora e encarar a jornada?

Abri a porta do quarto da minha mãe e a chamei com delicadeza.

— Filha, aonde você vai? — ela se admirou.
— Ver Cristian.
— E com quem?
— Sozinha.

Ela se sentou, e pude ouvir também muito medo em sua voz, buscando eco no meu medo.

— Como sozinha? Me espera me arrumar e pelo menos te levo na rodoviária, e aí pede pro Marcos te esperar na rodoviária de lá.

— Mãe, esse desafio é meu, e eu preciso viver cada parte dele. Eu vou ficar bem e mando notícias — e me virei rumo à porta de saída na sala.

— Cat, espera, eu vou com você, filha — ela veio atrás de mim, com a voz chorosa.

— Meu ônibus sai às sete, preciso ir — eu abri a porta.

— E como você vai pra rodoviária? Como você vai ver a placa do Uber?

— Fica tranquila, mãe, eu vou chegar lá. Até mais, e deixa um beijo pra Isadora.

Eu já começava a fechar a porta, mas ela me interrompeu e me abraçou apertado e em silêncio. Vi ali o momento certo para obter dela a informação que já me era de direito desde sempre. E, ainda abraçada a ela, afagando suas costas, pedi, com a fala mansa e grave:

— Mãe, me fala o nome do meu pai. É meu direito saber.

Senti o impacto do pedido nela, que ficou imóvel por alguns segundos.

— Eu já sou adulta faz tempo, mãe, e não preciso mais dele, não como eu precisei um dia. Só preciso saber seu nome. Não pretendo procurá-lo.

— Edson — respondeu ainda no abraço.

— Edson? Algum segundo nome?

— Luiz. Edson Luiz Vieira de Souza — declarou com um suspiro pesado.

Um tanto decepcionada por não ter confirmado minhas suspeitas sobre meu condutor do outro dia, agradeci, beijei sua cabeça e me afastei do abraço. Ela ficou em silêncio, enquanto encontrei logo as escadas e desci o mais rápido que pude, rastreando com a bengala e segurando o corrimão. Aproveitei a necessidade de concentração em cada passo à frente para deixar para trás o que precisava ficar para trás. Ao menos agora eu tinha o nome do meu pai, e isso me ajudava a me sentir mais inteira. De qualquer forma, aquele homem da saída da escola não me saía da cabeça, por suas frases, por seus silêncios, pelo jeito como ele falou de Mariana.

Quase chegando ao térreo, ouvi Isadora descer correndo as escadas e me chamar com sua voz meiga.

— Cat! Cat, você está indo pra sempre? — perguntou chorosa quando me alcançou.

— Não, meu amor, eu não tenho ideia do que vou encontrar por lá, então não sei quanto tempo vou ficar.

— Mas não é muito perigoso ir sozinha pro Rio? — ela começava a chorar.

— Não se preocupe, minha princesa linda — eu a abracei. — Você me ajudou tanto quando eu nem conseguia me levantar da cama que eu fui ficando com vontade de voar, e agora eu preciso voar, mas eu volto pra te contar tudo.

— Você vai ver o Cristian?

— É o que eu quero.

— Passa um batom, ele vai gostar. Passa aquele que eu te dei. Você está levando?

— Está aqui — tirei do bolso e mostrei a ela.

Eu a ouvi sorrir. Passei com destreza o batom e o guardei de volta no bolso.

— Nossa, você aprendeu mesmo! — ela se surpreendeu, rindo.

Eu a abracei de novo, agradeci por todo o bem que ela me fazia, mandei que subisse, pois ainda estava de pijama, e fui para a rua. Andei certeira pouco mais de meia quadra para a esquerda, até encontrar quem eu queria, ainda dormindo sobre seu papelão. Cutuquei-a de leve com a bengala.

— Fugindo de casa, baixinha? — sua voz era rouca de sono, e talvez frio.

— Vem dar um passeio comigo até a rodoviária; vamos variar seu café da manhã, tem uma lanchonete gostosa lá — eu sorria.

Ouvi Érica se levantar. Ela encostou o braço no meu braço e caminhamos até a rodoviária, umas dez quadras dali. Chegando lá, ela me conduziu até um guichê, onde retirei minha passagem comprada pela internet. Faltavam vinte minutos para meu ônibus e tomamos café juntas; ela comeu um pastel enorme, um pão de queijo e um pão na chapa, e tomou café com leite, e eu só tomei uma vitamina de açaí com banana e laranja. Eu estava feliz por poder alimentar Érica provavelmente pelo dia todo. Contei a ela o que estava indo fazer, o sonho, minha decisão, e ela ouviu calada, mastigando. Quando enfim deu minha hora de embarcar, ela me conduziu até a porta do ônibus, onde o motorista conferia as passagens. E, enquanto ele olhava a minha, agradeci Érica e envolvi sua mão com minhas duas mãos. Ela falou um "tchau" meio reticente e logo perguntou:

— Como você vai achar sua poltrona?

— É a número 1, bem atrás do motorista. Com a bengala, eu encontro o caminho.

O motorista me entregou meu canhoto, eu agradeci e dei o primeiro passo para o ônibus.

— Tem alguém esperando ela lá? — ouvi o motorista se dirigir a Érica, e me antecipei, com simpatia:

— Não, mas lá o senhor me encaminha a um funcionário da rodoviária e está tudo bem, obrigada.

Ele concordou. Direcionei de novo o pé para o primeiro degrau e ouvi Érica dizer, com traços de carinho na voz:

— Você é muito corajosa.

Parei de novo e sorri para ela.

— Você também, Érica. E você me ajudou a ser assim.

Sem ouvir mais nada dela, finalmente subi o primeiro degrau, mas senti minha cabeça ser puxada para um beijo rápido na testa.

— Vai com Deus — ela disse, depois de me soltar.

Em resposta, só consegui sorrir, apertando um choro na garganta. Subi e encontrei meu lugar. Logo em seguida, um homem se sentou a minha direita, falando alto ao celular, sem nenhuma polidez. Botei meus fones de ouvido com uma *playlist* das canções mais pacificadoras do Coldplay e soltei o corpo na poltrona, disposta a descansar durante aquelas cinco horas de viagem até meu destino.

Entre temores que iam e vinham, entre uma cochilada e outra, senti a mão do meu companheiro de viagem deslizar espalmada sobre minha coxa. Despertei num pulo, e ele se assustou, tirando a mão rapidamente.

— O senhor está precisando de alguma coisa? Está com algum problema? — perguntei em alto e bom som, para que outras pessoas também ouvissem.

O homem pareceu fingir que não era com ele, ou deve ter fingido dormir.

— Eu estou falando com o senhor — endireitei a coluna e armei a bengala, batendo com força sua ponta no chão, só para fazer barulho mesmo.

— O que é isso, menina? Estou dormindo aqui — ele falava com uma teatralidade amadora na voz.

— Então, por gentileza, o senhor vai dormir em alguma outra poltrona vaga lá atrás, porque eu também quero dormir, segura de que ninguém vai me passar a mão — falei com toda a vontade, tirando voz de onde eu nem sabia que tinha.

Ouvi outros passageiros se manifestarem com cochichos, tentando compreender o que acontecia para decidirem se me apoiavam ou defendiam o homem. E, enquanto o infeliz ainda fazia seu discurso desdenhoso, rindo e buscando apoio nos passageiros do outro lado do corredor, ouvi a voz de uma senhora dizer, firme e elegante, vindo do corredor:

— Com licença, senhor, por gentileza, vá pra minha poltrona, é número 22. Preciso viajar na frente pra não passar mal.

Resmungando, e parecendo retardar seus movimentos, ele aceitou a troca e se foi. A senhora se sentou ao meu lado, depois de agradecer ao homem. Ela trazia um perfume fino e agradável consigo, além de um aroma natural que eu conhecia bem. Relaxei de novo o corpo e ofereci minha mão a ela, com a palma pra cima, esboçando um sorriso ainda tenso. Ela segurou minha mão com carinho e, com a voz suave e cúmplice, certificou-se de que eu estava bem.

— Sim, muito obrigada — respondi. — Por acaso, a senhora carrega aí algo de alecrim?

— Você tem um bom faro — ela tinha sorriso e elegância na voz. — Estou levando uma mudinha de alecrim pra minha filha. Ela adora. Toma um raminho pra você apreciar o aroma.

Eu ouvi o estalinho do pequeno ramo sendo arrancado. Com delicadeza, ela o colocou na minha mão e, imediatamente, levei ao nariz. O perfume refrescante me revigorava e, é claro, fazia-me lembrar de Cristian. Agradeci aquele meu anjo da guarda encarnado e continuei aspirando o cheirinho do alecrim, voltando o rosto agora para a janela.

Muito discreta e educada, minha companheira de viagem só voltou a falar comigo quando entrávamos na barulhenta rodoviária do Rio de Janeiro.

— Você precisa de ajuda pra desembarcar?

Ajeitando a mochila nas costas, sorri e aceitei sua ajuda, assim, caso o motorista se esquecesse de mim e eu não o encontrasse mais, eu tinha garantido um braço amigo para me guiar até um funcionário. Ela desceu a minha frente e eu tocava seu ombro. Assim que ela pisou a plataforma, ouvi uma voz bem conhecida se aproximar depressa e dizer sorrindo à senhora:

— Pode deixar que eu cuido dela.

Antes que eu pudesse dizer qualquer coisa e me recuperar do susto de ouvir Marcos ali, ela então se afastou com um "Vão com Deus". Eu ainda tentei tocar seu braço, pedindo:

— Não, por favor, me leva até um funcionário.

— Ela já está longe — Marcos declarou com um prazer sádico.

— O que você está fazendo aqui? — comecei a sentir a raiva falar por mim.

— Oi, querida, eu também estava com saudades — ele massageou de leve meu ombro.

— Minha mãe te ligou, não foi? — eu me afastei um passo.

— E eu vim correndo esperar minha mulher.

Sem tempo e paciência para aquela forçação de barra, saí abrindo caminho com a bengala, tentando acompanhar a mesma direção para onde eu ouvia as pessoas caminharem.

— Ei, ei, Caterine, o que é isso? Eu sei que você veio ver Cristian no hospital, e eu te levo, vim aqui pra isso — ele segurou meu braço.

Eu me soltei dele e continuei caminhando, falando a toda voz, para ser ouvida em meio ao caos sonoro de motor de ônibus, falatório de passageiros, gritaria de despachantes anunciando o próximo embarque para não sei onde, motoristas de táxi oferecendo seus serviços na porta de saída:

— Alguém pode me ajudar, por favor?

— Caterine, pra quê esse escândalo todo? — Marcos vinha atrás de mim, a voz dividida entre a bronca e a vergonha. — Eu estou aqui pra te ajudar.

Não sei por quê, mas eu tinha a sensação de que ele fazia gestos para desestimular as pessoas que eventualmente fizessem menção de parar para me ajudar. Depois de mais alguns pedidos por ajuda, cada vez mais sonoros, e percebendo que Marcos não desistiria assim tão fácil, sempre vindo atrás de mim e me tocando de leve nas costas ou no ombro, gritei, já no meio do saguão do desembarque:

— Este homem está me perseguindo! Por favor, um guarda!

— Caterine, você enlouqueceu? — ele agora deixava escorrer piedade na voz.

Continuei andando e abrindo caminho com a bengala, vendo a raiva também abrir caminho dentro de mim, até que senti um tranco forte na bengala e um barulhão. Ao mesmo tempo, Marcos tentou me puxar para trás. Parada, eu tentava entender o que acabara de acontecer. Ergui a bengala e deslizei a outra mão por ela até descobrir que, da metade para baixo, ela se transformara num meio arco disforme e grotesco.

— Moça, me desculpa, por favor, me desculpa — uma voz feminina e muito humilde falava comigo, enquanto meu braço sentia o toque nervoso de dedos que pareciam dentro de uma luva de borracha.

— Como eu faço agora com essa bengala assim? — falei, querendo chorar.

— A gente compra outra, Caterine, vem comigo — Marcos, com seu tom paternal.

— Desculpa, moça, por favor. Isso é caro? — a pessoa do meu outro lado falava, com a voz chorosa.

— Isso aqui não tem preço pra mim — declarei, chorando e acariciando a bengala.

— Fica tranquila, senhora — Marcos se metia. — Não vamos fazer reclamação da senhora e não vão descontar do seu salário, que já deve ser tão baixo.

Com ódio dele, mas aproveitando sua fala, juntei as peças na mente e tive uma ideia. Peguei a mão da senhora, que ainda tocava meu braço, e falei, suavizando a voz após um suspiro:

— A senhora trabalha na limpeza?

— Sim, e o carrinho de lixo é muito grande. Não vi sua bengala na frente dele, me desc…

— Está tudo bem — eu a interrompi com tranquilidade. — Então a senhora tem aí uma vassoura? Serve um rodo também.

Com presteza, ela se afastou, fez um barulho no carrinho e voltou com uma vassoura na mão. Reuni toda a minha força, inspirei fundo e arranquei o cabo da vassoura, devolvendo a base a ela.

— Agora eu é quem te devo desculpas, e um agradecimento bem grande.

Ela deu um risinho meio constrangido, enquanto comecei a retomar meu caminho, agora rastreando com o cabo de vassoura e levando aquilo que um dia fora minha querida bengala amarela na outra mão.

— Caterine, não estou te reconhecendo — Marcos insistia em me seguir. — Olha a que ponto está te levando seu orgulho! É só vir comigo e acabar logo com esse showzinho.

Encontrei o piso tátil e, mais segura, segui por ele, pagando para ver aonde aquilo me levaria. Marcos continuou:

— Vem comigo. A gente pode se entender e recomeçar nossa história, minha Caterine. A sua história com Cristian e a minha com Verônica a gente enterra como uma aventura idiota, um engano do passado, e segue em frente. Caterine, Cristian talvez não volte à consciência nunca mais.

Tentei ignorá-lo, fingir que eu não ouvira aquela última frase, que trazia à tona meus piores medos. Contraí o rosto para dizer às lágrimas que não era hora de rolarem e segui pelo piso tátil. Marcos continuou, tentando tirar de mim a bengala amarela:

— Fica comigo e você nunca mais vai precisar dessa coisa ridícula.

— Sai daqui! Eu não quero mais ser o troféu vivo do sucesso da sua pesquisa, eu não quero mais ser propriedade sua, nem de ninguém. Eu não estou mais à venda, e sai daqui!" — concluí, gritando e me virando de repente para ele, ameaçando-o com o cabo de vassoura.

Ele se assustou, e senti que se afastou alguns metros.

— O que houve, senhora? — finalmente veio um guarda.

— Cuidado com ela — Marcos gritou se afastando. — Ela é louca!

Com o cabo de vassoura de volta apontado para o chão, expliquei ao guarda que eu estava sendo assediada e que só estava tentando me defender. Ele me conduziu até o balcão de informações, onde deveria esperar por um outro funcionário que me levaria até onde eu precisasse. Antes de se afastar, percebendo meu nervoso, ele me ofereceu uma água. Depois de me refazer um pouco com aquele copo d'água, dobrei a metade ainda reta da bengala e a guardei na mochila. Logo um funcionário chegou e me conduziu até o VLT, onde um outro funcionário me recebeu e me ajudou a embarcar. Bem perto da porta, encontrei um banco vago e me sentei, pondo a mochila no colo. Suspirei soltando o corpo no banco duro e aproveitei o balanço gostoso sobre os trilhos para tentar meditar e me acalmar um pouco, e foi quando me dei conta do quanto a noite insone, as cinco horas de viagem, a tensão e a raiva haviam me exaurido as energias. Mas eu ainda tinha muito caminho pela frente. Então, decidi que não era hora de me entregar ao cansaço, e, durante a meditação, busquei serenar a mente e abrir espaço para a entrada de mais energia, como aprendera com Cristian.

Depois de meia hora, sempre atenta aos avisos sonoros sobre cada estação, desembarquei no centro da cidade, e era só caminhar alguns metros pelo Largo da Carioca até a entrada do metrô. Em teoria, poderia ser fácil, mas na prática, especialmente quando é a primeira vez que se faz um trajeto sozinha e sem visão, não é tão simples. Caminhei batendo minha bengala improvisada por bons minutos tentando sair da plataforma do VLT. Quando finalmente encontrei a saída para a calçada, eu já não sabia mais se estava na direção certa. Parei e ativei minha intuição, fazendo uma oração em seguida, só por garantia. Voltei a caminhar, para a primeira direção que meu corpo apontou, e depois de poucos passos senti a aproximação de uma presença sorrateira.

— Vai pra onde, tia?

Era uma voz adolescente, carregada no sotaque carioca de rua. Atenta na postura, sempre firme, sorri e respondi que ia para o metrô. Ele então encostou seu bracinho esquálido em mim, deixou que eu o pegasse e começou a caminhar comigo. Engolindo meus medos, e tentando abrir espaço para a fé, puxei assunto com o garoto, demonstrando minha confiança nele e fazendo-o perceber o quanto ele podia ser útil e importante para alguém, como naquele momento. Ele pareceu se abrir para aquela sensação e foi se alegrando durante o trajeto. Perguntou do meu cabo de vassoura, disse que nunca tinha visto um cego usando aquilo, e resumi a história para ele. Chegando à escada rolante da estação, quando tive certeza de que ele me conduzira ao local certo, agradeci com mais sorrisos e ele se despediu com um "Vai com Deus".

No metrô, também tive auxílio de um funcionário para embarcar e fui conduzida por passageiros até um banco vago. Lembrei-me então de dar notícias a Bruna. Em breve, depois de algumas estações e algum tempo dentro de um Uber, eu estaria no hospital e nos encontraríamos. Vi uma mensagem dela dizendo que ainda não conseguira nenhuma notícia de Cristian naquele domingo e que, dependendo do estado dele e do número de pessoas na hora da visita, nem conseguiríamos chegar perto dele, mas, de qualquer forma, eu precisava estar lá e me sentir o mais perto possível dele. E saber da proximidade desse momento fazia meu coração acelerar e minha barriga gelar.

Faltavam umas três estações para a minha quando uma discussão entre dois homens que estavam de pé no vagão começou a se acalorar e virou um combate físico. Eles estavam a alguns metros a minha direita, mas o movimento da briga os trouxe para a minha direção. Ouvi as pessoas a minha volta se afastarem e não esperei que alguém se lembrasse de me resgatar ali, também me levantei e, dando meu melhor para me equilibrar no trem em movimento, avancei pelo meio do vagão para a esquerda, abrindo caminho com meu cabo de vassoura e o usando às vezes para me ajudar no equilíbrio. Ouvi a briga vindo atrás de mim, enquanto outros homens, falando alto também, tentavam separar os dois agressores. O balanço e as freadas do trem, junto com o peso da mochila em minhas costas, desafiavam meu equilíbrio, e eu precisava ativar tudo o que aprendera no remo em pé com Cristian e Mariana. A cada grito dos brigões e dos passageiros em volta, meu coração acelerava mais. De vez em quando, o som do confronto corporal e de choque dos corpos contra os tubos de metal; sem poder ver e compreender exatamente o que acontecia, minha imaginação e meu medo fluíam sem freio. Muito assustada, continuei me deslocando para a frente e busquei uma porta para desembarcar na próxima estação, fosse ela qual fosse. Finalmente, ocorreu a alguém de me ajudar e fui conduzida até a porta. Ainda tendo joelhos semiflexionados, quadris encaixados e abdômen contraído, para me manter no eixo apesar dos solavancos, esperei aquela porta apenas começar a abrir e me esgueirei pela fresta, que ainda se alargava. Já na plataforma, busquei pelo piso tátil, mas antes de encontrá-lo, uma passageira me ofereceu o braço e me guiou até a saída. Ficaria um pouco mais comprida a viagem de Uber até o hospital, mas eu decidi por simplificar logo as coisas e não esperar pelo próximo trem. Minha guia, muito gentil, esperou meu Uber comigo e me ajudou a identificar o carro. Conduziu-me para o banco de trás, conforme eu lhe pedira, e se despediu. O motorista me recebeu de modo seco. Suspirei e soltei um pouco o corpo no banco acolchoado, enquanto ele iniciou nossa viagem. Já passava de uma e meia da tarde e a visita no hospital era das duas às duas e meia. Precisaríamos chegar em, no máximo, meia hora. E tudo o que eu não precisava naquele momento era um trânsito pesado. Mas aquele realmente não parecia meu dia de sorte, e encontramos um trânsito intenso no caminho para o hospital. Tentei desacelerar meu coração com respirações lentas e profundas. O motorista não falava nada. Botei meus fones de ouvido e ativei um aplicativo com GPS para acompanhar o caminho.

Uma e cinquenta da tarde, e ainda estávamos agarrados no trânsito do bairro vizinho ao do hospital. Agora eu sentia o peso do cansaço misturar-se à fome e à ansiedade, e passei a rezar em pensamento para chegar logo àquele hospital. Depois de vinte minutos sem emitir uma sílaba, agora o motorista resolvera falar, e iniciou o diálogo da forma mais estranha possível:

— Você não tem medo de andar sozinha, não?

Se a pergunta viesse dentro de uma conversa, ou se, ao menos, tivesse simpatia na voz de quem a fizesse, eu a interpretaria como uma demonstração de cuidado ou preocupação, ou só curiosidade mesmo. Mas a voz do motorista não era amigável. E, somando-se ao fato de eu me lembrar de muitas histórias de violência contra mulheres usuárias de aplicativo de transporte, senti o alarme vermelho soar. Com minha aparência frágil, para quem estivesse mal-intencionado, eu poderia ser presa fácil.

— Eu não ando sozinha, tenho Deus comigo — me senti intuída a responder.

— Ah, claro — ele reagiu, entre a surpresa e a ironia.

Aflita, verifiquei a hora no celular e faltavam cinco minutos para as duas horas.

— Você carrega spray de pimenta? — ele quis saber.

— Moço, estou bem atrasada e aflita agora pra conversar, me desculpa. Olha, encosta o carro assim que possível e encerra a viagem, por favor.

— Tá com medo de mim, gatinha?

— Estamos parados a uma quadra do hospital e se eu for andando vou chegar antes que o carro — falei com firmeza, embora não estivesse muito certa de como eu poderia chegar andando até lá, tendo que atravessar ruas e me deslocar por um caminho que eu nunca fizera antes.

— E como você vai andar sozinha até lá? Essas calçadas são cheias de obstáculo.

Guardei o celular, agarrei meu cabo de vassoura e a mochila e abri a porta, tudo isso quase num gesto só. O trânsito estava parado, então dificilmente algum carro me atropelaria na rua.

— Você é maluca?! — ainda o ouvi gritar quando fechei a porta atrás de mim.

Por sorte, não estávamos parados tão longe da calçada, e, caminhando e batendo com firmeza o cabo para a frente, logo a encontrei. Subi o degrau, dei um suspiro com certo alívio e avancei alguns passos. Passei a observar o som das pessoas que iam e vinham pela calçada e, movida pela intuição, abordei uma mulher que seguia na direção do hospital. Bom, ao menos pelo som elegante dos saltos eu deduzi que era uma mulher, e era, muito simpática por sinal. Ela não estava indo para o hospital, mas me conduziria até lá. Agradeci a ela e aos céus.

Às duas horas e cinco minutos, fui deixada por ela na porta do hospital. Logo um guarda me recebeu e, antes que eu pudesse falar qualquer coisa, chamou um colega, dizendo:

— Leva a menina aqui pra oftalmologia.

Achei engraçada sua dedução e expliquei que queria ir até o balcão da recepção. Ele próprio me deixou em frente ao balcão e eu já começava a falar com a recepcionista, mas Bruna se aproximou apressada e me abraçou. Eu a apertei forte e refiz um pouco das energias no acolhimento daquele abraço amigo.

— Vamos — ela se afastou do abraço. — Já começou o horário de visita.

Recebemos da recepcionista crachás de visitantes e seguimos rumo ao elevador. Percebi minhas mãos suarem frio e minhas pernas tremerem mais à medida que se aproximava o momento de estar com Cristian. No elevador, Bruna me perguntou sobre a viagem e sobre aquela bengala esquisita que eu tinha na mão. Engasgando entre palavras e um riso nervoso, disse que depois eu contaria a ela minha saga. Saímos do elevador e, a cada passo que avançávamos naquele corredor comprido cheirando a éter, meu coração disparava mais, atingindo uma velocidade que eu jamais pensei ser possível para esse músculo vital. Eu não fazia ideia de que Cristian eu encontraria, nem do que eu poderia esperar dele quando ele acordasse (se acordasse), que sequelas, que debilidade, que estado de espírito. Mas de uma coisa eu sabia: mesmo inconsciente, de alguma forma ele me ouviria, e eu pensava em falar tantas coisas, tudo vinha ao mesmo tempo na minha mente. De um rádio, ou celular, de alguma sala do corredor, eu ouvia, numa voz doce e feminina, as primeiras frases da música que cantamos em dueto tantos anos antes: "Cheguei a tempo de te ver acordar, eu vim correndo à frente do sol, abri a porta e antes de entrar, revi a vida inteira…"

Paramos diante da porta do CTI. Meu coração batia na boca. Numa antessala, vestimos jalecos e higienizamos nossas mãos com álcool gel. Do vidro, Bruna podia ver Cristian. E, com carinho e cuidado na voz, ela me descreveu o que via:

— Ele está entubado, com soro na mão esquerda. Tem outro rapaz ali, de pé, bem parecido com Cristian aliás, que está falando com ele, passando a mão no cabelo dele. Mas Cristian está com os olhos fechados.

Fiquei imaginando a cena, enquanto aguardamos alguns minutos até o rapaz nos ver. Ele veio até a antessala, fechou a porta atrás de si e nos cumprimentou com simpatia. Havia sorriso em sua voz, mas também muito cansaço e tristeza.

— Você deve ser a Caterine — ele veio até mim. — Eu sou o Paulo, irmão do Cristian.

— Oi, Paulo, que prazer te conhecer. Essa é minha amiga Bruna. Como ele está? — eu falei tudo em disparada.

— Bom, ele não dá sinais de consciência, não responde a nenhum estímulo. Mas… eu continuo falando com ele. Devemos manter sempre a esperança, não é? — ele concluiu com um pequeno riso de resignação.

Eu podia ouvir nuances de Cristian em sua voz, que era menos grave e anasalada que a do irmão. E ele me parecia mais alto que o outro também. Gentil, Paulo então abriu a porta e nos deu passagem. Larguei meu cabo de vassoura num cantinho da antessala e Bruna começou a me conduzir. Ainda da porta, ouvi o bip ritmado do controle cardíaco de Cristian, e aquilo disparou em mim uma angústia sem precedentes. Aquele som não poderia ficar contínuo a qualquer momento? Como sempre vemos nos filmes. Junto, ouvi o respirador mecânico, alternando seus dois tons, inspirando e expirando por Cristian. Engoli em seco. Era chegada a hora de encarar a realidade, meus piores temores, a consequência do meu pior erro na vida, simplesmente pela teimosia de meu ego em tentar encontrar minha força e meu poder onde eu nunca encontraria. Agora sim era hora de provar toda a minha força, extrair do fundo de mim toda a coragem e encarar a vida.

Capítulo 20

A cada passo que eu dava, conduzida por Bruna, buscava preencher todo aquele medo sombrio com pensamentos amorosos e desejos de saúde e bem-estar para Cristian.

— Vou colocar sua mão sobre a mão dele, ok? — Bruna me sussurrou.

Assenti com a cabeça. Quando toquei a mão dele, fria, um bolo de emoção me subiu pela garganta. Era tanta coisa junta… Mas decidi que não estava ali para chorar e me segurei firme. Bruna, sempre muito sensível, afagou meus ombros e ainda me sussurrou:

— Fique à vontade. Eu vou ficar ali fora com Paulo. Mas te vemos pelo vidro, é só acenar quando quiser sair.

Ela se afastou e a ouvi fechar a porta. Agora éramos só eu e ele. Aquele homem que, desde o início, tentava me mostrar a grande força que existia em mim, uma força que não dependia de visão nem de qualquer outra coisa física. E agora estávamos ali, eu e ele, sem visão, sem comunicação verbal, sem conexão consciente, os dois precisando ser fortes. Acariciei sua mão, pensando em por onde começar a falar. Respirei lenta e profundamente algumas vezes, até desacelerar um pouco meu ritmo cardíaco. Aquele lugar era gelado demais, e estava difícil fazer minhas pernas pararem de tremer. Passei a massagear a mão de Cristian, buscando aquecê-la, enquanto toda a nossa trajetória, desde a primeira aula de educação física, passava como um filme na minha tela mental. Pensei em falar sobre tudo o que eu sentia, pensei em falar sobre como haviam sido aqueles últimos meses sem ele, sobre o quanto eu estava me esforçando, sobre minha viagem até ali, pensei em falar palavras de ânimo, esperança, amor, pensei em fazer uma oração por ele. Quando me dei conta, sua mão estava aquecida. Foi bom demais sentir o calor de sua vida, e esbocei um sorriso. Abri a boca para lhe dizer isso, o quão bom era sentir sua vida, sua energia, mas minha voz era freada por algo que me dizia que qualquer palavra era desnecessária. Intensifiquei o carinho em sua mão e em parte de seu braço. Percebi o quanto ele havia emagrecido. Suspirei discretamente. Lembrei-me do ramo de alecrim no meu bolso. Peguei-o, cheirei e ele ainda tinha bastante aroma, principalmente depois que amassei algumas de suas folhinhas. Provavelmente Cristian, com a ventilação mecânica, não sentiria o cheiro, mas sua mão sentiria aquela textura e seu espírito receberia a energia da planta. Coloquei o raminho na palma da minha mão e coloquei a mão dele sobre a minha. Fiz uma oração em pensamento. Ao fim, ergui a cabeça de olhos fechados, suspirando, enquanto a mão de Cristian pareceu apertar a minha. Meu coração disparou. Prestei atenção no bip dos batimentos cardíacos dele e parecia mais rápido. Não, devia ser impressão minha. Fiquei atenta a qualquer movimento da mão dele, que não se mexeu mais.

— Isso foi um movimento involuntário? — eu sussurrava, reflexiva e imóvel — Cristian, você está acordado?

A mão dele apertou de novo a minha, e, de forma trêmula e lenta, ergueu minha mão e a arrastou pelo cobertor até seu peito.

— Bruna! Paulo! Alguém! — eu chamei aflita em direção à porta.

Em menos de um segundo ouvi a porta se abrir. Paulo entrou primeiro, correndo, e ouvi seu riso crescente e emocionado conforme ele se aproximava do leito do irmão.

— Você acordou! — Paulo falava à cabeceira da cama. — Bom dia, belo adormecido!

Bruna também chegou e me tocou nos ombros, com as mãos trêmulas.

— Ele está olhando pra você — ela me contou, sorrindo.

Eu sentia o pranto me cortar a garganta, mas não conseguia dizer nada, só continuei sentindo a mão de Cristian, que não soltava a minha. Paulo, ainda rindo, falou ao irmão:

— Você me ouve?

— Ele afirmou com a cabeça — Bruna me narrou baixinho.

Senti a mão de Cristian tentar subir em direção ao rosto, parecendo querer apontar algo.

— Sim, esse tubo deve estar incomodando demais — Paulo falava. — Bruna, você pode chamar um médico, um enfermeiro, alguém?

Ela saiu correndo. Cristian relaxou de novo a mão, sempre segurando a minha, sobre seu peito. Paulo, ainda rindo emocionado, continuou falando com o irmão:

— Estava só esperando a princesa vir te acordar, safado? E eu aqui, dois meses te chamando e nada.

Eu ri nervosa, sentindo a mão de Cristian apertar mais a minha. Paulo continuava brincando com o irmão e rindo. Às vezes, eu ouvia um beijo dele, provavelmente na cabeça de Cristian. Logo Bruna voltou com um médico e uma enfermeira. Eles pediram que apenas um familiar permanecesse enquanto eles desentubavam o paciente e faziam nele alguns testes de resposta a estímulos. Bruna me conduziu dali e nos sentamos na antessala. Ali não me segurei mais e tive uma crise de choro. Minha amiga me abraçou, encheu-me de palavras carinhosas e me acalmou esfregando minhas costas e braços. Alguém me trouxe uma água; devia ser um enfermeiro, e agradeci.

Mais calma e aliviada, eu me dava conta agora do tamanho do meu cansaço e da minha fome. Tendo nos certificado de que eu ainda poderia estar com Cristian mesmo após o término do horário de visitas, eu e Bruna fomos fazer um lanche rápido na cantina do hospital e logo voltamos ao CTI. Médico e enfermeira já haviam deixado a sala. Paulo, assim que nos viu chegar na antessala, veio apressado e me disse sorrindo:

— Ele quer falar com você.

Animada, Bruna me conduziu de novo até a beira do leito e saiu. Busquei a mão de Cristian, e ele logo pegou minha mão. Eu sorri prendendo os lábios, o coração acelerado. Com a voz bem rouca e lenta, ele começou:

— Por que você demorou tanto?

Aquela pergunta me pegou de surpresa. Gaguejei, procurei as palavras, não consegui dizer nada. Ele continuou:

— Pensei que você tinha desistido de mim.

Eu ri nervosa, trouxe sua mão para meu rosto e a beijei, dizendo em seguida:

— Jamais. Eu… estava tentando me adaptar a tudo. Bom, acho que deu pra você perceber, minha visão acabou.

— Sim, eu sei — ele agora acariciava minha mão.

— Cristian, por favor, me perdoa, me desculpa por tudo…

— Não, foi um acidente, ninguém tem culpa.

Meu coração se aqueceu de repente. Ele prosseguiu, a fala sempre baixa e sonolenta:

— O descuido também foi meu. Eu pus o carro na vaga errada, eu me descuidei das minhas próprias chaves. Estávamos nós dois ainda buscando nosso equilíbrio.

— Mas eu fui irresponsável. Minha visão já vinha dando sinais de que em algum momento ia falhar.

— Naquele momento, você só fez o que julgou certo fazer: não interromper meu momento com Mariana e tirar você mesma o carro da vaga. Foi uma atitude de amor.

Meu coração era acolhido em uma energia pacificadora e minha respiração se acalmava. Fechei os olhos por uns instantes e perguntei:

— Era isso, não era? Que você via quando te pedi pra me curar dez anos atrás.

— Era só um flash, você dirigindo um carro que me atropelava, mas eu não tinha como saber quando, onde nem por quê — ele respondeu com tranquilidade.

— Mas se você sabia, por que não evitou?

— E deixar Mariana na frente do carro?

— Por que você não me evitou? Por que não se afastou de mim?

— Caterine, costumo fazer minhas escolhas baseadas no amor, e não no medo.

Trouxe de novo sua mão para meu rosto e a beijei repetidas vezes, apreciando a textura de sua pele e sentindo o aroma do alecrim. Ele continuou:

— E quem disse que eu não precisava dessa experiência e desse aprendizado? Podemos extrair o melhor de tudo isso e ficar mais fortes, mais preparados pra vida, que precisou me afastar de você pra que você aprendesse a extrair com autonomia o máximo da sua força. A vida precisou me afastar da Mariana pra que ela também se desenvolvesse em alguns aspectos. Ainda vamos compreender tudo um dia.

Eu o ouvia atenta, enquanto afagava lentamente sua mão.

— Você sentiu muita dor? — indaguei.

— Na hora não senti nada, e nem depois. Parece que fiz uma viagem incrível e longa, vi muitas coisas e só pensava em te reencontrar e contar tudo.

Sorri com encanto, apertando mais forte sua mão. Neste momento, uma enfermeira entrou, dizendo que precisaria realizar alguns procedimentos no paciente e que eu poderia voltar no dia seguinte. Paulo e Bruna também vieram. E só aí me ocorreu de apresentar minha amiga a Cristian. Em seguida, sugeri:

— Cristian, posso ligar ao orfanato e mandar avisarem Mariana que você está bem.

Ele ficou em silêncio. Paulo respirou de modo incômodo, parecendo desconsertado. Com tranquilidade, Cristian falou:

— Mariana não está lá.

— Como você sabe? — Paulo indagou com tristeza.

— Não sei, eu só sei — o irmão respondeu com naturalidade.

— Ah, esquece, eu nem sei pra quê pergunto — Paulo agora voltava a imprimir sua descontração na voz. — Depois desse coma, você deve estar mais maluco do que já era antes.

Eu ri. Bruna me seguiu, mais contida. Paulo encerrou o riso, pegou ar e falou, de novo sério, e cuidadoso:

— Mariana está na casa da mãe dela.

Eu abri a boca e senti meu estômago se contrair. Não quis acreditar que aquilo fosse verdade. Paulo complementou, dirigindo-se com carinho ao irmão:

— É só uma guarda provisória. O juiz não seria louco de dar a guarda definitiva a ela com você aqui, inconsciente. Você ainda está no páreo e a luta não terminou.

Cristian ficou em total silêncio. Paulo concluiu:

— Bom, vou ligar pra Lúcia e falar com Mariana pra vir te ver. Ela vai enlouquecer de alegria.

Ouvi um riso curto e sonhador de Cristian. Depois me despedi dele com muitos beijos em sua mão. Paulo me abraçou e me agradeceu por ter acordado seu irmão mais novo. Bruna se despediu dos dois e nos encaminhamos para a porta. Quase chegando nela, Cristian me chamou:

— Caterine, obrigado pelo alecrim. Estava uma delícia. Foi o melhor aroma e o melhor sabor que eu poderia experimentar hoje.

— Você comeu? — eu me espantei.

— Claro, e me fez muito bem. Obrigado.

— Por nada. Se você não pode agora ir até o verde, o verde veio até você — concluí, com um sorriso farto.

Paulo e Bruna riram, joguei um beijo a Cristian e segui com minha amiga.

Dali, Bruna me levou para sua casa. Eu estava tão aliviada e grata pela vida de Cristian, estava ainda emotiva, mas sorridente, e me sentia renascida. Na visita do dia seguinte no hospital, saberíamos mais detalhes sobre a recuperação dele e o estado de sua perna, mas simplesmente saber que ele saíra do coma era maravilhoso. Naquela noite, acolhida com tanto carinho por Bruna e sua família, dormi como não dormia em meses. Antes de adormecer, conforme meu corpo relaxava e era tomado pela exaustão da minha jornada até ali, foram as memórias sensoriais da voz sonolenta de Cristian, de sua mão segurando a minha, do calor e da textura de sua pele e do cheiro do alecrim que, gentilmente, conduziram minha mente pelo portal mágico que leva ao mundo dos sonhos.

No dia seguinte, Bruna não poderia me acompanhar na visita porque teria uma prova importante na faculdade, mas me colocou, eu e minha bengala improvisada, no táxi de um motorista de confiança, conhecido seu. Realmente muito gentil, ele não só me levou em segurança até o hospital como também me conduziu até a recepção. Eu ligaria para ele quando precisasse voltar para a casa da Bruna. Como cheguei minutos antes do horário de visita, aguardei sentada na recepção, junto a muitas outras pessoas. Abri a mochila e conferi se ainda tinham perfume os raminhos de hortelã, mirra e manjericão que eu e Bruna havíamos colhido mais cedo na horta da vizinha, com autorização, é claro. Os ramos estavam numa pequena sacola de papel e o forte aroma de todos eles juntos subiu da minha mochila quando a abri. Sorri satisfeita. Quando deu a hora da visita, um segurança me conduziu até o balcão, onde a atendente me deu o crachá, e me acompanhou até o quarto de Cristian. Naquela manhã mesmo, já fora de perigo, ele havia sido transferido para um quarto, o que me deixara bem feliz.

O segurança bateu na porta do quarto e Paulo me recebeu com alegria. O segurança se despediu e se foi. Paulo me ofereceu o braço e me conduziu até a cama, dizendo:

— Ele já te espera com seu melhor sorriso.

Eu sorri contente, enquanto as mãos de Cristian me receberam. Elas agora eram quentes, e não havia mais soro conectado nelas. Prendendo meu cabo de vassoura entre o tronco e o braço, para ter minhas mãos livres, eu apertei as mãos de Cristian e, colando meu corpo na beira da cama, perguntei:

— Como se sente hoje?

— Bem — ele falava com a voz relaxada, e ainda falhada. — Bengala nova?

Eu ri brevemente. Depois, segurei o cabo de vassoura numa das mãos, enquanto ainda segurava a mão de Cristian com minha outra mão, suspirei e contei minha jornada do dia anterior, desde minha saída cedo de casa, com todas as ameaças e os anjos que cruzaram meu caminho. Eles ouviam atentos e Paulo, agora do outro lado da cama, admirava-se e comentava qualquer coisa num ponto ou outro da história, enquanto Cristian ouvia tudo em silêncio, com a mão imóvel sobre a minha, parecendo estar muito concentrado. Na parte do caso do cabo de vassoura, ele começou a rir, primeiro meio em silêncio, tentando se conter; tirou a mão da minha mão e cobriu o rosto, pude perceber pelo som abafado de sua risada, crescente. Aliviada e soltando todo o peso das tensões que eu passara até ali, agora eu também via o cômico da história, e, rindo, continuei contando. Tentei avançar na história e passar para a parte do VLT e o resto, mas Cristian não parava de rir, estava numa crise de riso, como eu nunca vira, um riso gostoso, espontâneo, embora sonolento e arrastado. Eu e Paulo agora ríamos da risada dele, e de felicidade, por vê-lo assim. Ele tentava se concentrar, respirava fundo e, de repente, via-se de novo tomado pelo impulso de uma próxima gargalhada, que vinha pelo nariz e pela boca junto. Eu abri a mochila e mostrei o resultado do desastre com a bengala amarela, e foi só aí que Cristian conseguiu se concentrar o suficiente para desacelerar o riso e falar, a frase ainda entrecortada de fragmentos de risada:

— A gente consegue outra, não se preocupe.

Aproveitando que eu já tinha a mochila aberta, lembrei-me de presentear Cristian com aquele singelo pedacinho de horta que eu colhera para ele. Entreguei os raminhos um a um e ele sorria com mais encanto a cada vez que aspirava profundamente o perfume de cada um. Depois de me agradecer com humildade, passou a comer as folhinhas de hortelã.

— Falando em comer, preciso almoçar — Paulo declarou, indo para a porta. — Vou deixar vocês à vontade. Hoje tem uma hora inteira de visita, Caterine, aproveite. Volto daqui uma hora, mas me liguem se precisarem de algo.

Agradecemos e ele saiu, fechando a porta. Cristian tinha a metade superior da cama levemente erguida, o que o deixava quase sentado. Larguei mochila e cabo de vassoura numa cadeira ao lado da cama, peguei de novo as mãos dele e perguntei:

— Eu posso abraçar você?

Ele não disse nada, apenas me puxou com delicadeza para si, acomodando meu tronco quase deitado sobre o seu, e me envolveu devagar. Eu me entreguei por completo ao calor daquele abraço que eu amava tanto. Eu já estava contente desde quando Cristian acordara no dia anterior, mas aquele abraço era tudo o que faltava para que eu me sentisse plena de novo. O cheiro do homem que eu amava era agora um tanto alterado, talvez por medicações, aqueles braços eram mais finos, os ombros e as costas pareciam ter tão poucos músculos, mas ainda era aquela minha casa, que me enxergava e me abrigava em qualquer escuridão. Uma das mãos agora ele tinha em minha cabeça, e afundava os dedos entre meus cachos. Sua cabeça estava colada à minha e eu sentia sua respiração em meu ombro. Tudo aquilo era tão bom, mais que reconfortante, era como ser preenchida de energia e de vida, era a representação mais palpável de nossa conexão, uma conexão que, agora eu sabia, não havia se desfeito por um segundo sequer, mesmo com a inconsciência de Cristian, mesmo com meu desespero. De pura gratidão e felicidade, uma emoção me subiu peito acima e se desmanchou em lágrimas serenas e silenciosas. Ficamos ali por quanto tempo aquele abraço precisou, por quanta intensidade o silêncio precisou para transmitir de um para o outro todas as frases que tínhamos a dizer e que não cabiam em palavras.

Encerrando com cuidado nosso transe amoroso, eu me ergui lentamente do abraço. Passei as mãos por seu rosto e cabelos e perguntei:

— Você está sentindo alguma dor?

— Só um pouco, na perna. Fizcram uma cirurgia e colocaram pinos nela.

— Você não vai ficar com sequela, vai? Você vai voltar a fazer tudo como antes, não vai?

Ele suspirou, ajeitou-se na cama parecendo buscar uma posição mais confortável e disse, com aquela rouquidão charmosa de sua voz agora mais acentuada:

— Estou trabalhando pra isso. Estou potencializando o tratamento médico com meditação, oração e a energia das mãos. Além disso — sua voz brilhou de forma diferente, um princípio de sorriso —, ganhei algumas sequelas boas: agora eu vejo auras, e os pensamentos das pessoas me aparecem com mais nitidez.

Eu me percebi fazendo uma careta de admiração e medo ao mesmo tempo. Ele começou a rir, uma risada lenta e monocórdia, provavelmente da minha cara. Depois de algumas pequenas tosses provocadas pelo riso, ele voltou a falar:

— Não precisa ficar com medo. Bom, mas de forma prática, minha perna e meu corpo de modo geral vão exigir de mim uma rotina bastante diferente, e não sei por quanto tempo, com licença do trabalho, fisioterapia em casa todos os dias, uma alimentação muito reforçada, essas coisas.

Eu abri a boca para dizer algo quando ouvimos batidas suaves na porta. Abri espaço a quem quer que fosse, afastando-me para os pés da cama. Ouvimos de novo as batidas e, a pedido de Cristian, falei um sonoro "Entra". A porta se abriu e foi a vozinha de Mariana que ouvi, cuidadosa, como que avaliando o terreno:

— Pai?

Ele não disse nada, mas pude ouvir seu sorriso se abrindo para ela, que apressou o caminhar descompassado, fechando a porta atrás de si e correndo para a cama, enquanto entoou um comprido "Paaaaaaaaaaaai" até encontrá-lo num abraço, que abafou sua voz. Sorrindo, não resisti e me aproximei para abraçar os dois. Mariana continuava repetindo "Pai, pai" e Cristian não dizia nada, e eu podia sentir o tremor de sua emoção em suas costas e ouvia sua respiração se congestionar. Beijei os dois na cabeça, e de repente Mariana se deu conta da minha presença. Tirou apenas um braço do abraço com o pai e me puxou para ela. Agora era ela quem nos abraçava, enquanto dizia meu nome repetidas vezes.

— Quantas saudades de você, princesa — falei, acariciando seus cabelos.

— Eu também estava com muitas saudades de vocês dois — ela não parava de sorrir.

Sentindo que aquele precisava ser um momento especialmente deles, eu me afastei, busquei meu cabo de vassoura sobre a cadeira e me encaminhei para a porta, dizendo:

— Bom, vou deixar vocês à vontade.

— Não, fica com a gente — Cristian pediu, entre leves fungadas.

— É, fica aqui, Cat — Mariana endossou, empolgada.

Seus convites eram sedutores, mas algo me chamava e me dizia para aguardar lá fora.

— Vocês têm muito pra conversar — eu falava, sorrindo. — Eu vou ficar aqui no corredor e já volto.

— Cat — Mariana agora tinha pesar na voz —, por que você está usando esse pau?

Ouvi um princípio de riso de Cristian. Sorri e falei:

— Seu pai vai te contar, meu amor, mas eu estou bem, não se preocupe.

Saí do quarto e andei devagar rente à parede. Com sorte, eu encontraria um banco. Corredores de hospital costumavam ter bancos, então, em algum momento, eu encontraria um. Não cheguei a dar três passos e ouvi uma voz feminina e rala me chamar atrás de mim:

— Caterine! Sou eu, a Lúcia.

Sorrindo, caminhei até ela, que, já sentada, ofereceu-me um lugar ao seu lado no banco comprido. Nós nos cumprimentamos e notei certo constrangimento em seu jeito de falar e de respirar. Entendi que ela pensava que eu a julgava mal por estar com a guarda de Mariana, mesmo que provisória. Embora eu torcesse por Cristian, claro, eu não tinha o direito de julgá-la por nada, e tentei trazer leveza à conversa, perguntando sobre seu esposo, o Anderson, contando como vinha sendo minha vida naqueles últimos dois meses, contando minha readaptação com a cegueira. Ela logo pareceu se sentir mais à vontade e perguntou sobre Cristian, sobre o estado dele, sobre minha família no interior. A conversa fluía, contei sobre minha mãe, sobre Isadora, e sobre o quanto ela me lembrava Mariana, às vezes.

— E seu pai? Não é presente? — ela quis saber.

Contei, mais uma vez, aquela história de abandono que costumava me machucar bastante, mas, curiosamente, não foi mais tão penoso reviver aquela narrativa. Na verdade, aquele vazio, aquela ausência de narrativa sobre meu pai, pois só o que eu sabia contar sobre ele eram as lamúrias da minha mãe. Mas agora, e isso não contei a Lúcia, eu sabia o nome do meu pai, o que trazia ao menos uma coloração, algumas letras ao meu vazio. E, pensando nisso, veio a minha mente a lembrança daquele homem que, embora conscientemente eu descartara o lampejo de suspeita de que ele pudesse ser meu pai, foi o responsável por eu arrancar da minha mãe o nome dele.

— É, a história é muito parecida com a do pai da Mariana — Lúcia dizia. — A diferença é que o pai da Mariana arrancou ela de mim e eu não pude fazer nada. Eu tinha só dezesseis anos.

— A minha idade naquela época — constatei, condoída.

— Pois é, eu era uma menina, e ele já era do tráfico, era poderoso, bem mais velho que eu, e eu morria de medo dele. O que eu podia fazer? Eu e minha mãe mal tínhamos dinheiro para o pão. Ele falou que ia dar pra uma família rica criar, e depois eu soube que ele largou a bebê na porta da escola. Eu fiquei arrasada, queria morrer. Na verdade, ele ia deixar no orfanato, depois ele me contou, mas estava tendo um conflito por ali e ele não pôde avançar mais.

— Ele ainda é vivo? — indaguei, sem conseguir tirar da cabeça aquele homem, que falara em Mariana com uma espécie de carinho.

— Sim, ele é vivo, e continua por lá, no tráfico.

— Qual o nome dele?

— Fábio. Ele é conhecido lá na comunidade como Fabinho.

Luzes se acenderam na minha cabeça. Sim, aquele homem se chamava Fábio, conforme me dissera. Seria muita coincidência se ele não fosse o pai de Mariana. Lúcia logo complementou:

— Mas esse é o nome de guerra dele, o nome verdadeiro dele nem eu sei.

Fiquei confusa por uns instantes, mas aquelas luzes em mim continuavam acesas, e mais fortes agora.

— Como ele é? — perguntei, pensativa.

— Alto, forte, moreno claro, calvo. Eu tenho uma foto dele aqui, olha — e se agitou pegando o celular, logo caindo de novo em si. — Ai, não dá pra você ver, esqueci, desculpa.

— Está tudo bem — eu a tranquilizei, sorrindo. — Mas você pode me enviar a foto dele? Assim posso mostrar pra minha mãe e confirmar com ela se é um cara que a gente conhece.

Ela salvou meu contato no celular e me enviou a foto por WhatsApp. Meus dedos se agitavam para encaminhar logo a foto a minha mãe e perguntar se ela conhecia aquele homem, que, se fosse realmente o que eu conhecera na saída da escola, mesmo que não fosse meu pai, já havia namorado minha mãe, segundo ele. Mas eu precisaria de tempo para escolher as melhores palavras, a melhor abordagem com minha mãe. Percebendo meu interesse, Lúcia começou a falar mais dele, mas fomos interrompidas por Mariana, que saiu do quarto, dizendo:

— Mãe, Cristian quer falar com você. E você vem também, Cat.

A parte do convite extensiva a mim ela declarou sorrindo e me puxando pelas duas mãos. Eu logo me levantei. Lúcia pareceu relutante.

— Vem, mãe — Mariana a apressou, enquanto botou minhas duas mãos em seus ombros, de costas para mim. — Cat, meu pai explicou que agora você vê de outras maneiras, mas pode deixar que eu guio você, confia em mim.

Sorrindo de encanto, fui com ela. Aproveitei para deslizar uma das mãos pelas ondas largas de seus cabelos compridos e soltos, enquanto minha outra mão, sobre seu ombro, sentia o movimento claudicante de seus passos. Entramos as três no quarto; Mariana na frente.

— Oi, Lúcia — Cristian a recebeu com a voz serena.

— Oi, Cristian — ela tinha a voz trêmula — Que bom te ver de volta. Ficamos muito felizes quando soubemos que você acordou.

— Obrigado, Lúcia. É bom estar de volta.

Mariana continuava a minha frente, só que agora ela puxara minhas mãos para a frente de seu corpo, fazendo-me abraçá-la por trás, e se aconchegou em mim. Estávamos mais perto dos pés da cama, deixando mais espaço para Lúcia e Cristian. Eu aproveitei para encher de beijos a cabeça de Mariana. Ela estava tão cheirosinha, parecia saudável e bem cuidada. Enquanto isso, Lúcia disparou a falar:

— Olha, Cristian, o juiz fez aquela audiência enquanto você estava em coma só para tentar dar uma situação mais confortável pra Mariana, pra ao menos tirar ela do orfanato, mas é só uma guarda provisória, e ele ficou de marcar outra assim que você estivesse em condições…

— Lúcia, está tudo bem — ele a interrompeu com carinho. — Talvez nem seja preciso eu estar nessa próxima audiência, que só vai servir pra te dar a guarda definitiva. Eu não estou mais nessa briga.

Todos ficamos em silêncio. Mariana continuou recostada em mim, brincando com minhas mãos, sem qualquer sinal de surpresa em relação ao que o pai dissera. Cristian, com pausas reflexivas entre algumas palavras, continuou:

— Eu e Mariana já conversamos. Ela está feliz, adaptada. Vocês ganharam esse tempo pra se adaptarem, e não tem nada mais justo que ela ficar com você, o que meu ego e meu apego não estavam me deixando enxergar.

Imóvel, eu não podia acreditar no que ouvia, embora concordasse plenamente com cada palavra. Lúcia buscava o que dizer. Cristian continuou:

— Eu amo muito Mariana, e ela me ama, e nada vai mudar isso, nada pode cortar esse laço. Ela sabe que eu nunca vou me afastar, e que ela pode contar comigo pra tudo o que estiver ao meu alcance.

— Cristian, eu… eu não sei o que dizer — Lúcia gaguejava. — Eu quero que você saiba que nunca foi minha intenção tentar cortar os laços de vocês, pelo contrário, eu sou muito grata por tudo o que você fez por ela, por ter salvo a vida dela por duas vezes, por ter cuidado tão bem dela por todos esses anos. Ela se tornou uma menina maravilhosa, e graças a você.

— Não, ela é maravilhosa — ele enfatizou sorrindo, voltado agora para Mariana, que jogou um beijo a ele.

— E eu não sei como te agradecer — Lúcia continuava, com a voz beirando o choro. — Muito obrigada, Cristian, por compreender que eu só quero o bem da minha filha, que eu preciso recuperar o tempo perdido, que eu…

Ela agora chorava, e ele concluiu:

— Agradeça só a Deus.

— E eu tenho duas coisas pra falar — Mariana, com a voz firme, chamou a atenção de todos. — A primeira é que, já falei com minha mãe, eu vou continuar te chamando de pai, e na frente de qualquer pessoa.

Eu e Lúcia rimos. Cristian, com sorriso largo na voz, falou:

— Que bom, filha. E eu vou continuar te chamando de filha, e na frente de qualquer pessoa.

Ela riu e continuou, retomando a convicção na voz:

— E a segunda coisa é que quero continuar passando os finais de semana com meu pai.

Silêncio absoluto. Mariana logo complementou com humildade:

— Se você quiser, pai.

— Filha — o tom dele era cuidadoso —, é claro que eu gostaria, mas você pode conversar isso com a sua mãe depois, em casa.

— Não, está tudo bem — Lúcia praticamente o interrompeu. — Tudo bem, os finais de semana continuam sendo seus, Cristian, é justo e está decidido, e não precisamos de juiz nenhum pra decidir pela gente.

Mariana pulou comemorando, e logo correu para a mãe e a abraçou, agradecendo. Em seguida, avançou sobre a cama e se jogou sobre Cristian, muito feliz.

— Filha, cuidado — Lúcia parecia ajeitar Mariana sobre o colchão. — Seu pai tem uma perna machucada, e ainda está fraco.

— Está tudo bem — Cristian falou rindo, a voz espremida com o peso de Mariana sobre ele.

Depois de mais um pouco de comemoração entre pai e filha, uma enfermeira bateu na porta anunciando o fim da visita. Meu coração se apertou. Cristian se despediu da filha com muitos beijos e recomendações carinhosas. Depois, disse a Lúcia que não se preocupasse em levar a filha para mais visitas ali, pois logo logo ele sairia e, mais forte, poderia encontrá-la em casa, que era muito melhor. Mariana se despediu de mim com um abraço apertado e balançado. Ela estava radiante, e eu, mais ainda, por vê-la tão bem e feliz. Lúcia também se despediu e as duas se foram. Eu me aproximei de Cristian, que já me esperava com as mãos estendidas para me receber. Eu o abracei apertado, com um suspiro. Afagando seus braços e costas, falei:

— Te admiro mais e mais.

Ele apenas deslizava as mãos por minhas costas, em silêncio. Beijei seu ombro algumas vezes e, ainda no abraço, perguntei:

— Ajuda se eu ficar de acompanhante e passar as noites aqui com você? Me ensina a cuidar de você, a te fazer se recuperar mais rápido.

— O Paulo tem ficado aqui, não se preocupe. Você já está me ajudando. E vai poder me ajudar mais em casa, na nossa casa.

— Nossa casa.

— Sim. Ou você já tem planos de morar em outro lugar?

— Não, eu… Claro que não, mas… — eu estava ainda surpresa.

— Então, por que não continuar de onde paramos? Até o que me lembro, você estava morando comigo, e estávamos construindo o paraíso na terra quando um acidente nos interrompeu. Não foi isso?

— Sim, foi isso — eu confirmei, entre pequenos risos de felicidade.

— Então, se você quiser, aquela casa continua sendo sua.

Eu ergui parte do meu corpo, só para que ele visse a felicidade em meu rosto. Tocando sua face e sentindo seu sorriso tímido, falei:

— É claro que eu quero, Cristian. E quero te ajudar no que for preciso, quero ser parte da sua recuperação, quero te alimentar e te engordar de novo. Andei me entendendo com a cozinha sem a visão e já tenho vários pratos novos e deliciosos no cardápio, viu? — concluí em tom sedutor.

As bochechas dele se elevaram mais, o que me fazia ler um sorriso mais largo em seu rosto. Ele agora também acariciava meu rosto e meus cabelos, com movimentos longos e lentos, e disse:

— Quero experimentar todos eles.

A enfermeira, já impaciente, agora não só bateu de forma rude na porta como também a abriu. Entendi o recado e me apressei em pegar mochila e projeto de bengala, enquanto Cristian falava:

— Imagino que você ainda tenha aquela cópia das chaves que eu te dei, então, se quiser, já vai pra lá. Eu vou sair logo daqui. O médico falou que só preciso passar por alguns exames e, tudo dando certo, saio em alguns dias. Então, não precisa vir todo dia e aproveita esse tempo pra se readaptar à casa, agora com seus outros sentidos, e me espera lá.

Achei a proposta interessante. Abracei Cristian mais uma vez, rapidamente, beijei de leve seus lábios, que ainda cheiravam a hortelã, e fui embora.

Apenas três dias se passaram até que Cristian teve alta. Razoavelmente bem adaptada a meu novo lar, eu perfumei a casa, preparei seu banho e sua cama, fiz compras, pelo telefone, preparei uma bela lasanha de beringela, inspirada na receita dele com Mariana, e o aguardei com expectativa. Paulo o trouxe do hospital no início da noite e Cristian entrou em casa devagar, caminhando com esforço e se apoiando no irmão. Eu podia ouvir a dor em sua respiração, e aquilo me machucava a alma. Eu e Paulo o amparamos em sua caminhada cansativa até o quarto. Ele precisava repousar. Paulo o ajudou no banho enquanto esquentei a comida. Acomodado agora na cama, recostado em almofadas, Cristian respirava reconfortado. Levei a ele uma bandeja com seu prato. Paulo jantou com a gente, os três no quarto. Depois, com várias recomendações e provocações ao irmão mais novo, provocações que sempre ajudavam a trazer riso e leveza ao ambiente, Paulo se colocou à disposição para ser contactado a qualquer momento para o que precisássemos e se despediu. Cristian estava sonolento, e me avisou que ainda ficaria assim por algum tempo, pois ainda tinha restos de analgésicos fortes circulando em suas veias. Eu me sentei na beira do colchão e alisei sua cabeça até vê-lo adormecer.

Naquela noite, e em tantas outras seguintes, dormi num colchonete ali mesmo, ao lado de sua cama, pronta para qualquer necessidade. Ele ainda não podia se ajoelhar, mas, eu ajoelhada e ele sentado, rezávamos, depois eu lhe fazia algumas massagens, recomendadas pelo fisioterapeuta, e ele me ensinava a usar o poder curativo das mãos, e eu praticava em sua perna. Depois, já deitados, treinávamos um pouco de telepatia e eu, com um braço esticado até a cama dele, segurava e massageava sua mão até ele dormir.

Durante umas duas semanas, ele ainda dormia muito, à noite e de dia, para que seu corpo se recuperasse e refizesse as energias. Por seu condicionamento físico impecável, por sua alimentação sempre saudável e por suas práticas de meditação e autocura, sua recuperação ia muito bem, superando as expectativas do médico que o acompanhava. E nós comemorávamos cada pequeno avanço, dos movimentos e da força da perna e da disposição geral de seu corpo, debilitado após dois meses de coma. Ele me ensinava tudo sobre as propriedades curativas das plantas que cultivava no quintal, e eu preparava vários chás e compressas que também tratavam seu corpo e aceleravam sua cura. Eu estava aprendendo tanto...

Com prazer, eu também preparava nossa comida todos os dias, além de ajudá-lo na fisioterapia. Paulo vinha quase todas as noites e também ajudava no que fosse preciso. Principalmente nos finais de semana, Cristian recebia muitas visitas, de amigos, de seu chefe, dos funcionários do centro de treinamento, de seus colegas voluntários nas comunidades onde ele atuava e até de alguns alunos.

A cada dia, eu via o buraco profundo e escuro cavado em mim pela culpa ser preenchido e iluminado pela gratidão. Eu me sentia tão feliz e grata por estar ali, pela oportunidade de conviver de perto com Cristian, de conhecê-lo melhor, conhecer aqueles que o rodeavam, ser parte de sua rotina, de sua vida, cuidar dele, e ser cuidada por ele também. Em cada pequeno gesto, eu tinha a oportunidade de amá-lo, de transformar amor em ação, como ele fizera por mim desde sempre. Só que agora podíamos transformar amor em ação e em carinho expresso e declarado um pelo outro. O tantra, demoraríamos a praticar de novo com a mesma intensidade da primeira vez, mas não deixávamos de desejar um ao outro e de experimentar nosso erotismo, adaptando posições e movimentos para preservar a perna de Cristian e aproveitando os efeitos meditativos e curativos da prática tântrica para favorecer ainda mais sua recuperação.

Quando Cristian se sentiu um pouco mais forte e já podia se movimentar pela casa, convenceu-me a frequentar uma reabilitação, onde eu relembrava algumas coisas, como a informática com leitores de tela, e aprendia e reforçava outras, como locomoção com a bengala em ambiente externo, Braile, e atividades da vida diária. Embora a cegueira tivesse me acompanhado pela maior parte da minha vida, eu nunca passara por uma reabilitação completa. Já no primeiro dia de reabilitação, comprei outra bengala. Agora já era possível encontrar várias cores de bengala, e não só da cor branca, e comprei uma amarela. Cristian, embora estivesse disposto, nem precisou encapá-la como a primeira.

Agora, de formas diferentes, estávamos eu e Cristian em reabilitação. Na minha, eu convivia com várias pessoas na mesma condição que eu, pessoas que haviam recém-perdido a visão ou que nunca haviam enxergado, e compartilhar vivências com elas também me ajudava muito a me readaptar à cegueira e a me fortalecer. Por outro lado, conheci muitas pessoas cegas fragilizadas e vulneráveis como eu costumava ser, e aquilo fazia crescer em mim um desejo intenso de ver a força delas sendo despertada também.

E, como a experiência com Cristian vinha acendendo em mim um enorme gosto por massagem e fisioterapia, entrei num curso de massoterapia que havia no mesmo local da reabilitação. Comecei a pensar na faculdade de fisioterapia, mas eu sabia que primeiro eu precisava estar melhor adaptada à deficiência visual e aos recursos de acessibilidade que se fariam necessários nos estudos. Então, decidi que me capacitar como massoterapeuta primeiro já me aproximaria da área desejada e já me daria enfim uma profissão.

Além da reabilitação e da massoterapia, Cristian ainda me proporcionara outra atividade… Um dia, eu cheguei em casa e ele me anunciou, sorrindo:

— Parabéns, Caterine, você acaba de ganhar uma bolsa numa escola de dança.

Eu não podia acreditar. Sorria, pulava e o abraçava, sem saber mais como expressar minha felicidade. Cristian tinha um amigo dono de uma academia de dança, e já transmitira a ele as instruções básicas de como ensinar movimentos a uma pessoa cega, e seu amigo, animado com o desafio, colocou-se à disposição para capacitar seus professores e me deixou à vontade para escolher a modalidade que eu quisesse. Preferi começar com a dança de salão, assim eu não estaria nunca sozinha e me sentiria mais segura; depois eu experimentaria o ballet, a contemporânea e outras modalidades. Cristian então me prometeu que, assim que fosse liberado pelo médico, ele se uniria a mim nas aulas de dança de salão e tentaria me alcançar. Ainda não sabíamos se isso seria possível, se sua perna recuperaria todos os movimentos, mas havia sempre a esperança nos movendo para a frente.

Mariana ainda não passava os finais de semana conosco. Cristian e eu ponderamos que seria melhor esperarmos mais um pouco, até que ele estivesse fortalecido e autônomo o suficiente para pegar a filha de carro e recebê-la em casa do jeito que ele gostaria e da forma que eles estavam acostumados.

Certa noite, tomei coragem e decidi enviar a minha mãe a foto do pai biológico de Mariana. Preferi enviar sem nada dizer, sem uma pergunta, só para ver o que ela diria. Quando soube que minha mãe havia visualizado a foto, esperei ansiosa por uma resposta, mas ela não veio, não naquela noite.

Na manhã seguinte, eu e Cristian havíamos apenas terminado nosso café e recebi uma mensagem da minha mãe, de texto, dizendo: "Bom dia, Caterine. Você falou que não o procuraria."

Capítulo 21

Precisei reler algumas vezes. Meu coração disparou e meu corpo inteiro vibrou, com força, de modo diferente, como eu nunca havia sentido antes. Todas as cenas com Mariana, desde quando Cristian a trouxe para a capela, se atropelaram como um filme acelerado em minha mente.

— O que foi? — Cristian, sempre atento, percebeu meu choque.

Não consegui respondê-lo. Com os dedos trêmulos, respondi minha mãe, buscando a confirmação do que já parecia confirmado: "Por qual nome ele é conhecido na comunidade?" Ela estava on-line, e logo respondeu: "Fabinho. Esquece isso, filha, se afasta dele." Cristian, do outro lado da mesa, estava em total silêncio, esperando pacientemente minha atenção. Respondi minha mãe: "Não o procurei, a vida nos procurou de alguma forma. Depois te explico tudo." E larguei finalmente o celular sobre a mesa. Ergui a cabeça, sentindo o corpo ainda zonzo e a respiração acelerada.

— Está tudo bem? — ele perguntou baixinho, trazendo-me de volta à serenidade.

Suspirei fundo e, com a voz falhada e os lábios trêmulos, respondi:

— Está, tudo bem. Está tudo ótimo — eu começava a sorrir, à medida que as cores daquela revelação iam ganhando forma nas minhas emoções. — Está tudo maravilhoso.

— Então vem cá, me conta tudo — ele pediu com sorriso na voz.

Eu me levantei, puxei uma cadeira para o lado dele e me sentei. Ele passou um braço pelos meus ombros e, com a outra mão, entrelaçou os dedos nos meus, com acolhimento e expectativa. Eu comecei, com o sorriso dando lugar a algumas lágrimas às vezes:

— Cristian, acho que devo te agradecer, por ter salvo e cuidado da minha irmã por todos esses anos.

Ele ficou imóvel. Contei a história do começo. Na verdade, o começo das minhas suspeitas, quando fui guiada por aquele homem, que agora eu sabia ser meu pai. Encerrei a história mostrando a troca de mensagens com minha mãe. Cristian agora me enchia de beijos na cabeça e carinhos enquanto eu chorava e ria ao mesmo tempo. Quando me viu um pouco mais calma, disse, com sorriso e carinho na voz:

— Você vê? Em algum momento, a gente vê as peças desse grande quebra-cabeça fantástico se encaixarem. Eu precisava ficar afastado por um tempo pra muitas coisas acontecerem. Você precisou voltar a sua cidade pra encontrar seu pai e ter toda essa revelação. Sem isso, até quando ficaríamos sem saber? Você precisou voltar à comunidade pra, mesmo sem querer, dar ao seu pai uma segunda chance de ser seu pai. Ele te conduziu, te protegeu, mesmo que por alguns minutos ele soube aproveitar esta chance e foi seu pai.

De olhos fechados, eu me lembrava da voz, do cheiro e da textura daquele homem, que mostrava raios de arrependimento em seu tom e em suas palavras, e que, apesar de sua pressa, tinha sido um guia cuidadoso. Cristian continuou:

— E mesmo te observando de longe, mandando me matar, ele estava sendo pai, na concepção dele. De um jeito torto, desequilibrado, ele ama você, Caterine. E ama Mariana também.

Eu não tinha o que falar, ainda estava processando tudo aquilo. Cristian me abraçou forte, retomando a sequência de carinhos e beijos em minha cabeça.

Dias depois, quando Cristian se sentiu mais preparado, marcamos um passeio com Mariana e sua mãe na praia. Queríamos contar tudo a elas, pessoalmente, e ele sentia muito a falta do mar. Era o fim da tarde de um sábado ensolarado. Fomos de Uber e chegamos à praia antes de Lúcia e Mariana. Estendemos uma toalha sobre a areia e nos sentamos de frente para o mar, Cristian na frente, com as pernas esticadas, e eu atrás, abraçada a ele e escorando suas costas com meu corpo. Nós suspirávamos com prazer, os dois sequiosos daquela brisa, do cheiro e do som do mar. O sol já nos iluminava de lado, pela direita, eu podia sentir. Cristian me contou que o céu estava muito limpo e azul, e que o mar estava calmo e reluzente. Absorvemos tudo aquilo em silêncio por um bom tempo, e eu, estudando com o tato dos dedos o rosto dele, interrompi nossa quietude, dizendo:

— Sinto muito a falta de olhar seu rosto, Cristian.

Ele acariciou de leve minha mão em seu rosto e a beijou. Em seguida, falou:

— Você já viu meu rosto, é só se lembrar e imaginar. Aliás, já viu meu rosto e... tudo mais.

Eu ri, e senti sua bochecha subir num sorriso. Podia imaginar seu rosto corado depois de dizer isto. Depois de rir mais um pouco, com ânimo renovado, falei:

— Você tem razão. E estive pensando: eu sou muito grata pelo tempo que pude enxergar, especialmente porque pude ver você e Mariana, mesmo que só por alguns dias. É, sou muito grata a Marcos por isso.

— Eu também sou — ele declarou em tom respeitoso. — E se lembra de uma coisa, Caterine, se a pesquisa está avançando, e o tratamento ainda pode ser aprimorado, significa que o resultado existirá no mercado, independentemente do Marcos, e você pode ter a visão de volta um dia. Há esperança.

Fiquei pensativa, sentindo meu corpo se agitar por dentro com o turbilhão de emoções que aquele tema me despertava.

— Não sei se eu tentaria de novo — declarei.

— E por que não? — ele indagou com calma.

— Da primeira vez, não te ouvi quando você disse que talvez enxergar não fosse meu melhor caminho. Não quero cometer os mesmos erros — falei com tristeza.

— Meu amor — ele pressionou o rosto contra o meu, com carinho —, nenhuma experiência é igual à anterior, especialmente quando amadurecemos com o que já vivemos. Se um dia a vida quiser te dar uma segunda oportunidade, por que não aceitar?

Fiquei em silêncio. Depois suspirei, pensativa.

— É que tudo foi traumático demais, pra mim e pra você.

— Eu sei, mas a visão que você teve e tudo o que você viu não foi maravilhoso? O que foi traumático foi a forma como tudo aconteceu, a dependência à qual você se submeteu pra ter a visão, as atitudes que você tomou levada pela sua ansiedade, pelos seus medos, pelas suas carências. Mas tudo pode ser diferente se você tem motivações diferentes.

Eu refleti ouvindo o mar. Após alguns segundos, Cristian continuou:

— Mesmo assim isso não é algo com que se ocupar agora. O momento é de estar presente para o que a vida nos oferece, e continuar explorando todas as suas outras formas de enxergar.

— Sim — eu deitei a cabeça em seu ombro.

Retomamos nosso silêncio contemplativo, deixando o sol, o som do mar, a brisa e a areia nos energizar. Com um temor pulsando havia alguns dias em meu coração, quebrei o silêncio após alguns minutos:

— Cristian, um ex-padre pode voltar ao sacerdócio?

Ele ficou imóvel por uns instantes. Depois, torceu o tronco de forma repentina para me encarar e indagou num susto que chegou a ser cômico:

— Tá querendo me devolver?

— Não! — respondi imediatamente, com um riso nervoso. — É que às vezes eu penso: se a adoção da Mariana foi seu grande motivo pra deixar a batina, talvez agora você repensasse sua decisão. E se fosse seu desejo, o que eu poderia fazer? Apenas te apoiar, por mais difícil que fosse pra mim.

Sem ouvir qualquer reação dele, permaneci imóvel, buscando desacelerar meu coração. Senti de repente os dedos dele envolvendo calorosamente minha mão. Ele a pegou e levou até seu rosto, para me mostrar que estava rindo. Mais relaxada, eu ri também. Ele beijou aquela minha mão e disse:

— Caterine, a Mariana foi um dos motivos.

Ele me puxou de novo para abraçá-lo por trás. Encaixei o rosto sobre seu ombro esquerdo e o envolvi com delicadeza. Com a voz suave, ele continuou:

— Eu pedia a Deus resposta pro meu dilema. Lembra disso? E ele me mandou um sinal muito claro, e incisivo. Era você, Caterine, quem veio nos meus sonhos por sete noites seguidas.

Meu coração disparou. Acariciando minha mão, ele prosseguiu:

— E você, num caminho lindo de uma mata fechada e muito verde, me chamava com um gesto e dizia sempre a mesma coisa: Nossa missão é grande.

Meus olhos estavam úmidos e meu coração, aquecido. Meu corpo se arrepiava em ondas. Cristian ergueu meu rosto, ajeitou-se para ficar de frente para mim e disse:

— Eu sabia que você voltaria, Caterine. E quanto a tudo o que já vivemos até aqui, minhas e suas decisões, o que você chama de trauma, tudo, eu não mudaria nada. E já te falei que entendi minha missão aqui fora, missão que agora não é mais só minha. Juntos podemos muito mais, e vamos fazer muito mais, você vai ver.

Eu abri lentamente um grande sorriso, confiante. Ele então tocou meu rosto de forma solene e falou, com pausas entre algumas palavras:

— E… se aquela sua proposta de casamento ainda estiver em vigor, ainda dá tempo de mudar de ideia?

Eu ri. Beijei sua mão repetidas vezes e respondi:

— Acho que, assim que o divórcio sair, devemos conversar oficialmente sobre isso.

— Combinado — ele tinha sorriso na voz.

Em seguida me puxou para um beijo. E, no meio do beijo, afastou o rosto de repente e falou, sorrindo:

— Elas chegaram.

Ouvi Mariana se aproximar correndo e entoando uma só palavra:

— PAAAAAAAAAAAAAAAAAAAAAAAAI!!!

Percebi, no impacto do corpo de Cristian e na areia jogada para os lados, que ela chegou se jogando no colo dele. Lúcia veio logo atrás e nos cumprimentou. Eu a cumprimentei com sorrisos e estendendo a mão. Ela pegou minhas duas mãos com carinho, enquanto se ajoelhava na areia. Cheguei para trás e ofereci um pedaço de toalha, e ela aceitou, sentando-se ao meu lado. Esperou e assistimos a mais um tempo do abraço longo de Cristian e Mariana.

— Caterine! — Mariana pulou de repente para o meu colo. Eu a abracei apertado também, toquei seus longos cabelos e seu rostinho e disse:

— Coisa linda, quantas saudades de você, Mari!

Conforme eu e Cristian havíamos combinado, ele conversaria com Lúcia sobre minha descoberta e eu contaria a Mariana. Queria ter este momento com a minha irmã. Eu então a convidei para entrar no mar comigo. Ela queria que Cristian fosse junto, mas explicamos que ele ainda não podia nadar. Conformada, ela tirou calça e blusa, ficando só de biquíni, e eu fiz o mesmo. Fui para trás dela, botei as mãos em seus ombros e assim ela me conduziu até o mar. A água estava gelada, e nos divertimos, rimos e fizemos escândalo com cada onda fria que estourava em nós. Até que nos acostumamos com o gelo e nadamos além da arrebentação, mas ainda numa região segura onde podíamos tocar o fundo com os pés. Ali inventamos brincadeiras, demos cambalhotas, eu a ensinei a boiar. De repente, peguei-a no colo, o que era bem fácil na água, e comecei, sorridente:

— Mari, você gosta do seu nome?

— Adoro! Você escolheu muito bem — ela sorria.

— Sabe, quando seu pai me mandou escolher seu nome, eu não tive dúvidas, porque esse era o nome que eu imaginava pra uma irmãzinha que eu sonhava ter, mas que minha mãe nunca me deu.

— Eu também queria ter uma irmã — declarou, sonhadora —, mas minha mãe diz que é impossível.

— É, se a sua mãe não pode, assim como a minha não pôde, existe outra possibilidade.

— Como assim?

Escolhendo as melhores palavras, e tentando não pintar uma figura tão negativa de nosso pai, contei tudo a ela, que me ouviu em total silêncio. Ela continuava no meu colo, enquanto as ondas nos embalavam com gentileza. Sem poder ver suas expressões, fui ficando um pouco nervosa, sem ter ideia de como seria sua reação. Concluí dizendo, com um grande sorriso e a voz meio instável pela emoção:

— Isso tudo quer dizer, Mari, que nós duas somos irmãs, nascemos do mesmo pai biológico. E eu sou muito feliz por ter uma irmãzinha tão incrível como você.

Ela tocou meu rosto com a mãozinha macia, o que me fez chorar de verdade agora. Não soube mais o que dizer. Ela desceu do meu colo e, num pulo, abraçou-me com braços e pernas. Eu a envolvi com força, e ela enfim disse, com um sorriso largo na vozinha doce:

— É a melhor irmã que eu poderia ter! Deve ser por isso que eu já amava tanto você!

— Eu também, Mari — eu declarava, rindo entre as lágrimas —, já te amava desde a primeira vez que te peguei no colo.

Depois de nos curtirmos e celebrarmos mais um pouco na água, voltamos à areia e ela me guiou correndo até Cristian e Lúcia, sentados sobre a toalha.

— Eu ganhei uma irmã! Eu ganhei uma irmã! — ela gritava conforme nos aproximávamos.

Cristian e Lúcia nos receberam rindo. Mariana abraçou Cristian, abraçou a mãe, encharcando os dois, mas foi no meu colo que ela escolheu se aconchegar, enquanto Lúcia me fazia muitas perguntas a partir de tudo o que Cristian lhe contara sobre a novidade.

Em seguida, ela suspirou, exibiu um sorriso humilde na voz pequena e disse:

— Sabe, Cristian, eu e Jane, a assistente social, conversamos sobre uma possibilidade, e eu gostaria muito que você constasse como pai socioafetivo na certidão da Mariana. Isso não exclui a paternidade biológica e é um reconhecimento oficial do amor de vocês. Bom, isso se você quiser, é claro.

Ouvi Cristian rir brevemente, baixando a cabeça. Eu já conhecia os sons de seus diferentes risos, e aquele era um riso de emoção. Mariana pulou do meu colo para o dele e se aninhou ali. Ele ainda a beijou na cabeça algumas vezes e perguntou:

— Você quer isso, Mari?

— Claro! — ela respondeu quando ele mal concluía a frase.

— Então vamos fazer isso. Muito obrigado, Lúcia.

— Não há do que agradecer, Cristian.

Conversamos ali por alguns minutos, até que Mariana, em sua infindável energia infantil, solicitou:

— Pai, podemos remar?

— Filha, o pai ainda não se equilibra nem no chão firme — ele falava rindo. — Ainda não tenho forças pra ficar de pé na prancha e remar.

— Eu remo — declarei animada.

— E eu também — Mariana ficou de pé — e você fica sentadinho, a gente te carrega. O mar tá bem calminho hoje.

— Mas eu nem trouxe a prancha, meu amor — Cristian argumentou, rindo.

— A gente aluga — eu me levantei também.

— Isso! Vem! — Mariana tinha esforço na voz, parecendo puxar o pai para cima.

— Eu ajudo a te colocar na prancha, Cristian — Lúcia incentivou, levantando-se também.

Eu e Mariana abraçamos Cristian lateralmente para ajudá-lo a caminhar até o mar. Lúcia providenciou a prancha na barraca mais próxima. O funcionário trouxe a prancha e, depois da arrebentação, ajudou Cristian a se sentar nela.

Em poucos minutos, eu estava de pé sobre as ondas. Podia sentir o sobe-e-desce sereno e acompanhá-lo com jogo de joelhos e tornozelos, além de muita respiração lenta e consciente, com meu centro ativado e meu equilíbrio encontrando lugar no movimento do corpo para controlar o remo na direita e na esquerda. A brisa suave, o remo empurrando a água e a prancha deslizando sobre ela, além dos sons da praia e da cidade, cada vez mais longe, eram só o que eu ouvia. Mariana, sentada logo atrás, e Cristian, atrás dela, pareciam sintonizar a mesma paz, silenciosa e consciente de tudo. Pelos longos suspiros de Cristian, eu podia sentir fundo em mim o eco de sua imensa gratidão por um universo de infinito amor, por uma inteligência criadora de tudo aquilo, e como era bom sentir, e compartilhar tal plenitude com aquelas duas criaturas fabulosas que eu conduzia. E nem era preciso ouvir os dois me dizendo a direção para onde remar; pelo calor do sol, que já se deitava rumo ao mar, pelo relevo das ondas, pela minha intuição, eu apenas sentia. Atenta aos canais mais sutis de percepção, que se faziam cada vez mais vivos em mim, eu era plena e pertencente a nada além do presente, consciente de mim e do meu infinito de possibilidades, de todo o poder que sempre esteve aqui, a todo momento, apenas adormecido, só esperando que eu o enxergasse. Esse sim era o milagre que minha alma buscava.

Pensei em meu pai. Permiti que toda aquela gratidão que me preenchia se estendesse a ele, por minha própria vida e por ele ter presenteado a mim e a Cristian com a vida de Mariana. E agora eu compreendia: o abandono não tinha a ver com a deficiência que nascera comigo; ele me abandonaria de qualquer jeito, assim como abandonou Mariana, que, por ironia do destino, adquiriu uma deficiência provocada pelo pai, mesmo que indiretamente. Agora eu entendia tudo: o abandono não era um problema comigo nem com minha irmã, era do homem que se abandonou. E, mais cedo ou mais tarde, senão exatamente naquele momento, ele lamentaria muito por não conviver com duas criaturas cada vez mais plenas, livres e amadas, em primeiro lugar por elas mesmas.

Três meses depois, numa noite fria de quinta-feira, eu seguia sozinha de Uber da massoterapia para mais uma aula de dança. Sentindo o carro andar e parar no trânsito intenso daquela hora, eu mergulhava em minhas ideias e planos. Vinha me sentindo cada vez melhor ao praticar dança, e nascia um grande desejo de estender todo aquele bem a outras pessoas, a outras meninas e mulheres cegas que ainda não tivessem as oportunidades que eu estava tendo. Eu planejei então me dedicar seriamente à dança até me capacitar para ensinar dança a pessoas cegas. Quando expressei meu desejo a Cristian, ele não só me apoiou como ainda sugeriu:

— Por que não trabalhamos juntos nisso? Por que não unimos dança, educação física e treino mental para empoderar essas pessoas como você se empoderou?

Não preciso dizer o quanto amei a ideia. E ele ainda propôs mais: me convidou para acompanhá-lo em seus trabalhos nas comunidades, disse que eu poderia inspirar muito aqueles jovens em situação vulnerável e que, assim, já poderíamos ir construindo nossa metodologia e nossa sintonia no trabalho. Tudo isso, claro, quando ele se recuperasse o suficiente e o médico o liberasse para a atividade física, e eu não via a hora de isso acontecer. Exatamente naquele momento, enquanto eu ia para a aula de dança, Cristian estava numa revisão médica, e eu lhe enviava fortes vibrações positivas em pensamento. Sabia o quanto lhe fazia falta treinar, dar aulas, fazer macaquices com Mariana, correr, remar, nadar e até dançar. Ele me via treinar os passos da dança de salão em casa e ficava louco para se unir a mim, e dizia, de novo e de novo, que a primeira coisa que faria quando o médico o liberasse seria dançar comigo.

Chegando à academia, fui golpeada por um vento gelado enquanto atravessava a calçada rumo ao portão. Era uma noite atipicamente fria no Rio de Janeiro, mas eu estava confortável, aquecida por meus planos e por minha disposição para dançar. Fui direto ao banheiro me trocar; botei um vestido vermelho, de alças e rodado, subi nas sandálias de dança, pretas e com glíter dourado, passei um perfume na nuca, passei a sombra dourada que eu tanto gostava, reforcei o batom e prendi os cabelos num pequeno rabo de cavalo, deixando alguns cachos nos cantos da testa. Uma colega me acompanhou do banheiro até o salão. Já me sentia bastante confortável entre meus colegas e com o professor; todos faziam sua parte para me integrar plenamente, e eu, por minha vez, fazia o melhor para memorizar os passos e fazer a leitura da condução do cavalheiro, nos mais sutis movimentos e intenções de suas mãos e braços. No fim da aula, o exercício era praticar sem uma palavra, era proibido se comunicar com o par com qualquer coisa que não fosse o toque, ao mesmo tempo em que os pares deviam ser trocados a cada palma do professor. Para mim, essa troca era simplesmente ser conduzida por meu par até outro cavalheiro e, sem nada dizer, retomar a dança. A música era romântica, um piano intenso que bailávamos como um tango. Eu deslizava com prazer sobre a madeira lisa, equilibrando-me sobre os saltos. Cada cavalheiro tinha uma temperatura de mão, uma textura, um cheiro, uma maneira de conduzir, e eu precisava ficar atenta para me adaptar o mais rápido possível. Só naquela mesma música eu passara por três cavalheiros, e agora, ao ser entregue ao quarto, senti um toque diferente, mãos quentes e acolhedoras, uma textura familiar e uma abordagem muito delicada nas minhas costas. Eu costumava sorrir durante a dança, mas alarguei generosamente o sorriso, sem dúvidas. Toquei suas costas, aproximei o corpo e pronto, eu já estava envolvida por aquela aura vibrante e pacificadora que nascia do nosso encontro. Como se fosse parte da dança, eu o abracei forte. Pressionando com carinho a cabeça contra a minha, ele também me envolveu com intensidade, e pude sentir seu aroma verde de dezembro.

Fim

S A R A B E N T E S

Este livro foi composto por letra em Adobe Garamond Pro 11,5/16,0 e impresso em papel Pólen Soft 70g/m².